# 草坪纪事

高玲　著

湘潭大學出版社

图书在版编目(CIP)数据

草坪纪事 / 高玲著. -- 湘潭 : 湘潭大学出版社,
2023.1
ISBN 978-7-5687-0902-6

Ⅰ. ①草… Ⅱ. ①高… Ⅲ. ①新闻采访—作品集—中
国—当代 Ⅳ. ①I253

中国版本图书馆CIP数据核字(2022)第189804号

# 草坪纪事

CAOPING JISHI

高玲 著

责任编辑：张 蔚 牛敬丹
封面绘画：范迪安
封面设计：悟阅文化
出版发行：湘潭大学出版社
社 址：湖南省湘潭大学工程训练大楼
电 话：0731-58298960 0731-58298966(传真)
邮 编：411105
网 址：http://press.xtu.edu.cn/
印 刷：成都市兴雅致印务有限责任公司
经 销：湖南省新华书店
开 本：710 mm×1000 mm 1/16
印 张：15
字 数：305千字
版 次：2023年1月第1版
印 次：2023年1月第1次印刷
书 号：ISBN 978-7-5687-0902-6
定 价：80.00元

中国民间文化艺术之乡——湖南省常德市鼎城区草坪镇　钱新明/摄

# 序言

## 振兴路上

文/杨国军

乡村，是中国人的精神故乡。望得见山、看得见水、记得住乡愁，这是习近平总书记对乡村建设的要求，也是很多人向往的生活。

《草坪纪事》这本关于乡村的调查报告，作者通过深入走访，前后花了一年多的时间调研、撰写，几易其稿，应该说，还是比较客观真实地反映了当前农村发展的现状。作者不是一味歌颂这个时代，也没有过多地描述村庄所承受的悲伤，给人的印象是积极的、向上的。

当前，中国之乡村，从内地到沿海，从城郊到农区，从山区到平原，都在发生着巨大而深刻的变化。农业生产从传统向现代转型，农村社会从封闭向开放转变，城乡关系从割裂向融合转化。可以说，中国乡村正面临千年未有之变局。

改革开放以来，尤其是党的十八大以来，党中央高度重视“三农”工作，精准扶贫、乡村振兴，已经成为大家议论最多的高频词。可以说，当下的乡村，也正处于一个千帆竞发的好时代。

《草坪纪事》中的湖南省常德市鼎城区草坪镇是当下中国乡村的一个缩影。草坪镇是“中国民间文化艺术之乡”“中华诗词之乡”“中国楹联文化镇”“湖南省美丽乡村示范镇”，这里既有深厚的文化底蕴，也有得天独厚的生态环境，宜居宜业宜游。居住在这里的村民，也深刻地感受到时代的变迁及改革开放给他们带来的深刻变化。当然这种改变，不仅有物质上的变化，也有精神上的变化。这次书中采访的每一个家庭、每一个人都是如此，他们中既有在外创业的老板，也有一直在家坚守的村民；既有基层干部的典型，也有普通村民的代表。但无一例外地，他们都充满了对家乡故土的留念，对美好生活的向往与追求。

党的十九大报告指出，农业农村农民问题是关系国计民生的根本性问题，必须始终把解决好“三农”问题作为全党工作的重中之重。乡村振兴战略的提出，为中国的乡村发展描绘了蓝图，指明了方向。如何在乡村振兴战略中抢抓机遇、抢占先机？大家都在思考，也在不断寻找答案。

作为一名乡镇党委书记，多年的基层工作让我认识到，乡村要振兴，首先要充分了解当前乡村的现状。乡村的现状是什么？《草坪纪事》从十个方面已经作了一些调查，进行了大量的分析，无论是粮食生产，还是教育、医疗、文化，读过《草坪纪事》之后，大家应该有一个比较清晰的认识。但这肯定不是全部，因为这只是抽样调查，也只是一个乡镇。因为地方不同，经济发展有区别，情况肯定有差异。无论怎样，这都是一个很好的尝试，正如《中国在梁庄》的出版，改变了很多人对中国乡村的认知，这样一部具有别样之美的田野调查，一部与众不同的纪实文本，必将给广大读者以思考，给高层决策者以启发。

有发展肯定就会有矛盾。毛主席说，历史发展总是螺旋式上升、波浪式前进的。有矛盾不可怕，关键是要正视矛盾，解决矛盾。我在草坪工作期间，也遇到过很多的社会矛盾，如征地拆迁的矛盾、土地租赁的矛盾、生态环境的矛盾、债权债务的矛盾、信访稳定的矛盾、邻里纠纷的矛盾等等。有的矛盾好解决，一次沟通协调，做做思想工作，大家握手言和，愉快接受调解。有的矛盾非常棘手，沟通不管用，道理讲不通，打击够不着，一段时间内可能成为信访积案。但不管什么矛盾，最终都会有解决的办法，只是时间问题、方法问题。《草坪纪事》中也反映了不少的矛盾，如粮食生产问题，怎么样规避天气的风险，实现农民增产增收，确保国家粮食安全；征地拆迁中，怎么样既维护群众的利益，又支持国家的项目建设。说实话，有些问题还没有很好解决，群众也不是都满意。但我相信，只要用心认真，站稳群众立场，这些发展中的矛盾和问题，一定都会得到妥善处理、圆满解决。

乡村振兴，我们一直在路上。草坪镇是常德市最早开展乡村振兴试点的乡镇之一。这些年来，我们因地制宜，探索创造了乡村振兴的“草坪模式”，全省现场会在草坪召开，省市主要领导给予很高评价。当然，这只是一个好的开端，我们不能满足于眼前的成绩，因为乡村振兴的路还很长。眼下，摆在我们面前的难题就很多，如脱贫之后怎么干？乡村产业怎么兴？乡村建设怎么建？城乡融合怎么融？粮食安全怎么保？如何打通“振兴”堵点，回答好“时代之问”，这是我们必须时刻思考的问题。全面实施乡村振兴战略的深度、广度、难度都不亚于脱贫攻坚，要完善政策体系、工作体系、制度体系，以更有力的举措、汇聚更强大的力量，加快农业农村现代化步伐，促进农业高质高效、乡村宜居宜业、农民富裕富足。

农为邦本，本固邦宁。实施乡村振兴战略是全面建设社会主义现代化国家的重大历史任务，乡村是一个可以大有作为的广阔天地。只要我们坚定信心、咬定目标，苦干实干、久久为功，就一定能谱写新时代乡村全面振兴新篇章。

（作者于2017年3月至2022年7月任草坪镇党委书记）

# 开篇

# 春风吹绿沅水南

文／王孝忠

第一次到草坪这个美丽的地方，还是我在常德市主管农业期间，我去督查油菜生产，冬季农业春季抓，春风吹绿沅水南。

对草坪的风土人情有粗略的了解，还是读了徐政国先生的《竹马集》之后，知道驼子伯伯的艰辛、矮子哥哥的风趣、远芳嫂嫂的能干。晓得草坪大名威震四海、名扬五洲，是徐政国先生打电话要我看中央台的新闻联播，时任中央政治局常委的刘云山到这里视察，草坪这个“中国民间文化艺术之乡”印入脑海。对草坪的乡情乡音乡愁有进一步的了解，还是拜读了徐政国先生推荐的《草坪纪事》书稿之后。

《草坪纪事》十章四十一篇九十五节，章章都是当代农村的真实写照，篇篇都是现代农村的如实反映，节节都是如今农民的切实声音。

第一章：当春乃发生。春天，春风浩荡、春光明媚、春潮涌动、春花怒放，草坪正经受着集中育秧的考验，正迎战倒春寒的灾难，正愁煞种粮的大户，正走来疲惫的书记们。这展示的是农村的艰辛、农业的风险、农民的苦愁。“农”字当头，以“农”为本，本固邦宁，“三农”太重要了，我们对“三农”好像更加陌生了。

第二章：年轮滚滚。这里的年轮滚滚不是电影《青松岭》里的车轮滚滚那种欢乐喜庆的场面，而是滚滚年轮滚向迟暮的景况。我在职工作时，抓了多年的计划生育，那个年代是“超生一个娃，罚款五千八，拆屋又铲巴”。现在中国进入了老龄社会、常德进入了老龄社会、草坪进入了老龄社会，老龄社会扑面而来。允许生，你不生；鼓励生，你还是不生。你担心的是：生得起，养不起；养得起，读不起；读得起，住不起；活得起，老不起……怎么办？把老农民留在老农村，留在“长者之家”，草坪也在摸索应对老龄化的有效途径。

第三章：旧船票，新航程。看第三章，我脑海里一下就闪现了田春苗的形象，闪现了马尾巴的功能，闪现了高医官给我治肚子痛。这一章触及了一个非常严肃的话题：医疗改革指向何方？人老了，难能忘记的是就近医疗，大病不出公社，小病不出大队。

第四章：奔跑的马车。这一章，触及的又是一个非常严肃的话题：教育改革指向何方？今年我曾经写过一篇文章《为整治校外培训机构叫好》。校外培训机构，一是多：只要用心寻找，五步之内三步之遥必有一所校外培训机构。二是杂：除了写作、奥数、物理、化学、外语这些科目的培训之外，还有书法、美术、篮球、武术、舞蹈、主持、摄影等五花八门的培训班。三是乱：乱收费、乱讲授。这些校外培训机构，严重地影响了师资队伍，严重地影响了青少年的健康。有些小学生要上七八个补习班，睡眠严重不足、活动严重不足，几岁就成了眼镜族、低头族、胖墩族。这些校外培训机构，严重地加重了家长的负担。为了培训孩子，30多岁的知识女性不得不成为陪读大军的一员，一直要陪读到50多岁。七八十岁的爷爷奶奶、外公外婆不得已也要挤进陪读行业，贴钱贴力贴精神。为了让孩子进校外培训机构，打工族更是含辛茹苦、忍饥挨饿，那不是“小舍得”，而是“大献血”。这些现象，值得深思。试想今后，还能不能“白屋出公卿”？还能不能“寒门出贵子”？还能不能“朝为田舍郎，暮登天子堂”？

第五章：灯火已阑珊。草坪的民间艺术从单帮到乐队到艺术团到演出公司，有一个繁荣发达的过程，到“中国民间文化艺术之乡、中华诗词之乡、中国楹联文化镇”三顶“国”字招牌，可以说是顶峰了，还能不能实现跃到山顶我为峰呢？这是草坪面临的一个新问题。中国的文化艺术从先秦的《诗经》，到汉赋，到唐诗宋词，到元曲，到明清小说，到现代的电影电视，也是一个高峰迈向另一个高峰，草坪能不能这样？但残酷的现实告诉人们演出团队减少、演出人员减少、演出场次减少，当然演出收入也减少。这种情况与全国的影视行业相吻合。影视行业有27家样本公司，基准期总营业收入447亿元，总营业利润62亿元。与基准期相比，当下总营业收入下降了22.2%，总营业利润下降了61.5%，两者平均为下降了42%。从2021年1月1日到12月1日，当期营业收入前三名的样本公司在A股的表现是：万达电影下跌21.9%，中国电影下跌5%，华策影视下跌20.9%。由于受新冠肺炎疫情的影响、受新媒体的冲击，草坪的民间艺术怎样再现灯火辉煌也许面临着一场新的考验。

第六章：他们的田园牧歌。这一章所记载的几个故事我并不陌生。2020年12月7日，我应邀参观过该镇放羊坪村。走进放羊坪，只见一栋栋民房耀眼闪亮、一条条马路宽敞明亮、一条条水渠流畅浩亮、一排排林木整齐风亮……放羊坪村是乡村振兴示范村。城里解决民生问题从座位、床位、车位、厕位入手，现在草坪从屋场、禾场、坟场、垃圾场入手致力于乡村振兴，我看很有借鉴意义。我想到一个哲理：大道至简。大道理是极其简单的，简单到一两句话就能说明白。世界上的事难就难在简单。完美的常常是简单的，简单就是真理，简单就是智慧，简单就是厚积薄发的力量。复杂的事情要简单去做，简单的事情要重复去做，重复的事情要用心去做，长期坚持下去，就没有做不成的事情。大道至简，悟在天成，成在草坪。

第七章：人生如逆旅。天有不测风云，人有旦夕祸福。这一章讲的几个故事有因为某种突然、某种偶然而致病、致残、致贫的人。整体脱贫之后，困难户、贫困户还是存在的，绝对贫困没有了，相对贫困还是存在的。黄枚枝是这样、许政国是这样、李有才是这样……怎样使这类人真正脱贫致富，真正自立自强，本章作了有益的探索。外因是变化的条件，内因才是变化的根据。脱贫致富除了组织和社会的帮助外，自身的努力是非常重要的。什么是天堂？你若渴了，水是天堂；你若累了，床是天堂；你若失败了，成功是天堂；你若痛苦，快乐是天堂；你若被困，远处是天堂。总之，没有其中一样，断然不会有另一样的。失败者走过了九十九，成功者是坚持走过了最后的“一”。这就是生存的辩证法，这就是生活的辩证法。

第八章：追风筝的人。这一章再一次证明了一个真理：将帅出自卒伍、宰相起于州县、民间自有高人。草坪人杰地灵、物产丰富，不仅盛产稻米、棉花、油茶、生猪，而且还盛产诗词、歌舞、书画。在草坪不仅有诗作，还有诗刊、诗集、诗墙。在这里娄桃香、易馥香、张国新、鄢国英、谢和刚、王平安、谢贵兰、余松清等一批民间艺人和回乡精英起了极大的支撑作用。

……

《草坪纪事》这部书稿的作者是《常德日报》记者高玲，她与摄影师过乔、黄蔡芬、陈敏杰、钱新明、徐珊珊、向波一道，长期深入农村、高度关注农业、深切热爱农民，现在，这样的记录者实在难能可贵！

毛主席他老人家1930年5月就说过：“调查就像‘十月怀胎’，解决问题就像

‘一朝分娩’，调查就是解决问题。”读了这本《草坪纪事》，也就是草坪调查，我相信许多现代农村问题都能找到答案，都可能解决。所以，我期待这本书早日出版，早日面世。

（作者系湖南省水利厅原厅长）

# 目 录

CONTENTS

**第一章　当春乃发生** …… 001
集中育秧的考验 …… 001
气候变了 …… 006
大户的苦恼 …… 008
疲惫的蒋支书 …… 013

**第二章　年轮滚滚** …… 018
他们的幸福感最强 …… 019
弱者的保障 …… 024
留守老人汪枚甫 …… 026
孤单地老去 …… 030
农民也望“长者之家” …… 032
他们的暮年：孤单、乐观、顽强 …… 035

**第三章　旧船票，新航程** …… 047
合作医疗的旧与新 …… 047
乡镇卫生院的尴尬 …… 051
乡村医生的坚守 …… 058

**第四章　奔跑的马车** …… 062
学校好了，学生少了 …… 062
58 岁的毕业班老师 …… 067
不穿校服的学生 …… 069
职高就是学技术 …… 071
怎一个“留”字了得 …… 074

**第五章　灯火已阑珊** …… 077
野蛮生长：玩玩打打二十年 …… 077
黄金时代：摘得金字招牌 …… 084
重新洗牌：勇敢者的游戏 …… 087

**第六章　他们的田园牧歌** …… 092
放羊坪的迎宾大道 …… 093
幸福屋场就是花园屋场 …… 096
打卡线路诞生记 …… 099
心忧塑料的老人 …… 105
被坟场包围的家 …… 107

**第七章　人生如逆旅** …… 118
黄枚枝：有遗憾，没有如果 …… 118
许政国：三个心愿 …… 123

李有才：农村家庭没有抗风险能力 …………………………… 128
李小元："疫情时代"的农家餐馆 …………………………… 132
伍千淼：移民十五年 ……………………………………… 137

**第八章 追风筝的人** ………………………………………… 141
草坪诗社的"创世纪" …………………………………… 141
他们的小院 ……………………………………………… 151
竹简和十字绣 …………………………………………… 159
住在自己心里的"神" …………………………………… 168

**第九章 来时路，犹记否** …………………………………… 170
娄世民：54家商超的"掌门人" ………………………… 171
伍育刚：湘菜入晋"味知源" …………………………… 179
蒋冬华：草坪四十年 ……………………………………… 185

**第十章 一场没有退路的接力** ……………………………… 196
刘慧：3357人的"大保姆" ……………………………… 197
陈良凯：角色无障碍转换 ………………………………… 203
伍鑫：新兵的一天 ………………………………………… 207

**结语 为当代乡村立此存照** ………………………………… 213

# 第一章 当春乃发生

2021年4月23日，是世界地球日的次日，也是天琴座流星绽放于北天银河的日子；是谷雨的初候，也是凤仙花和棉花播种的时节；是布谷鸟叫得正欢之时，也是“雨足郊原正得晴，地绵万里尽春耕”的农忙之季。

4月，是江南的雨季。2021年4月的常德，阴雨绵绵，晴天不多，气温与往年相比较低，应该在春天暖阳里蹿个儿的花草树木也比往年保守。4月23日是个久雨后的阴天，草坪镇大大小小的水田里，插秧机“突突突”地响着。在放羊坪村部附近的一块菜园里，一位六十多岁的奶奶正在挖土栽苗，但她还是担心，如果继续下雨的话，栽下去的菜苗也会烂根。

207国道旁，5000亩的集中育秧一眼望不到边，近处则是写着“开展集中育秧，保证粮食安全”“手中有粮，心中不慌”的红底白字的横幅，以及写着“多种粮食有功，抛荒耕地违法”的立式宣传牌。

## 集中育秧的考验

集中育秧模式对江南农村来说并不是新技术、新事物。

湖南早春气候多变，像2021年这样长时间的低温多雨寡照，在农民看来并非什么怪事。对抗低温多雨的早春，早已从气候和节令中摸索出一套生存智慧的农民，自有他们简单有效的避险办法，那就是在育秧时采取地膜拱棚的方式，让秧苗不受温度和雨水的影响，长得茁壮健康。然而，一季稻问世之后，农民就很自然地避开“乍暖还寒”的早春育秧，将一季稻作为“明智”的选择。

2021年的局面不同了。湖南省常德市要求全年实现粮食生产面积885万亩，产量要达到373万吨，其中对早稻面积作出了严格规定：275万亩以上。这样一来，拥有35000多亩平坦肥沃稻田的草坪镇，自然被划入到双季稻种植的范畴，早稻育秧不再是一种选择，而是一种必须。

早在1984年，草坪乡就被确定为国家商品粮基地之一，粮食生产本身就是天赋之责。

为了确保全镇的早稻规划面积没有风险，常德市鼎城区草坪镇的集中育秧面积是5000亩。

即使集中育秧能够规避“倒春寒”带来的风险，烂种烂秧概率小，杂草和稗子也少很多，但是农民仍然不愿意选择集中育秧，也不愿意插双季稻。镇农业综合服务中心主任胡立平告诉我，今年省市两级对集中育秧每亩的补贴是80元，但是农民和大户的积极性还是不高。

**1.路和渠**

胡立平瘦削，披着长发，戴着眼镜，1999年从湖南师范大学经济学系毕业后，她一直工作在乡镇，与农村政策、农田水利、农业生产打交道。

上个月集中育秧和插双季的呼声一响，就有农户和大户来找胡立平“打擂台”，有个农户直接说“看你的面子，搞一年看看”，有个大户提要求“先帮我把田边上的那条路和那条渠搞通了再说”。面对这样的难题，胡立平只能苦笑，她知道路与渠都有一定的障碍，但不是一个人或者短时间就能够解决的。

大户们说的路和渠，就是机耕道和灌溉渠。

“阡陌纵横”一直以来都是中国农田的特色。阡陌就是田埂，可以追溯到井田制时期。20世纪80年代分田到户之后，田埂就成了不同农户稻田间的分界线，田埂那边是他家的，田埂这边是我家的，一条田埂，其实就是一条边界。可以说是阡陌纵横，泾渭分明。

田埂，就是田间稍稍拱起的小路，在农耕时代可以走一个人或一头牛。农民普遍不会把田埂加宽，因为加宽田埂意味着侵占了自家的稻田。何况，田埂的那一边还是人家的稻田。

这样的田埂自然不适合机械化耕作。田埂太窄，无法通行旋耕机、插秧机和收割机。有时候，旋耕机要开到一片指定的田地里，如果田的四周没有足够宽的道路，就需要通过其他农户的稻田，前提是其他的稻田都是空田，如果已经插秧，那就只能望秧兴叹。还有一点，就是乡下每个农户家里的稻田面积不大。在草坪镇，人均稻田大约1.2亩至1.3亩，不同的村略有差别。遇到一亩大小的田，旋耕机在田地里打个转身都很憋屈。虽然大户一承包就是几百上千亩稻田，但是每丘田都分属不同的农户，大户只是从农户手中暂时流转，稻田与稻田之间的边界不能打破，更不能铲除。说不定某一天，农户要从大户手中收回自己原来的田地，大户必须得原田归还。

沟渠是跟着阡陌走的。我们常见的是两条田埂之间有一条沟渠，这样的田埂就会比两丘田之间的田埂宽阔厚实一些。沟渠之间，流水清亮，偶尔还能看到小鱼。如果把沟渠两头一拦，把水浇干，还能摸到泥鳅。当然，这都是20世纪的美好回忆了。由于农药化肥和除草剂的大量使用，我们在水沟里遇到鱼虾青蛙的概率越来越小，“稻花香里说丰年，听取蛙声一片”成了过去。

村里的老人能够说出很多水利设施的时间和名字，比如1955年修了海家冲水库，1959年修了古陂垱水库。20世纪70年代进入了红红火火大修水利阶段，9座小Ⅰ、Ⅱ型水库，40多公里渠道，兴垸、先锋、陡山、官庄陂、夹岩嘴、丁家坪机埠先后建成投入使用。这些水利工程是35000多亩良田旱涝无忧的保障，也保证了草坪商品粮的总量和品质。只是，在时间的推移和政策的变化中，有些水利设施遭到毁损，有些水利设施则被忽略，直到有一天它们“罢工”才让人意识到危机。

水库水位一年年在下降，有些甚至长出了树木，杂草和垃圾造成了沟渠的长期淤塞，排灌设施因为天长日久也逐步老化，胡立平说，每年双抢的时候，都有农户和大户给她打电话，村里的机埠不能用了，水多了排不出去，干旱了抽不进来，大户的田多，自己跑到桥南市场去买电机买水管，但零散农户就只能找村里，找干部。2020年有一个村民小组，几十亩稻田没有水，晚稻插不下去，农户急得直上火。胡立平也没有办法，只有找村里帮忙，从别的地方借电机借水管。面对这种情况，村里也无计可施，取消农业税之前，还有一项水费是可以收取的，标准是每个村民每年一百元，干旱时抽水，涨水时排涝。这笔收费取消之后，村级组织面对日渐老化的机埠和亟待清淤的沟渠，显得无能为力。

**2.不赚钱的早稻**

除开路和渠的问题，另一个让种田人头疼的是早稻不赚钱。

胡立平按集中育秧的标准，计算了大户栽种一亩早稻的收入与开支。

稻种：15斤，15斤*4元/斤=60元

软盘和地膜：60元

肥料：110元

农药：110元，含一次除草药，一次农药

人工：300元，含育秧、抛秧的人工及中餐

耕田：120元

收割：100元

土地流转：75元（土地流转为150元/亩，早晚稻各分担75元）

开支合计935元

早稻平均亩产约为850斤，按照上年度的早稻粮食收购均价每百斤85元，每亩早稻的收入约为730元。即使2021年省市两级给予集中育秧补贴每亩80元，栽种早稻还是处于亏损状态。

放羊坪村7组靠近207国道的三丘田，泥面上长着稀稀拉拉的秧苗，秧苗冒出泥土的部分，大约一寸长短。秧苗与秧苗之间离得较远，好像一出生就被遗弃了似的。这是两个农户家的秧田，采取的是撒播方式，因为今年早春多雨，种谷大多烂在了田里。好不容易盼来了一个阴天，农户希望这样的天气能够持续几天，望着秧田里幸存下来却明显发育迟缓的秧苗，包田大户蒋孝进叹了口气，说，如果继续下雨，这些秧苗都难得保住，如果连续出大太阳，秧苗也会蒸死，前面耕田、买种子、肥料、人工花的钱都亏了，只能犁了再插一季稻。

蒋孝进　陈敏杰/摄

蒋孝进计算了一下撒播的一亩早稻的成本，约为每亩880元。蒋孝进认为，如果当年风调雨顺，

平时多留意稻子的生长，规模出效益，早稻可以做到不亏本，但是天气的事谁说得好呢，现在是老天爷给饭才有饭吃。

易俊也是放羊坪村的包田大户，流转农田230亩，2021年他也选择了撒播的育秧方式，见到他时，他正在放羊坪村村部买2021年的稻田保险，说起早稻育秧，他笑着说，芽还是黄的，只有绣花针那么长。

作为常德顺心水稻种植农民专业合作社的法定代表人，蒋孝进虽然认为栽种一季稻比双季稻的效益要好，但对镇政府的号召还是积极响应。常德顺心水稻种植农民专业合作社有20多个股东，均为放羊坪村村民，合作社共流转本地村民农田1500亩，采用集中育秧方式的早稻面积达到了1100亩。

往年不管是对大户还是对农户，都没有插双季稻还是插一季稻的要求。大户都是当地极富农业生产经验的带头人，他们会根据自然规律、市场需求以及劳动力的供给情况决定插双季稻还是插一季稻。所以，2021年突然在全镇范围内要求插双季稻和集中育秧，对草坪镇党委政府来说，同样是一个极大的考验。镇党委书记和镇长各承担了1000亩的办点任务，每个村的党总支书记任务是100亩，宣传牌、横幅、屋场会都派上了用场，镇里的干部都下到村里做思想工作，这才出现了207国道旁那一眼望不到边的5000亩集中育秧。

# 气候变了

刚刚进入2021年3月，雨季就来了，而且低温冷雨持续的时间很长，到了4月天气仍然不见好转，一个晴天之后就是五六个雨天，这与往年的春天相比显得很不正常，大户们的心里就开始打鼓，有了去年晚稻失收的教训，他们对天气的变化特别敏感。

## 1.倒春寒和寒露风

2020年9月，大户们被罕见的寒露风天气打了个措手不及，持续一个多月的多降水偏低温天气，严重影响了晚稻的收成和一季稻的收割。后来，一个大户请人收割了5亩晚稻，结果一共收了40斤稻谷，而且谷粒灰暗干瘪。

易俊　陈敏杰/摄

在大户们看来，气候明显变化是近两三年的事，表现形式为倒春寒和寒露风来得早。易俊从2015年就开始流转外出务工村民的农田，五六年前的辉煌历史，他认为再也难以复制了，那时候每年栽一季稻，每亩收入在600元以上，一年的毛谷就可以卖十五六万元。易俊聊起当年就满脸堆笑，说，插一年的田，就可以买一辆车。而去年的晚稻失收让易俊深受打击，种田从一种乐趣变成了一种考验。这种考验，既对他栽种的稻田，也对他的心理承受能力。2020年，内心有点忐忑的他，为100亩连片的稻田购买了保险，晚稻失收后，保险公司赔了一万多元。2021年他继续来购买保险，他觉得气候不稳定的情况下，多一重保险总归好些，虽然赔得很少，但聊胜于无。

气候变化是大户们愿意选择一季稻的重要原因。大户们算了一个时间账，如果插双季稻，必须赶到7月25日前收割早稻，赶在寒露风来之前收割晚稻，时间衔接上不能出问题，譬如早稻收割季节遇到多雨，晚稻插秧季节遇到干旱，对种田人来说无疑都是充满风险的。2020年的寒露风提前到了9月12日，导致了晚稻全面失收。大户们认为，栽种一季稻受时间影响较小，可以在6月插秧，又比晚稻提前一个月收割，这样能够完美地避开倒春寒和寒露风。

这就是摆在大户面前的粮食生产与气候变化之间的矛盾。“禁止抛荒，发展双季稻”的标语到处可见，栽种面积和粮食产量要上去，双季稻是最为保险的选择。但大户首先考虑的是栽种这一季稻是否会亏本，对他们来说，一次失收或减产可能意味着掏空前几年的家底，他们的身份也是农民，根本没有这个抗风险的能力。易俊说，出现天灾的时候，政府如果能够对我们大户的损失给予补偿，我们愿意栽种双季稻。易俊虽然有这样的想法，但没有谁给他关于补偿的承诺，他也响应了栽种双季稻的号召。

**2. 亏损的2020**

2020年秋天，因为寒露风提前席卷常德沅澧流域，造成一季稻部分失收和晚稻几乎全部失收，给农户、大户和合作社带来的损失可以说是巨大的。

草坪社区诨名小铁牛的村民，流转了周边40亩农田，去年插了双季稻，因为天气的原因导致早稻减产亏损2万元，晚稻失收亏损6万元。今年镇里号召插双季稻的时候，他死活不答应，胡立平上门做了几次思想工作，对方才勉强答应“给个面子”。

常德顺心水稻种植农民专业合作社在2019年3月成立的时候，还只流转了500亩农田，当年风调雨顺，赚了30多万元。开局喜人，股东们的积极性很高，再加上当了一辈子农民，身上也没有其他的手艺，种田还是自己的老本行，于是两年时间又继续流转了1000亩。

这1500亩农田，是常德顺心水稻种植农民专业合作社20多名股东的希望所在，谁知天意难料，2020年的早稻普遍减产。此时的股东们仍然没有灰心，毕竟晚稻的产量高、品质优、卖价好，只要管理到位，完全可以弥补早稻的损失。然而，难测的天气又给了他们一记闷棍，寒露风在晚稻灌浆的时候扑了过来，席卷了他们洒下了汗水、寄托了热望的稻田，亏损的数字增长到40万元。

56岁的放羊坪村民毛小德，既是种粮大户，也是农机大户，家里旋耕机、收割机都有，在他看来，种田是效益非常低的行当。曾经有领导和他说，每亩晚稻的产量应该有1500斤。他觉得领导的思维，有时候会被理论数据所固化。即使管理到位，没有受到恶劣天气和病虫害的侵害，每亩晚稻的产量最高不过1200斤。从对抗天气突变和聘请劳动力的角度考虑，他愿意插一季稻一亩田赚800元，也不愿意插双季稻一亩田赚1000元。

# 大户的苦恼

草坪镇有户籍人口26000多人，但作为劳务输出大镇，每年大约有7000多人在外务工。近几年由于常德“开放强市、产业立市”力度加大，常德高新区和常德经开区发展势头强劲，不少大型工业企业落户，创造了不少就业岗位，出现了劳动力从沿海城市向本地回流的趋势，草坪镇不少外出务工人员也选择了回乡务工。

然而，在栽种一亩田的收益只相当于两天务工工资的现实情况下，农民仍然会选择抛荒外出务工，不然，一个成年农民无法负担子女的教育费用，父母的医疗费用，以及日益上涨的物价。在这样的背景下，大户的出现显得必然而且必要。

## 1.风险转移

放羊坪村4组的汪枚甫2021年68岁，老伴赵德枝67岁，两个儿子一个在湖南株洲，一个在广东虎门。老两口身体都不好，汪枚甫曾经两次中风，左侧身体瘫痪，目前行动仍然受限。赵德枝患有高血压、冠心病和严重的甲亢，走路容易摔跟头，只能做点家务。他们家的5亩农田早几年前就以每亩250元的价格流转给了合作社，不然就会抛荒。

像他们一样的留守老人，在放羊坪村占七成，这些老人无一例外地选择了将家里的农田流转给大户或者合作社。

即使有些没有外出务工的家庭，也将家里的农田流转出去了，原因是“耕田贵，肥料贵，人工贵，谷价又那么便宜，种田划不来”。

土地的流转，就意味着风险和收益的转移，大户们看来风险大于收益，因为气候是人力不可控的，自己辛苦劳作，最终听天由命。农民们也不眼红大户赚钱，因为对他们来说，一是家里没有劳动力，二是即使有劳动力，出门打几天零工，也比自己种几亩田要强一些。

有着3033亩农田的放羊坪村，像汪枚甫这样分有5亩农田的家庭非常普遍，放羊坪村党总支书记蒋冬华算了一笔账，按照每亩250元的流转价格，一个5亩农田的家庭，每年的净收益为2125元，其中农田流转收益1250元，国家对双季稻的种田补贴为875元（每亩175元）。而流转了农田的大户，则承担着气候变化、农资和人工价格上涨、稻谷收购价格变化带来的诸多风险。

**2.抬高的沟渠**

杻水滔滔波浪宽，机械能手望水叹。

灌溉倘若又自如，再缴皇粮也心甘。

这是2018年4月20日，蒋冬华在春耕时节写下的一首打油诗。当时，等待春耕的农田没有水，旋耕机停在农田边上，像一个没有得到行动指令的机器人。3年后的4月23日，蒋冬华再次从手机上翻出这首打油诗，当村支部书记十年来，每年的春耕和“双抢”时节，为了抗旱和排涝，他的手机几乎每天都要被大户和农户打爆。当日上午，蒋冬华还接到蒋孝进打来的电话，春插要水，但水过不来。

地处洞庭之西，杻水河自南向北流贯草坪镇，境内水库众多，河港纵横，水让草坪充满了江南水乡的灵动，也给蓬勃生长的万物提供了滋养，却让这片土地频繁地遭受旱涝之苦。每年的春耕生产和“双抢”时节，这里的人们都会因为水旱不均而苦恼。

怎么办？没有办法。水利设施虽然与三年前相比略有改善，但是只有一条主渠道经过放羊坪村，从陡山干渠流过来的水，要等其他村的农田灌溉完了才轮到放羊坪，也就是说天干的季节，放羊坪村用的从来都是尾水。七八月份的时候，稻田干了几天，沟渠里的水才慢悠悠地流过来，种田人心急如焚，但无计可施。

前一天的绵绵细雨还留有明显的痕迹，放羊坪村7组的一条机耕道还是湿的，一条大约两米宽的沟渠顺着机耕道的走向向前延伸，沟渠里只有浅浅的一层水。这条渠道1999年大修过一次，能够正常使用，但还得每年清理一次淤泥，不然渠道底层会淤积，蓄水量会减少。54岁的蒋孝进自小在这里长大，每一条沟渠他都了如指掌。在他的记忆中，以前的沟渠比现在要深很多，U型槽改造的过程中，人为地把沟底填高了，沟渠的蓄水容量越来越小，沟渠与农田之间的落差越来越小，农田里的积水很难流进沟渠，再通过干渠排出去。

沟渠增高的另一个坏处就是导致农田不沥水，低处的农田因为长时间积水，泥脚越来越深，最终成了低洼田。顺着蒋孝进手指的方向望过去，一台挖掘机正在田间挥舞着长长的“手臂”。那丘田就是低洼田。2021年禁止农田抛荒，几处低洼田必须改造成能够插双季稻的农田，蒋孝进只好花1000元“请”来这台挖掘机，看能不能把泥巴挖走，挖到能够正常栽种水稻的标准。抱着改良低洼田希望的蒋孝进最后也失望了，挖掘机在深厚的泥泞里也“举步维艰”，只好放弃了对这丘低洼田的改造。然而，这样的低洼田在放羊坪村有30多亩，能够改造成功多少，还得靠挖掘机一丘一丘地继续试探。

胡立平说，在教门冲村和夹溪岭村，低洼田也有不少，旋耕机下去了都上不来。如果挖掘机对这些低洼田最终也没有办法，那就只能建议农户栽种莲藕，或者养殖龙虾。

### 3.稀缺的劳动力

插双季稻，“双抢”的时候请不到人。这也是让大户和合作社焦头烂额的难题。

《2018年农民工监测调查报告》显示：我国农民工总量已达到2.88亿。

在这2.88亿农民工中，绝大部分都是青壮年劳动力。在省内及周边务工的，节假日偶尔还能回乡。在外省务工的，只有春节放假才回家看一看父母子女。这就是当今务工人员的生存常态。

四分之一的劳动力流向了城市，但草坪镇没有出现农田抛荒现象，这得力于大户和合作社的涌现。作为劳动力流动与抛荒之间的屏障，他们却常常为劳动力的事伤脑筋。

虽然机械化在一定程度上缓解了劳动力的压力，但还有很多农活是机械无法替代的，请工成为大户和合作社普遍面临的问题。

在蒋孝进眼里，现在的“人工”非常精贵。精贵体现在，请工的时候，对方先会“约法三章”：工钱，工时和待遇。工钱为每天180元，工时为8小时，待遇是管一餐中饭和饮用水。蒋孝进说，天气太热了，一天8个小时，干不了什么事，做事的黄金时间其实在清晨和傍晚。

农忙的时候，即使报出的条件偏高，即使年龄偏大，劳动力仍然非常抢手。现在活跃在田间的劳动力，男性普遍在60岁以上，女性普遍在50岁以上，请工方稍微犹豫一下，就被别人请走了。2020年的情况是，“双抢”时草坪镇劳动力不足，大户们跑到隔壁的黄土店镇去请工。外面的人工更贵，除了每天200元的工资，中餐、香烟、饮用水必不可少。

就算请工的过程很顺利，按照自己的要求请到了一定数量的人工，大户们仍觉得两个方面的现实状况，是他们在用工过程中不能忽略的。一是劳动力素质问题，二是劳动力安全问题。

数据显示，目前农村50岁以上的中老年人占67%，且文化程度偏低，初中以下的占85%。这样的低素质劳动力，沟通能力和处理问题的能力比较低，往往劳动过程中会因为一句玩笑话引起轩然大波，甚至出现肢体冲突。

有些插秧机和收割机到不了的偏远稻田，“双抢”时需要人工挑秧挑穗，而男性劳动力的年龄普遍在60岁以上，这让大户们很不放心，与年轻人相比，老人的肢体平衡能力和协调能力要差很多，如果在劳动过程中不慎跌倒、摔跤，或者因为高血压、冠心病等老年慢性病引发其他并发症，后果难以预测。所以，不到万不得已，大户们都不愿意聘请老年劳动力。

**4.杂乱的杆线**

2021年4月16日，常德市春耕春插机械化推进会在离草坪镇约25公里的谢家铺镇举行。当日，久保田SPV-8C25高速插秧机在向家巷村的田野之间亮相。

当劳动力变得越来越稀缺的时候，各种农机就会成为大户和合作社的选择。可以说，当流转的农田达到一定的数量，租用或者自购农机的成本就会降低，规模化效益就会凸显。

但是，纵横交错的电杆和电线，成为农机在田间畅行的阻碍。远远望过去，耸立的高压塔基和横七竖八的电杆，有些沿着田埂向前，有些肆无忌惮地立在田中间。蒋孝进说，高压线架得太低，下大雨的时候，打伞从高压电线下面经过，手脚都是麻的，而有些普通电线电缆更是低得离谱，挖掘机、收割机都要绕道。

离我们大约200米的位置，有一排电杆已经明显倾斜，架设在这排电杆上的电线，向下坠成了巨大的弧形，被一根竹竿撑着。如果不撑起来，身高一米五的人走过去都会碰头，危险性很大。这根电线掉下来之后，蒋孝进给有线电视、电信、移动、联通等几大运营商都打过电话，四家运营商的回答出奇的一致，都说不是他们的线。两年时间过去了，这条线的归属仍然成谜，这条无人认领的电线仍然被竹竿撑着。

尴尬的是，即使这些电线掉落在地上，如果无人认领并进行处理，村民们是不能擅自处理的，因为那样有可能涉及“破坏电缆”“偷盗电缆”，搞不好还会被拘留。

天空被电线切割成大小不一的小块，农田也被电杆切割成大小不一的小块，这样被切割成一块块的农田，把机械化的生产力压缩到最小。只要一块农田中间立着一根电杆，那旋耕机、插秧机和收割机都“奔跑”得小心翼翼。农机无能为力的电杆四

农田里杂乱的杆线　高玲/摄

周，只能派人工去扫尾，这又增加了大户的劳动力成本。每年耕田、插秧和收割的季节，大户们都要对着密密麻麻的电杆电线发一回牢骚。当然，也只能是发发牢骚而已，不管是电线还是网线，都是老百姓生活中离不开的，即使掉在地上还要去善后，如果损坏还可能给村民和劳动者带来危险，在农忙的季节也会影响工期。

# 疲惫的蒋支书

## 1.李冬初眼里的“夹心饼干”

2021年4月23日这天，蒋冬华早上七点多钟就忙开了，因为从汉寿县来放羊坪村包田的大户李冬初找他要秧。

李冬初　陈敏杰/摄

之前一直阴雨绵绵，李冬初特别珍惜这难得的阴天，他想趁着天气把秧抛下去，但是秧运不过来，请来抛秧的劳动力和抛秧机都闲在那里，一天是一天的工钱，李冬初心里急得像有几只老鼠在挠。于是，他就找蒋冬华解决秧的问题。

蒋冬华解决不了，李冬初就怪他违约。

李冬初在放羊坪村流转了农田1100亩，都是挨着大路方便机械化耕作的。协议2020年就签订了，条款上写着自主经营，意思是插一季稻还是插双季稻、集中育秧还是分散育秧，李冬初自己说了为准。但是，两个人都没有想到，2021年的政策与往年不同，上级政府要求的是插双季和集中育秧，李冬初的选择权和决定权都被取消了，这个在汉寿县当过近二十年村支部书记的大户有些懊恼。

蒋冬华很理解李冬初，人家大老远来包田，要的是经济效益，但是作为放羊坪村的党总支书记，他必须听上面的，不管是插双季稻还是集中育秧，他都是在传达上级的指令。李冬初也很配合，既没有反对插双季稻，就连集中育秧的指令也接受了，这让蒋冬华非常感动。至于李冬初的难处，蒋冬华也看在眼里。之前，李冬初已经做好了分散育秧的准备，他要把秧苗放在需要插的田中间，2月底就过来准备生产资料，秧田已经耕好了，软盘也已经摆好了，突然通知他这些不搞了，换成连片集中育秧，这种事放在谁身上都不舒服。

集中育秧点离李冬初流转的农田有两公里。把秧苗从两公里外运过来，需要扯出软盘、将软盘转到平板车上、平板车从集中育秧点开到放羊坪村、将软盘从平板车上转到要抛秧的田里，程序非常烦琐。而就近育秧，把软盘扯起来就可以直接抛秧，既节省了时间，又节省了费用。现在，李冬初每天租用平板车，需要花费1300元，如果算上转移秧苗请的人工，每亩田平均增加生产成本300元，豆腐拌成肉价钱，这让李冬初难以接受。而更让李冬初烦心的是，烦琐的程序，导致秧苗不能及时运过来，劳动效率低下，延长了工期，又增加了成本。

多条细线，拧成了一股，形成了爆点，李冬初将火星对准了蒋冬华。火星熄灭之后，李冬初又有点过意不去。他心里很清楚，既要服从上级的指令，又要为包田大户做好服务，蒋冬华就是一块夹心饼干，完全没有办法，因此，他也理解蒋冬华。李冬初与放羊坪村签订的包田协议是四年，他不准备受制于这个协议，如果条条框框太多，他说不定就会放弃放羊坪村，虽然他认为放羊坪的环境好，村民好，蒋支书对他也非常支持，但他的合作前提是自主经营。在插双季稻和集中育秧的问题上，他意见最大的是集中育秧，他直言不讳地说，集中育秧更多像"面子工程"，只是看着整齐划一，根本不符合农业生产的实际。

蒋冬华早上八点不到，先接到李冬初的电话要秧，后接到蒋孝进的电话要水，他都要去一一解决。下午三点在放羊坪村部见到他时，天蓝色衬衣的后背上已经汗湿了，声音也是嘶哑的，整个人显得非常疲惫。虽然当天的几件事情都处理好了，但他不知道明天又有什么麻烦事。

### 2.李亚林眼里的"润滑油"

草坪镇文化站站长李亚林，4月23日一大早也到了放羊坪村部，协调村与大户之间的矛盾。他眼里的蒋冬华则是镇政府与大户之间的"润滑油"。站在镇政府和村支两委的角度来看，包田大户的出现，在一定程度上减轻了镇干部的工作量，以前要面对几千个农户做的工作，现在只需要面对大户和合作社。相对而言，大户和合作社的法定代表人，都是农业生产方面的能手和乡村致富的带头人，个人素质和解决问题的能力要高出很多。目前，草坪镇一百亩以上的包田大户和合作社共有35个，在2021年的插双季稻和集中育秧政策宣传中，大户和合作社都持着积极支持的态度。

40出头的李亚林，出生在离草坪镇约10公里的原唐家铺乡，2016年已并入谢家铺镇。从小在农村长大的他，从部队转到地方后又一直在乡镇工作，对农业生产也有自己的看法。他认为目前最重要的是在粮食安全和自然规律之间找到一个平衡点，这个平衡点就是继续保持大户的种田积极性。2020年晚稻失收对大户的冲击很大，如果连续两三年持续亏损，大户们可能会转向其他风险较小的行业。李亚林感到担忧的另一件事则是，年轻人从学校出来后就在外面工作，他们对土地和农活是陌生的，也不像他们的父辈一样对土地怀有感情，这批土生土长的大户总有一天会老去，以后的田谁来种？

李亚林　*黄蔡芬/摄*

枫林口村党总支书记刘慧讲了这样一个故事。2020年3月，上级领导要来看栽种早稻的农田，当时刚刚开春，种谷还没有泡，农田还没有耕，田里全是上一季留下的稻茬和野蛮生长的杂草。但是领导要看，村里只好按指令请旋耕机把田耕了一遍，花了三万块钱。但三月耕的田，等到四月插秧的时候，又长满了草，还得请旋耕机再耕一次，这就增加了村里的负担。

对农村工作和农业生产有权力评价的人，不一定懂得时令节气和自然规律，但是农村基层又必须服从上级的指示，就不可避免地造成了一些工作上的重复，这也是让支部书记们闹心的事。刘慧说，我们从小就知道，放五一假的时候插早稻，放暑假的时候搞“双抢”，国庆节假期捡油茶割晚稻，寒假里栽油菜，跟着季节走才是正确的，领导要懂常识，基层工作才会更顺畅。

2021年7月22日，大暑节气，站在207国道旁眺望草坪镇被高高低低的民居包围的农田，一季田里的稻子郁郁葱葱，一派生机勃勃。早稻田已经收割，晚稻秧已经插下，抛秧的农田里是干干的，秧苗还东倒西歪没有伸直，插秧的农田里有两巴掌高的薄水，高出水面两三寸的秧苗，正向着天空的方向使劲生长。

充满了时代感的泄洪闸

兴隆街村村民疏渠护坡

杜水陡山河坝

大棚育秧

农田水利

杜水从草坪大地上静静穿过，灌溉着两岸平旷肥沃的土地。1984年，草坪镇就被确定为国家商品粮基地。如今，越来越多的农业机械用于生产，劳动力得到很大程度的解放，优质稻生产成为农业主管部门与农业合作社的共识。

摄影：钱新明　徐珊珊　陈敏杰　李亚林

插秧中

翻耕的农田和清澈的沟渠

人工挑秧

现代化植保

丰收的喜悦

草坪镇“常德香米”优质稻栽种片区

# 第二章 年轮滚滚

2021年5月11日，国家统计局在国新办发布会上发布了第七次全国人口普查关键数据。全国60岁及以上人口为26402万人，占18.70%。湖南常住人口中，60岁以上的人数为13211281人，占比为19.88%。而常德市的数据更令人瞠目，60岁以上人口占比达到25.02%，就是说，常德市的常住人口中，四个人中就有一个是60岁以上老人。按照国际标准，60岁及以上人口占总人口的10%（或65岁及以上人口占总人口的7%）就是进入了老龄化社会。

**表2-1　枫林口村2016—2020年人口变化图**

单位：人

| | 全村总人口 | 60岁以上老人 | 新出生人口 |
|---|---|---|---|
| 2016年 | 3410 | 927 | 18 |
| 2017年 | 3402 | 995 | 21 |
| 2018年 | 3339 | 1021 | 19 |
| 2019年 | 3358 | 1129 | 15 |
| 2020年 | 3357 | 1135 | 20 |

这是枫林口村2016年至2020年人口变化图，也是草坪镇人口变化的一个缩影。不管是在这些图表上，还是在万物生长的大地上，总体人口增长递减的大趋势下，老年人人口比例却在增加，一个老龄化社会正朝我们走来。

我在草坪镇调查走访的时候，看到的基本是或豪华或整洁的农家小院。在这些小院里出入生活的，却大多是老年人。年轻人长年在外务工，把从大城市里挣得的收入，换作家乡宽敞阔气的小楼。有些年轻人，却干脆在城里买了商品房，把孩子接到城里接受更好的教育，家乡的老屋，成为他们节假日探亲的地方。

不管年轻人作出何种选择，老年人却只能在熟悉的土地上继续生活。虽然有些老人可以跟随子女进城，甚至是进入大都市，但离开熟悉的土地，一位老人的命运基本上与一棵老树差不多，会水土不服，百般不适，有些还会出现这样那样的疾病。把“为什么不跟子女进城生活”的问题抛给老人，得到的答案是“连种菜的地方都没得”“人太多，太吵了，晚上都听到车响”“楼上住久了，没有接到地气，容易得病”“在乡里有老伴伴，几多好玩”诸如此类，似乎每个人都能为自己守着老屋找到一个理由。

这些有机会进城，却不愿意离开故土的，是易馥香口中幸福感最强的那一类。

## 他们的幸福感最强

### 1. 纵向比较的老年人

卸任之前，易馥香是草坪镇兴隆街村的党总支书记。这个做过生意、当过村干部、热爱书法、擅长诗词的前任书记，给人的感觉更像一个国家干部。

1976年，易馥香20岁，就在大队革命委员会担任团支部书记。当时小学毕业生就算有文化的人，高中毕业生易馥香是大队的“高学历”。因为在村级基层组织长期任职，加上超出常人的记忆力，他对五十年前自己家里的居住条件和四十年前的物价记忆犹新。

作为“吃过苦”的一代人，易馥香认为自己的生活发生了天翻地覆的变化，在和我们聊天的时候，他家占地200平方米的轻钢别墅正在施工，他为这幢别墅作出的预算是30万。

易馥香说像他家这样的别墅，在兴隆街村很常见，很多在外做生意赚了钱的村民，都回村在自家的宅基地上大兴土木。兴隆街村1100多户，有150户在外做生意非常成功，也为在家的父母修建了豪华居所。有四成村民通过做生意和务工，在常德市的江南江北城区购买了商品房。易馥香说，打着打着工就留在了城里，这是目前的一种普遍现象。但很多人在城里购买了商品房后，并没有放弃村里的宅基地，他们又回乡将老房子推倒重建，或者将基础本来就很好的老房子提质升级。这些在做生意和务工方面取得成绩的村民，都被当地人称为“成功人士”。

这些“成功人士”的父母，是易馥香眼里幸福感很强的一批人。“成功人士”并不在村里长住，修得豪华的房子和打理得舒适整洁的庭院，一般只住着年迈的父母，双休日和节假日，“成功人士”会全家回村，看看父母身体怎么样，而父母则把攒了一周的蔬菜、鸡蛋塞进子女的后备厢。但凡能够完全自理的老人，都会养几十只鸡，栽种三四分地的蔬菜，子女们回来有吃的，回城有带的，这让老人们感到自己有价值。有些老人身体不太好的，则乡下城里两头住。身体出现毛病需要就医或者住院，子女就将老人接到城里去了，等身体完全恢复之后，再送回到村里来。这些老人的幸福感普遍很强，看到子女创业成功、家庭富裕，他们既放心又满足。

还有一类“成功人士”是公务员和体制内的其他工作人员。这些公职人员工作和收入相对稳定，还有一定的社会地位，这让父母感到脸上有光，内心满足。而他们稳定的收入，赡养父母基本上没有压力。但是这一类“成功人士”与前一类相比，占比要小很多。

60岁以上的老人，基本上都出生在1960年以前，不管是身体发育的少年时代，还是成家立业的青年时代，都处在物资极度匮乏时期，对社会的进步感触颇深，因此他们认为现在这个时代非常好，远远超出了他们当年对未来的想象。自由、物质丰富、交通方便、社会治安好，都是他们对现在生活点赞的部分。

易馥香说，老年人是纵向比较，与自己年轻的时候比，现在自然好出百倍。相反，年轻人没有这么深的感触，他们就喜欢横向比较，与家庭条件比自己好的同龄人比，职务低的与职务高的比，做小生意的与做大生意的比，这样就容易产生心理不平衡，所以经常听到年轻人这样那样的抱怨，比如“社会不公平”“到哪里都要讲关系”这一类的话。

### 2. 幸福感强的张大爷

放羊坪村的张国兵大爷，是“成功人士”的父亲。

“每年至少坐两次飞机，从常德飞到上海，然后儿子会开车到机场来接”。张国兵的语气里有掩饰不住的骄傲。

儿子和媳妇在苏州工作，儿子的年收入在20万以上，已经在苏州买了房，孙女也已经读大学了。女儿嫁到草坪镇花叶港村，现已并入先锋村。女婿很聪明，在外面接些小工程，日子也过得宽裕。儿子女儿的家庭情况都让张国兵非常满意，更让他满意的是，女儿和媳妇对老伴的态度。2021年3月8日，女儿和媳妇都给老伴发来红包，感谢母亲对他们的养育之恩。说起这件事，张国兵满面堆笑，那是一种发自内心的情感流露，儿女日子过得让他放心已经是一种孝顺了，而他们对父母的孝心无疑又是锦上添花。

张国兵出生于1948年，当过村干部和民兵营长，人看上去很有精神，说话中气十足，还夹带着手势，几十年前为“公事”身先士卒、冲锋陷阵，在他身上留下了腰肌劳损等后遗症。现在仅有的农田也承包出去了，基本上没有农活可以做，村里搞人居环境整治，每条路都很干净，每天晚饭后张国兵会和老伴散散步，如果老伴不去跳广场舞的话。天气好，张国兵会捡点柴火，或者栽点蔬菜，老伴还喂养了几十只鸡鸭。3月24日，张国兵还挖了一块菜地，准备种茄子辣椒。

种菜、捡柴、养鸡，都不是因为钱，而是让老年生活更丰富一点，张国兵自己有退休金，儿女逢年过节过生日都有红包孝敬，手头非常活泛。张国兵透露，他和老伴有近三万元存款，不过，这笔钱不能动，这是他为95岁的母亲预备的，95岁的母亲跟随他一起生活，还可以自理。张国兵说自己的思想是传统的，一代管一代，自己的母亲生病和“上山”都应该归自己管，这是儿子的责任。

### 3.退而不休的邢先业

邢先业初步统计了一下，草坪镇三角堆村大约有20%留守老人，他也是留守老人中的一员。

邢先业　向波/摄

2016年之前，邢先业是原草坪镇稻罗岭村的党支部书记。2016年稻罗岭村与三角堆村合并，稻罗岭这个村名从此只存在人们的记忆中。

儿子在广东省某国有企业工作，响应国家的号召生了两个孩子，邢先业的老伴便去了广东带孙子。老伴自然是希望退休的他也过去，免得牵挂两头。邢先业不愿意，他认为自己一个人在家搞得顺溜。

邢先业的底气来自三个方面，一是镇、村的大环境好，二是自己的收入不低，三是身体目前还硬朗。

大环境是多方面组合而成的，邢先业细数了一下，首先是人活得自由，精神上也没有压力；农民变富裕了，三角堆村60%的村民在城里买了房，五成有私家车，七八十岁的老人都有手机；出门就是水泥路，以前到常德市要走一天，现在一天可以往返十次；社会治安好，好多年没有听到过偷盗事件了，修房子的村民把木料、水泥、红砖堆在外面，根本不需要看管。

正是因为这些让人满意的因素，当三角堆村新上任的党总支书记陈良凯请他出马，出任村爱卫协会会长时，他毫不犹豫地答应了。他说：“能够把三角堆建得更美，能够帮年轻的陈书记一点忙，我是非常乐意的。”

这样一来，老伴要他去广东含饴弄孙就不可能了，三角堆村的人居环境整治也就这样拉开了序幕，邢先业每个月都带着爱卫协会的监督员检查各村的卫生，忙得劲头十足，不孤单不寂寞。

邢先业是当过兵的，那是1978年至1982年，复员后一直在村级组织工作。2018年邢先业正式退休，因为他当过兵、买过社保又在基层长期服务，每个月的各种收入加起来2500元左右，他说农村里最主要的开支就是人情开支、生活开支、医疗开支、教育开支，而生活开支是四类中最低的，他每个月的生活支出不超过500元。但医疗支出不得了，生不起病，住不起院，像他这样的留守老人，住院还没有人照顾，不方便得很。

2021年3月22日，邢先业去草坪镇给摩托车办理年审手续，从三角堆村至草坪镇的沥青路，是草坪的样板路，他骑车步行走过上万次，闭着眼睛都知道哪里有个坡，哪里有个弯。但是那天就很古怪，摩托车的站架出了点问题，下坡时挂到了水泥桩，邢先业和摩托车一起摔了出去，左腿一阵“锥心刺骨”的疼。邢先业是见过风浪的人，认为这点摔伤不是太要紧，等到常德市第一中医医院一检查，才得知左腿粉碎性骨折。

邢先业接受了现实，他在医院住了26天，开了三刀，老伴不可能丢下两个孙子来照顾他，他就请了本村一个五保户当看护，每天工资100元，吃喝全管。从医院回家后，他算了一笔账，在医院一共花费医疗费54000多元，新农合报销了18000多元，自费部分为36000元左右。36000元只是给医院的，加上租车、雇人、药品及后续的康复，这次摔跤的成本在60000元左右。

2021年5月28日，我们见到邢先业时，他拄着拐杖缓慢地行走，交谈过程中，他还惦记着在常德市第一中医医院住院时的同病房病友，那是家住桃源县三汊港的一位中年男子，40多岁，是家里的主要劳动力，在搞农业生产时锄头不小心伤到了脚后跟，筋断了，要一根一根接上，“要住三次院，每次医疗费三万元，我们一起住院时是第二次，就是出院了也不能像以前那样劳动了，那个家可能会垮。”

对于养老院的认识，邢先业也显得特别清醒。他首先表示自己是不会进养老院的，理由是能够自理的时候不用去，不能自理了养老院也不知能照顾到何种程度，走一步看一步。

# 弱者的保障

五保老人和低保老人都是村人们眼里的弱势群体，虽然同属于弱势群体，五保老人的政策性补贴比低保老人要高一些。在易馥香看来，不管多少，这些政策性补贴都让他们心安，是度过一个安乐晚年的“定心丸”。

**1. 五保老人**

2021年4月初，枫林口村8组的五保户伍春华终于住进了养老院。

伍春华并不想住养老院，国家每年给予五保户的补贴有6000元，这足够他维持基本生活。但是，伍春华爱喝酒，两年前因为喝酒摔断了腿，从78岁至80岁这段时间，他一直瘫痪在床，由村里请人看护和照料。照看伍春华的也是本村村民，与伍春华家隔得近，愿意担负看护的责任。伍春华摔断腿的前六个月，完全不能自理，吃喝拉撒都要人管，看护的劳动量大，由村里每个月支付工资1500元。六个月后，看护工资降为每月1000元。

易馥香把农村老人归为四类，第一类是儿女为“成功人士”的，他们的幸福指数最高。第二类就是五保老人，吃住医葬都有国家兜底。五保老人虽然没有法定赡养人，但是国家对他们是保吃、保穿、保医、保住、保葬，生病住院或者不能行动的时候村里请人照料，死亡之后的安葬费标准是5000元。所以，远离了天伦之乐的五保老人，在生活上是没有后顾之忧的。

兴隆街村五保老人有40多人，枫林口村有50多人，枫林口村党总支书记刘慧说，每年都有两三个五保老人出状况，光是请看护这一笔支出都要四万多元。枫林口村2组五保老人刘启内，前几天还打电话找刘慧借钱，因为他又住院了。五保老人住院就医是免费的，他找刘慧借的是生活费。刘启内虽然每个月也有500元生活补贴，但他经常借钱，春节之前，他找刘慧借了300元。更早一些，他的腿出了点问题，要在常德市第四人民医院南院动手术，他要医生给刘慧打电话，让刘慧赶快到医院去，手术同意书等着签字。

刘启内经常借钱，但他不赖账，拆下月补上月，有了钱就还。不管是借钱，还是住院签字，刘慧必须随喊随到，就像一个随时听候调遣的“保姆”。对于全村人的“保姆”这一身份，刘慧也有清醒的认知，这就是他的责任与义务。但是，尽心尽力当“保姆”还被诬陷和中伤，就让他很烦恼。

2020年刘启内的看护费是2500元。因为刘启内不止一次住院，看护也不是同一个人，申报这笔费用时，就填写了刘慧的名字，这笔费用打到刘慧卡上之后，刘慧分别发放给了不同的看护人。

事情就出在这里。

有人立即向鼎城区纪委举报，说刘慧领取了五保老人的看护费。调查的结果自然是2500元早已发给了看护人，但刘慧心里非常憋屈，他觉得这就是俗话说的“做好不讨好”，同时，他也觉得这就是村干部的宿命。

**2.第四类老人占40%**

虽然同属于弱势群体，但低保老人的待遇还是低很多，常德市民政局发布的2020年农村低保月人均救助标准为246元。当然，低保户在乡镇卫生院就医住院费用也是全额免除。这是易馥香总结的第三类。

易馥香看来，有生活压力和心理负担的农村老人，是有子女但子女情况不太乐观的那一类，也就是第四类。

这类老人的子女并非不孝，而是无能为力。因为在生活、教育、就医方面的压力，或者出现身体残疾、精神障碍等意外状况，小家庭的日子本就过得捉襟见肘，有些甚至还东挪西借，根本没有能力负担年迈的父母。父母的固定收入是国家发放的每月103元养老金（90岁以上的每月200元），生活能够自理的会养鸡种菜，每逢赶集就把家里的蔬菜、土鸡、鸡蛋挑到草坪墟场上卖，换回一点零用钱。

这是最好的情况。但是，谁还没有一点头疼脑热呢，特别是高血压、冠心病、糖尿病、风湿关节炎这些长年侵袭农村老人的慢性病，还有每年必须缴纳的新型农村合作医疗保险，这都要从养老金和微薄的收入中支付。所以，这类老人一般生病就止步于乡镇卫生院，参加新型农村合作医疗的可以报销80%。如果患了要转到大医院治疗的重病，他们的策略往往是瞒和拖。瞒，是瞒住儿女，如果儿女知道了，就是再穷困的儿女，借钱也要把父母送医，老人心中不忍。拖，是寄希望于时间，相信阎王爷还不会收自己，相信奇迹会发生在自己身上。

这类老人在村里占比约为40%。易馥香说，经常有这类老人向他吐槽，他们生活得战战兢兢，得了大病希望能够速死，不要拖累了儿女，以至于让他们的生活雪上加霜。至于平时，他们不止节衣缩食，反过来还担心儿女，只要手头略有节余，甚至还会贴补儿女一些。

# 留守老人汪枚甫

2021年3月25日，春分节气之后的第五天，乡村的春意渐渐浓了起来，油菜花或大面积铺陈在田间，或小块小块地点缀在山间。放羊坪村4组的汪枚甫家，院墙边一棵板栗树已经长出嫩绿的叶子，虽然还不稠密，但春天蓬勃与昂扬的意思都已经有了。

**1.人生的第一个节点：1995年**

这棵板栗树，与它身后的这栋两层白色小楼的年龄相仿，都扎根于20世纪90年代。汪枚甫记得，楼房应该建于1995年。那一年，大儿子汪全兵18岁，像他的名字一样，入伍当兵，成为一名士兵，后来又加入了中国共产党。现在，堂屋的“光荣之家”四个红字旁边，还悬挂着一面党旗，那是镇政府特意为有党员的家庭悬挂的。如果家里没有党员，悬挂的就是国旗。

汪枚甫　过乔/摄

汪枚甫的小儿子汪全富，出生于1981年，因为头胎已经生了一个儿子，这个儿子的出生违反了当时的独生子女计划生育政策，汪枚甫接受了1200元的罚款。而住在他前面一栋的陈中荣，因为生二胎，被从教师队伍中开除了。1200元在1981年是一笔不折不扣的巨款，但汪枚甫说，生两个心里平和些。

汪枚甫说的“平和”，实际上是安全的另一种表达。

汪枚甫这种心理很多农民都有，20世纪70、80年代，乡下的孩子基本上是放养的，成年人忙于农活无暇顾及孩子们的成长，而布满了河流与堰塘的常德农村大地，每一处水源都像一个黑洞，随时可能吞噬没有戒备的孩童。而一个家庭如果只有一个孩子，遭遇风险就相当于灭顶之灾，这也就是当时很多家庭躲进山里、躲到外乡也要生两个的原因。只要可以生第二个孩子，汪枚甫就是倾家荡产也愿意，其实在当时，1200元的罚款已经拿光了他家里的全部。

现在，两个儿子都在外面工作，汪全兵在株洲，汪全富在虎门，68岁的汪枚甫和67岁的老伴赵德枝成了名副其实的留守老人。

1995年，距生汪全富罚款已经过了14年，汪枚甫一家也走出了低谷，那时候，汪枚甫手头有两万存款，他萌生了修楼房的念头。赵德枝找自己的妹妹借了7000元后，一栋两层小楼终于拔地而起。

虽然修房子负了债，但汪枚甫并不担心，那时候他年富力强，出门干活就能挣到钱。居住条件的改变，让他感到非常快乐，两个儿子都慢慢长大了，很快就会相亲成家。

会做木工活的汪枚甫，算得上是吃手艺饭的。2010年之后的几年里，他曾经远赴东北三省、新疆奎屯、甘肃敦煌务工，因为离家太远，工地上活也比较紧，那时候一年只回来一次。他记得在东北和新疆务工时，那边10月份开始下雪，他们就起程回家；他记得在甘肃敦煌是维修博物馆，里面很多文物让他大开眼界。在患病之前，汪枚甫抽烟喝酒，他的理由是在外面做事，不抽烟不喝酒连朋友都交不到。但是一场中风改变了一切，他成了一个行动受限的病人。这个曾经踏过东北和西北大地，见过世面的老人很不甘心，他说："如果不是这个病，我还能做好多事呢！"

### 2.人生的第二个节点：2015年

2021年3月22日上午，汪枚甫想在院墙边栽点辣椒，那块土还不到一平方米，他认为自己不会有问题。但事实是，他才挖了几下土，就出气不畅，只好放弃了。

2015年，汪枚甫第一次中风，邻居把他送到草坪中心卫生院。他的病情危重，卫生院建议他立即到常德市第一人民医院治疗。那一次，两个儿子都赶回来陪护和照料，这让汪枚甫感到很舒心。住院治疗花了三万多元，报销后自付部分大约五六千，都是两个儿子商商量量解决的，没有让他操心。

汪枚甫痛心的是，他才61岁，身体的左侧就瘫痪了，劳动能力在一场中风之后完全撤离了他的身体。后来经过长期吃药，康复了一些，但仍然走路不稳，出气不畅。到2020年5月，他的视力开始模糊，有一天在捡柴火时突然绊倒了，在别人的帮助下才从地上爬起来。这是他的第二次中风。

家里有5亩农田，在第一次中风后已经流转给了合作社。不到5亩油茶林，对他来说已经没有意义了，因为没有劳动能力把成熟的油茶果子捡回来，平时吃油就买，菜籽油每斤十元。土地流转的收入每年1250元，刚够每年买米，现在最便宜的米两元一斤，口感稍微好一点的一斤要三元以上。

可以说，汪枚甫中风，对他和赵德枝的打击是沉重的。赵德枝从1995年起长年患病，冠心病、高血压和甲亢，一直消耗着她的身体，就是走在平路上都容易摔跤，2020年就曾经入院三次。患甲亢的二十多年里，她甚至每天只能吃糊状物，因为牙齿几乎全部掉了。她顶着一头零乱的灰白短发，穿着一件与她年龄不相称的紫红色宽松上衣，坐在厨房的门口，沉默的时候不觉得，只要她笑或者开口说话，嘴巴就会向里瘪进去。

失去了劳动能力的两位老人，每年光药费就要上万元，两个人2021年的新型农村合作医疗交了560元，使用自来水每年120元，买米买油交电费，靠每人每月103元养老金和农田流转收入远远不够，家里养了30多只鸡，省下了买肉的支出。一间无人居

这些鸡蛋，是要提到草坪镇上去卖的　陈敏杰/摄

住的屋内，摆着一张床，一个高柜和一个矮柜，都是20世纪80、90年代的陈旧式样，红色的油漆已经剥落。唯一新鲜的是三个脸盆里面装着的鸡蛋，除了平时改善生活，多余的就提到墟场上去卖。房间里有些暗，三月的阳光透过窗户照进来，照在装满了鸡蛋的脸盆上，照在灰色的水泥地上。

这几年添置的东西只有一辆电动三轮车，蓝色的，停在堂屋里。汪枚甫中风之后，买药、买米、拖柴火、买喂鸡的苞谷、到墟场上卖鸡蛋，就只能依靠这辆车了。两个儿子的条件虽然不差，但也只能算中等，汪枚甫不愿意给他们添麻烦，凡是能够自己拼力做的，都自己去完成，毕竟离得那么远，又都有各自的工作，不可能说回来就回来。“他们有他们的小家庭，平时不能找他们要钱，只有生病住院要他们负担。”汪枚甫说，逢年过节儿子们孝敬的红包，就用来应付人情往来，这几年草坪镇的移风易俗抓得紧，但自己一个家庭就是一个门户，红白喜事还是要走动的。

汪枚甫透露了一下人情往来的标准：百客酒200元，关系好一点的300元至500元，沾亲带故的800元，亲戚1000元至2000元。

修建于20世纪90年代的小楼　陈敏杰/摄

# 孤单地老去

在放羊坪村，像汪枚甫这样的留守老人占七成。

72岁的曾权枝老人不久前死了，他是死了两天后才被发现的。

曾权枝住在放羊坪村7组，居住得还算比较集中，四周都有住户。他的儿女都在外面打工，老伴则跟在儿女身边帮衬做些家务。邻居有两天没有看到他了，以为他去了城里，于是就给他老伴打电话："这两天没有看到你家老倌子，是不是到你那里去了？"老伴意识到不妙，立即拨打曾权枝的手机，无人接听，只得请邻居帮忙去瞧一瞧。邻居从没有窗帘的窗户看过去，曾权枝直挺挺地躺在床上，无论怎么喊他，都没有回声了。

放羊坪村慈善协会会长吴艳先说，曾权枝住得比较集中，平时也比较活跃，每天吃饭之后就出门聊天，邻居没有看到他自然会引起警惕。如果是住得偏僻、平时性格内向、不爱串门的留守老人死了，有谁知道呢？

2021年吴艳先70岁，2014年卸任村干部，2016年当选为村慈善协会会长。她的老伴是放羊坪的村医丁为明，儿子丁勇是鼎城区疾控中心的副主任。她这辈子都在村里工作，对村里每个角落的事情都了解，特别是担任慈善协会会长后，对弱势群体、留守老人关注得更多。

农民从土地上解放出来后，自然就有了各式各样的活法。儿女读书上进的，父母即使举债也要供他们上学，最后，子女考上了大学，求职时有些去了发达地区，有些就在省内的各个城市，父母无可争议地成了留守老人。儿女如果缺乏读书的天赋，为了鼓励他们挣钱改善家里的境况，父母会支持儿女出门打工，并且心甘情愿地照料孙子孙女，给儿女一个稳定的后方，这样，父母也会不可避免地成为留守老人。

留守，与中国农村大地紧密地联系在一起。农耕时代的养儿防老，在市场经济时代被冲击得七零八落。几世同堂的大家庭格局也逐渐消失，三、四口之家成为社会的重要细胞。

放羊坪村5组的刘三妹生了五个女儿，四个女儿出嫁，一个女儿招郎，但招郎不过是承继女方的姓氏。女儿女婿一家三口都在杭州打工，只有春节的时候才回家。

女儿女婿出门打工的这些年，刘三妹一个人栽种了五六亩农田，她家的田离居住的地方大约有一公里远。直到2019年，她83岁，患了眩晕症，才把田地流转了出去。吴艳先记得，前一天刘三妹还自己做了晚饭，和小女儿在电话里约好了，明天去二女儿家里玩一玩。

但是刘三妹没有等到明天。

第二天早上，小女儿开车来接她，发现母亲还没有开门，喊门也没有应答。于是便向邻居打听：我妈一大早去了哪里？邻居都没有看到刘三妹，于是大伙撞开门一看，刘三妹早已死在了窗户下面。

邻居眼里的刘三妹，高大，矫健，农活样样都拿手，八十多岁还能种田，除了老年人的眩晕症，经常去村医丁为明那里吊水，也很少见她倒床住院。吴艳先说，刘三妹这辈子，一哈（方言：一下）没有害到子女。一位八十多岁还独自种田的老人，内心里是骄傲而且倔强的，她不想成为女儿们的拖累。即使这长达八十五年的一生中，有过很多次难受与病痛，她都咬着牙一个人捱了过去。这一天，实在捱不过去了，她只好孤单地上路。不知道，已觉大限将至的她，是不是想起了自己年轻的时候，五个女儿围在她身边的热闹场景？不知道，人生的最后一刻，站在窗户边的她，是不是望着小女儿接她的车早点来？

当然，五个女儿很快就会聚拢在一起，她们要送辛苦了一辈子的母亲入土为安。

# 农民也望“长者之家”

“长者之家”不是新事物，早在十年前，有些城市社区就有了这样的地方。与鼎城区毗邻的武陵区，其新坡社区的日间照料中心，就是实质上的“长者之家”。社区老年人白天在这里活动、娱乐，有场地、有设施、有伙伴，还有免费的午餐。而常德市武陵区东江街道浮桥社区的“长者之家”，因其设施好、管理好、老人的幸福指数高，经常引来媒体采访报道。

这样的“长者之家”让农村老人无比羡慕。

吴艳先当村干部时，也出去参观过其他地方的“长者之家”，这让她心里有了落差：城里的各项设施本来就比乡下好，乡下人与城里人相比，还是太可怜了，没有地位。城里这几年正在摸索社区养老、物业养老、小区养老、养老院养老，而对乡下人来说，只有子女养老一个选项。“而子女养老，也面临着一些问题”，吴艳先说，

草坪镇敬老院 钱新明/摄

天气晴好，敬老院的老人晒太阳聊天　钱新明/摄

体育设施深受农村老人的欢迎　钱新明/摄

各村的农村书屋，也是老年人常去的地方　钱新明/摄

"独生子女还好，推无可推，如果是几兄弟分摊养老的，就不免出现推三阻四的现象，而且，女儿赡养父母的觉悟还没有上来，有些女儿出嫁之后，甚至认为父母与她没有关系了，只在节假日的时候像走亲戚一样的。"

作为易馥香总结的幸福感最强的一类老人，吴艳先的儿子儿媳都是鼎城区机关事业单位的业务骨干，不仅不让她操心，还以行动支持她在慈善协会的工作，儿子丁勇每年为慈善协会捐款1000元，吴艳先仍然觉得没有安全感。"现在两老都在，互相有个照应，以后只剩一个了怎么办，去城里一是住不习惯，二是儿子媳妇有工作，难道还要他们照顾？"

吴艳先这样的担忧，很多农村老人都有。老人们偶尔在一起聊天时，总会说起城里的"长者之家"。2016年很多村合并，比如放羊坪村合并了兴垸村，三角堆村合并了稻罗岭村，枫林口村合并了官庄陂村、伍家坪村和连三桥村，那些被兼并的村的办公场所就闲置了。还有最近十多年因为农村生源急剧减少，基本上各个村小都已经撤销了，原来的小学教学点也荒废了。他们希望镇政府或者村里牵头，把原来的村办公点或小学改造成为老年学校、长者之家、老年人活动室，添置一些简单的设施，让一个村的老年人可以集中到一起聊天、喝茶、打牌、下棋、看电视，这样既可以丰富农村老年人的生活，也便于观察老年人的身体状况。

## 他们的暮年：孤单、乐观、顽强

2021年10月23日，霜降，晴天，草坪镇大部分稻田都已收割，没有把田地承包出去的农户，房屋前坪都晒着黄澄澄的稻谷。从山林里捡回来的油茶，数量不多，晒在一角。

油茶树是鼎城区的主要经济作物，多年生，是世界四大木本食用油料树种之一，油茶籽榨取后为茶油。茶油被称为“东方神奇橄榄油”，“鼎城茶油”是国家市场监督管理总局批准的国家地理标志保护产品。因为营养丰富，茶油得到了市场的广泛认可，2020年的茶油价格在每斤60元至70元之间，2021年收成不错，只要走得动的老人，都会背上篓子，爬上山去捡一些。等晒干了，清理出茶籽来，会有油榨房来将茶籽过秤拖走，再把榨好的油送回来。

连续几天，我们在草坪镇先锋村和丁家坪村走访，验证了将近一年的调查中，村

刘菊初家的菜园和小楼　高玲/摄

干部和村民经常说的几句话："农村里已经看不到年轻人了""走到路上看到的都是老人""年轻的在外边做事，年老的在屋里做事"。

我们在路上遇到的老人，或者骑着自行车、电动车，或者拿着农具，或者快速地赶路。我们看到老人割草、劈柴、晒谷、带孙辈玩耍，看到他们坐在屋前檐下，安静地望着前方，不知道在想些什么。在与老人们的交谈中，除了两三人因为听力下降，无能为力，其他人都高兴地与我们聊天。让我们意外的是，他们并没有因为儿女长年在外务工而颓废，或者身处农村而卑微，他们中的大多数勤劳好动，乐天知命，充满了对现实的满足与对未来的期待。

剥豆子的刘菊初和李三英　黄蔡芬/摄

李三英卖菜的小推车　黄蔡芬/摄

**1. 刘菊初：孙儿买房赞助了22万**

晚秋季节的太阳温吞吞的，上午十时，仍然感觉不到暖意。2021年10月23日，草坪镇先锋村花叶港幸福屋场的一栋民居前，我们遇到了正在剥青黄豆的刘菊初老人，和他的老伴，刚刚从草坪镇上卖菜回来的李三英。

在2016年并村之前，这里属于花叶港村7组。这是长时间的秋雨之后一个难得的晴天，刘菊初家的前坪上晒着棉被、洗净的编织袋、切成一段段的芋头梗。84岁的刘菊初将一堆黄豆秆摊开后，就坐下来剥黄豆。老伴李三英77岁，推着自己改装的推车回来了，家里种了几分地的蔬菜，两个人根本吃不完，就推到草坪镇上去卖。李三英在镇墟场上有一个固定的摊点，在草坪镇卫生院的前面，从家到卫生院，距离2.6公里，矫健的李三英就凭着双腿走去走回。今天的菜卖得快，十点多李三英已经转身了，卖菜收入35元，平时十几二十元都有。这段时间蔬菜的价格涨了，这样剥好的青黄豆，明天到镇上可以卖到一斤10元，和眼下一斤猪肉的价格差不多。

小推车放进杂屋，李三英开始侍弄菜地。刘菊初说，老伴是个有生意头脑的人。刘菊初曾经当兵入伍，1960年至1969年是在部队度过的，是一名汽车兵。从部队回来后，他还开了一段时间车。李三英在镇墟场上的农贸市场帮人宰杀活禽，个子小，干活却干脆利落。虽然从农贸市场歇业多年，但附近的村民仍然知道李三英的手艺，熟人还是会上门请她杀鸡杀鸭，2020年光这项收入也有万元左右。

刘菊初是有社保的人，现在他一个月领着2800元的退休金，让他觉得幸福感和安全感挺强，脸上的笑容发自内心，而且还带着些许骄傲。住房是1980年修的，开始修的是暗楼，后来家中人口增加，就把暗楼改成了二楼，但这栋“服役”长达四十多年的房子，已经破旧不堪，屋顶漏雨修了多次，但只要下大雨还是照漏不变。刘菊初心里有一个重新修房的计划，只是近期内无法实施，孙媳妇响应国家号召，怀了二胎。民间习俗，家里有人怀孕是不能动土的，所以修房计划要延期。可能是这栋房子住不了太久了，房子里也显得比较零乱，没有特意去整理，各种物品杂乱地散落着。

房子周围的路灯杆上，安着几个摄像头，“孙儿安的，他怕我们绊倒，安了监控，他在手机上就可以看到我们。”说到孙儿，刘菊初特别高兴。刘菊初与李三英生了一儿一女，儿子响应国家政策，只生了一个。孙儿今年28岁，马上就是两个孩子的父亲。2018年，孙儿在常德市的江南城区买了商品房，“我支持了二十几万元。”

“你们两个老人，怎么会有这么多钱呢？”

“我有退休金，平时帮人杀鸡杀鸭，还卖点菜，儿女过年过节的孝敬，我们老了，又用不了几个钱，孙伢买屋是大事，攒的钱都给他。”

身体好，是刘菊初最为庆幸的，只要健康，不进医院，每个月都会有收入。收入不高，但积少成多，三年过去，刘菊初又准备改善自己的住房条件了。儿女都住在江南城区，条件都还不错，离家不到40分钟的车程，每周都会回来看望他们。生活宽裕，儿女孝顺，刘菊初感到日子好过，有奔头。

### 2.李来之：一家跟着共产党

我们是在路上遇到李来之的。

2021年10月24日上午，他骑着一辆两轮红色电动车，戴着一顶黄色草帽，穿着一件咖啡色上衣，慢慢地向我们驶过来。

李来之出生于1950年，丁家坪村6组村民，从丁家坪村到草坪镇上，有两三公里路，他的交通工具就是这辆电动车。车是2008年买的，他记得很清楚，“就是冰灾那年买的，后来再没有那么大的雪了。”13年前，这样一辆电动车的价格是2000多元，平时去镇上买东西，或者去熟人家串门骑一骑，又方便又实惠。

沿途，我们与七八个骑电动车的村民擦身而过，有不少农户家的前坪里也停着电动车。可见，电动车是村民们乐于接受的出行工具。有些村民家还停着三轮电动车，家用小轿车。李来之家也有一辆家用小轿车，儿子李大胜开出去办事了。

一个萝卜五块二　黄蔡芬/摄

今天，李来之去镇上的家家乐超市买烟，还买了一个萝卜。

一个萝卜5.2元。李来之洗干净，切

李来之　黄蔡芬/摄

成条状，晒在前坪的竹竿上，好不容易出了太阳，正是晒萝卜干的好时机。5.2元一个萝卜刷新了我们对蔬菜价格的认知，李来之也说，菜园里有菜就不问贵贱，今年没有种萝卜，买的时候就发现贵得很。

李来之家也是一栋两层小楼，看起来已有了年纪，堂屋里挂着“家和万事兴”的十字绣。我们走访的十多户村民家中，有七八户堂屋里挂着“家和万事兴”，有三四户张贴着毛主席像，两三户挂着显示数字的电子钟。堂屋门上面有两块牌子，一块写着“双创示范户”，一块写着“农业科技示范户”。一边翻晒种谷的李来之告诉我们，他家有旋耕机、收割机，今年种田27亩，插的双季稻，晚稻每亩收成大约1100斤，但谷价不高，从田里直接卖湿谷每百斤83元左右，通过合作社交干谷每百斤113元，往年晚稻谷每百斤130元。

阶沿边摆着十几盆花，有多肉，有兰花，长势很好，表明这个家里有女主人。李来之的儿子和媳妇都没有外出打工，这些花都是媳妇种的。媳妇今天早上被电话叫出去了，她所在的管乐队被人请去表演，一天可以挣150元。儿子李大胜在丁家坪村工作，是副支书兼治调主任，月工资2600元。李大胜有水电工的手艺，在工地上10天可以挣5000元，“要是论赚钱，在村里干活养不活一家人，从早到晚待在村里，有时候深更半夜还要值班，但总要有人为村里做点事，做点贡献。”李来之父子俩都是党员，他自己在村里干了一辈子，虽然家里不富裕，但他认为过得充实，“我这家人，是一直跟着共产党走的。”

李来之家的部分农用机械　高玲/摄

### 3.梅么妹：我快活了一辈子

当我们惊喜地发现，村里还有年轻人时，梅么妹说：“我还年轻么得啊，我明年就六十岁哒。”

趁着阳光，梅么妹今天晒了稻谷、油茶、棉被、衣服，两层小楼的前坪挤得密不透风，我们只能站在她家围墙的铁门边与她聊天。梅么妹性格开朗，看见我们就停了手中晒谷的活，与我们话起了家常。

“今天天晴，要晒东西，孙儿又不读书，要弄饭吃，我就没有出门打牌，不然你们都看不到我呢。”梅么妹说她平时没得这么勤快，喜欢串门，“老公赚多少交多少，

梅么妹　黄蔡芬/摄

他对我好，也不管我用钱，我就快活了一辈子。”梅么妹的丈夫叫张安泰，是一名瓦匠，在工地上不愁找不到活干，只要出工，每天可收入300元左右，这是家里的主要收入来源。丈夫一年比一年老了，城里的大工地就进不去了，只能在周边做事，今天就帮本村的村民修屋去了。儿子和儿媳在草坪镇上开了一家餐馆，受新冠肺炎疫情影响，从2020年开始生意滑坡，2021年更差，“儿子早就不想干了，想到广州去打工，但又舍不得小伢，就这门拖起的，比不搞事强得一点。”梅么妹的孙子9岁，在草坪镇中心小学读书，儿子不愿意孙子成为留守儿童，一直坚守着生意越来越差的餐馆。

“你老公和儿子有多大年纪了？”

“那我搞不清楚呢，老公有六十几了吧？”在丁家坪村会计陈丹和邻居的提示下，我们终于知道了梅么妹的丈夫张安泰出生于1957年，儿子出生于1985年。不记得丈夫和儿子的年龄，梅么妹并不觉得有什么，这都是生活中的小事。现在，儿子有自己的事业，丈夫又有手艺，家里的事她就不怎么管了，以前她是出门打过工的，在草坪镇镇政府的食堂搞过三年，又在江南城区打过七年工，年纪大了身体吃不消，家里还有一个九十岁的婆婆要照顾，张安泰在外面做了一天事回来也要吃饭。

和我们闲聊的间隙，梅么妹又去翻了几下稻谷，一边翻一边说：“今年收成好，谷价就低，镉超标的谷合作社还不收，明年准备把田流转给合作社了。”

**4.何明初：无忧无虑爱唱歌**

何明初家的房子很有特色，灰蓝色的墙砖，红色的屋顶，大门前还有两根米白色的罗马柱。用一个词来形容，就是“洋气”。

这栋平房修于2003年，花费了8万多元。今天房子前面晒满了烧柴，从大门走到屋子要踩着满地的树叶。还有几堆劈好的烧柴，整齐地码放在屋前的走廊上，上午的阳光落在叶子和木柴上。“昨天才抱出来晒的，晒干了就堆到旁边的偏屋里，不能摆在眼门前，我们这里搞人居环境整治，烧柴不能乱堆的。”何明初说，这些烧柴，用于冬天烤火烘、熏腊货，现在山上烧柴多，出去一会儿能够砍一捆回来。之后的一个小时，我们先后在路上遇到两位老人，一位老人挑着两个箩筐，里面装满了烧柴；一位老人拖着几根茶树枝，树枝已经干枯，与水泥地面摩擦作响。

相比于方便的液化气灶，老人还是习惯使用柴灶，理由是火旺，烧的饭菜更香。老人们知道使用液化气更加干净，也免了上山砍柴的辛苦，但在他们心里，大锅大灶，热气腾腾，那才是接地气的生活。

出生于1945年的何明初，是多年以前从鼎城区别的乡镇迁到草坪镇丁家坪村来的，周边也就他一家姓何。何明初看起来比真实年龄要小五六岁，听我们赞他年轻，他笑得非常开心，说："我的儿子都五十一了，我是心态好，无忧无虑的，你们不知道啊，我年轻的时候最大的愿望是当个流浪歌手，我喜欢唱歌，现在没事都要哼几句。"

"无忧无虑还是因为您的儿女孝顺嘛！"

"就是这门的哟，女儿每天都要打电话来，不管是女儿还是媳妇，打电话第一句就问我，还有没有钱用。"何明初身体不错，生活中的小事都能胜任，他有一儿两女，儿子和儿媳在广州打工，女儿一个在江苏省，一个在常德市，因为老伴已去世多年，儿女怕他孤单，即使不在身边，每天的电话都不会忘记。交谈中，村会计陈丹过来告诉何明初："你明年的新型农村合作医疗你儿媳妇已经给你交了，上周她用微信转给我的！"

**5.老人们：余力和余热**

84岁的白仕春腿软，走不得远路，眼睛也看不见了，大白天她也觉得就像晚上，朦朦胧胧的，所以她走路总是小心翼翼的。这不妨碍她吃过早饭就到小儿子家里来，看看洗的被子晾晒了没有。我们见到她时，她正在确定晾晒被子的竹竿的稳定性，怕一阵风来，将竹竿吹倒了。

课题组人员与白仕春（左）交谈　黄蔡芬/摄

她和小儿子都住在丁家坪村6组，小儿子和媳妇在位于常德经济开发区的恒安纸业上班，一大早就出了门，她来看看就放心了。她的眼睛曾经患过白内障，十几年前在常德市第一人民医院动过手术，效果也好，只是她没有想到一次手术只能管十年。过了80岁之后，她觉得自己已够老了，两个女儿三个儿子，大儿子和大女儿都不在了，小女儿嫁在草坪镇的兴隆街村，条件怎么样白仕春没说，只是叨念着："我是活得一天是一天了，就是还想帮帮她啊。"

离白仕春小儿子家不远的一户村民家里，前坪里没有晒东西，只有阶沿上坐着一位老人，灰白的短发，红绿格子的上衣，黑底白花的裤子。她满是皱纹的脸是紧绷的，像一条老了的苦瓜。与她说话，她摇摇头，表示自己听不见。她嘴边有伤，看得让人心里难受，只是反复对我们说："前两天摔了一跤，疼得很，饭都吃不得了。"更多的交谈无法完成，她家里也没有其他人，我们只好从院子里出来。

好远就听到有喇叭声：修电饭煲、高压锅。这是事先录制好了，反复播放的。

随着声音越来越近，我看到一位老人推着老旧自行车向我们走了过来，头戴着迷彩帽，身穿一件黑色上衣，自行车前杠上捆着一个大包和一个喇叭，后座上横放着两个白色塑料箱子。

老人今年73岁，他是鼎城区黄土店镇人，吃过早饭就往这边来了，一个月来一次，看看有没有村民家要修电饭煲高压锅，出来一次，只跑半天，一般来说可以挣100多元。虽然只跑半天，要沿着有人家的村道走，弯弯绕绕，路程往返却有六七十公里，电动车跑不了这么远，自行车是最好的选择。

"七十多了骑单车没问题吗？"我们有些担心他，老年人容易骨折，这又是一辆载重自行车，前面有横梁，上下车时的身体幅度不小。

"我又不打牌，身体还跑得动，出来一趟也有生意，比待在家里强。"他和我们打打招呼，然后摁响喇叭，骑着车慢悠悠地向前去了，很快就消失在路的尽头。

**老年生活**

农村老人没有退休之说，只要干得动，就会一直干。他们干农活、带孙子、种蔬菜、做家务，直到他们失去劳动能力的那一天。

摄影：钱新明　黄蔡芬

# 第三章 旧船票，新航程

20世纪80年代曾在农村生活过的人们，脑海中或许还有这样的场景，大队的卫生室里，一个穿着白大褂的医生忙进忙出，白大褂泛着微微的黄色；酒精灯的火苗一直在晃动，长形铁制器皿中煮着几个针头；中药柜子里飘出好闻的药香，没想到煮出来的药汁却苦得难以下咽。

今天，村卫生室还在，陈设简单，窗明几净，中药柜子已经被一个浅灰色的铁柜子取代了，铁柜子里整齐地摆放着各种西药和中成药，时代的更替和社会的进步在这个柜子里一目了然。

## 合作医疗的旧与新

合作医疗其实在20世纪50年代就萌芽了。

娄桃香记得，他1975年参加过常德县（现鼎城区）的合作医疗报告团，在全县范围内宣讲。这一年，他23岁，是他参加工作的第二年。这一年，距离草坪卫生院创立已经过去了19年。这一年，草坪发展合作医疗已经有了6年的经验。

我国的合作医疗一波三折，从萌芽到今天的全面覆盖历时六十多年。从20世纪50年代的初创，到60年代的发展，70年代的鼎盛，80年代的解体，再到21世纪的全面铺开惠及全民，可以清晰地看到国家对合作医疗态度的变化。

### 1.“三土四自”，土法上马

20世纪50年代中国贫困落后，医疗卫生条件差，“三土四自”是基于发动农民、依靠农民这个前提条件发展起来的，给予刚刚获得解放却极端贫困的农民一定程度上的医疗扶助，力图消灭一直在农村大地上肆虐的多种传染病。

“三土四自”的基本内容和具体方法，只有经历过的老人才记得。娄桃香参加工作之时，恰逢合作医疗的鼎盛时期。在他的印象中，“三土”就是指在农村沿用多年的土草药、土单方、土验方。在医疗技术不发达的时代，这些在日常生活中被多次证明有效的草药和土方，曾经为一筹莫展的病人带去了生机和希望。它们是劳动人民的智慧结晶，也是劳动人民的生命保障。正因为被多次证明有效，在当时的合作医疗中，这些土草药、土单方、土验方大多被采用，被称为“土法上马”。

“四自”就是自种、自采、自制和自用。种是基础，也是来源。娄桃香是土生土长的草坪人，他出生的草坪村（现为草坪社区）在20世纪70年代种了16亩中草药，而放羊坪村、枫林口村的种植面积都在20亩以上，当时的草坪乡范围内，至少有100亩中草药。种植的中草药品种，以常用药为主，主要针对头疼、感冒、腹泻、中暑、外伤、皮肤病这些农村常见的病症和意外，突出基础性和常见性。

在“三土四自”基础上，每个村都创办了卫生室，农民到村卫生室看病、拿药都是免费的。当然，卫生室也会有西药和针剂，数量不多，西药以阿司匹林之类的消炎药为主。每个卫生室都配有一名医生，在那个人才极度缺乏的年代，医生只在县里经过了简单的集中培训，懂得一些基本的药理知识和简单的处置方法。

我20世纪70年代中期出生在距离草坪镇大约10公里的唐家铺乡龙虎口村，七岁的时候患上了小儿淋巴结核，当时唯一能够对抗它的药物是链霉素，在村卫生室接受肌注三天之后，结核明显变小了，但我的双腿失去了知觉，早上起床时直接栽到了地上，父母吓得半死，早饭都没顾得上吃，把我背到了卫生室。原来，医生忽略了药物成人用量和儿童用量的剂量区别，按照成人剂量给我进行了注射。看到我怎么捏都不喊疼的双腿，医生也吓出了一身汗，又连忙对我的听力进行了测试，生怕大剂量的链霉素同时把我变成聋人。

当时村卫生室的医生，大多数都是“赤脚医生”。“赤脚医生”这个称呼是农民喊出来的，专指那些仍然需要光着脚丫下田种地的医生。“赤脚医生”是中国医疗卫生史上的一个特殊产物，一般指未经正式医疗训练、仍持农业户口、一些情况下“半农半医”的农村医疗人员。1978年，中国农村大约活跃着180万“赤脚医生”。“赤脚医生”的工作内容包括预防性工作，例如健康教育、卫生防疫、环境卫生、急救、公共卫生，以及为一般病人提供基本医疗服务。

村卫生室在我上学的途中，是我每天的必经之所。一周之后，看到背着书包活蹦乱跳的我，医生松了一口气，抓给我一把红色的果实，很多年后我才知道这种红色的果实叫枸杞。正是因为这把红色的枸杞，多年后我都记得他当时说的话：“你若真的瘫了，我怎么对得住你爹妈！”

**2.红红火火，已成过往**

1975年，草坪卫生院添置了X光机。

1986年，草坪卫生院趁被评为湖南省卫生文明单位的契机，在奖金的基础上又添了一些钱，购置了一辆救护车。

1989年，草坪卫生院成为鼎城区较早拥有B超机的乡镇卫生院。

这些时间节点和草坪卫生院自己的大事记，虽然过去了三四十年，年届七旬的娄桃香依然记得清清楚楚。娄桃香还记得，那辆花了12万元购置的救护车开进卫生院时，人民群众都跑到卫生院来围观，毕竟，当时黄土路上除了跑几台手扶拖拉机，专门坐人的机动车是很少见的，在农民的眼里，救护车还是个“稀罕”玩意儿。

除了危重病人，救护车的主要服务对象是孕妇和产妇。卫生院定期把医生和护士送到村里，为孕妇做孕期检查。孕妇到了生产时间，再用救护车把人接到卫生院来生产。娄桃香骄傲地告诉我，因为有了这辆救护车，孕检到位，生产顺利，孕产妇和新生儿的存活率达到了百分之百，在当时的医疗条件下，这个比例是令人瞩目的。

红火除了设备，还有技术力量，这所将近30个医生护士的乡镇卫生院，算得上人才济济，主治医师就有六人，其中中医四人，西医两人。在这六人中，三人后来成功晋级为副主任医师。

在三十多年的摸索与实践过程中，农村医疗卫生事业发生巨变，缺医少药的局面得到改观。很多流行性疾病，如天花、霍乱等得到比较彻底的消除，寄生虫病，如血吸虫病和疟疾等大幅度减少。1980年，中国的平均寿命高于很多收入水准比中国高的国家。

可以说，合作医疗以最低的成本获得了满足农民基本医疗需求的最高效益，因此，被世界卫生组织誉为“发展中国家群体解决卫生经费的唯一范例”，并作为“中国模式”在发展中国家推广。世界卫生组织有感于这样伟大的成就，在1978年召开的阿拉木图（Alma Ata）会议上，将中国的医疗卫生体制推崇为世界范围内基层卫生推动计划的模范。

然而，医疗产业化政策在20世纪80年代横空出世，1985年成为我国的医改元年，政府直接投入逐步减少，市场化逐步渗透到医疗机构。1992年9月，卫生部（现卫健委）提出“建设靠国家，吃饭靠自己”，要求医院“以工助医、以副补主”。政府的投入不足，再加上卫生政策失当，乡镇卫生院受到猛烈冲击，在2000年前后，甚至有一些地方开始公开拍卖、出售乡镇卫生院。

2003年，新型农村合作医疗制度在全国部分县（市）试点，后期逐步实现基本覆盖全国农村居民。

2012年，草坪卫生院副院长娄桃香退休了，这位在鼎城区医疗卫生战线上工作了38年的老人，当年的退休金是每月1800元。国家统计局数据显示，2012年我国城镇居民人均可支配收入24127元，2012年湖南省城镇居民人均可支配收入22173元，娄桃香的年退休金总额与湖南省城镇居民人均可支配收入接近。但这时候草坪卫生院已经举步维艰，不复往日的热闹与红火。作为卫生院从鼎盛到衰退的见证者，娄桃香可谓百感交集、五味杂陈。

# 乡镇卫生院的尴尬

“合作医疗最早交十元，现在交两百八十元，涨了二十八倍，这个涨幅太大了，国家还有什么是涨了二十八倍的。”

“现在的乡镇卫生院，如果不是有合作医疗，早就垮了”。

“新农合交的标准每年都在提高，卫生院买不到的基本药却越来越多”。

娄桃香经常听到村民的这种议论，听到的议论多了，他会和草坪中心卫生院院长陈平说一说。娄桃香听到的这些议论，陈平全都听到过，而且听到的话比这难听多了。毕竟，村民们和退休副院长娄桃香只是聊天，但对在职的院长陈平就是毫不遮掩

草坪中心卫生院　徐珊珊/摄

的抱怨了。

草坪卫生院距离草坪镇政府机关只有一百多米，两家单位都栖身在一条大约四米宽的街道旁。受制于场地，卫生院门脸不大，除了草坪镇卫生院和支部两块牌子外，大门的另一侧还挂着草坪镇公共卫生服务管理办公室和草坪镇妇幼保健计划生育服务站两块牌子。2021年3月4日，因为新冠肺炎疫情防控的指令尚未撤除，门口的电子屏上滚动着“戴口罩、讲卫生、勤洗手、勤通风”，我们进去的时候也被要求戴上口罩。

陈平1975年出生，学中医的他从湖南省石门卫生学校毕业后，直接进入草坪卫生院工作。工作20年之后，37岁的他成为这所医院的负责人，带领31名医护人员艰难而努力地缓慢前行。2019年和2020年，草坪卫生院的门诊人数都在2万人次以上，2019年的住院人数1980人，2020年缩减到1680人。即使陈平努力发挥卫生院的中医特色，但业务收入也仅仅在400万左右，只能维持卫生院的基本运转。

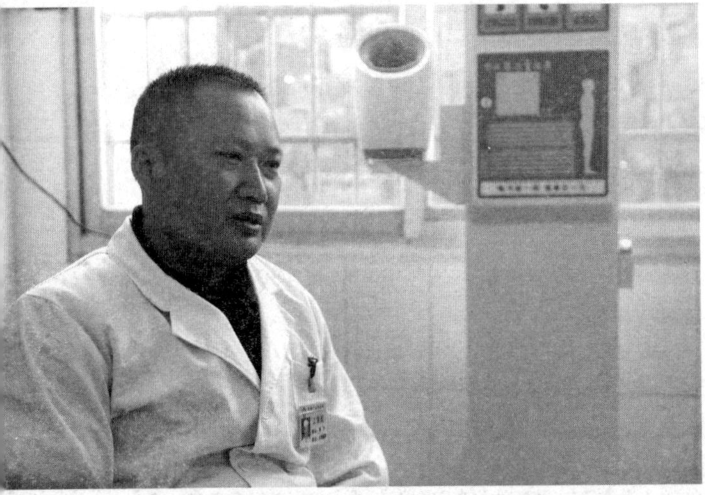

陈平　徐珊珊/摄

对于一所医疗服务机构来说，如果没有富余的资金购置设备、提高水平，那么在留住人才和病人方面就显得力不从心。除此之外，近几年来国家对医保甲类基本药的管控，也让乡镇卫生院承受了舆论的压力。这些，都是陈平每天需要面对和烦恼的。

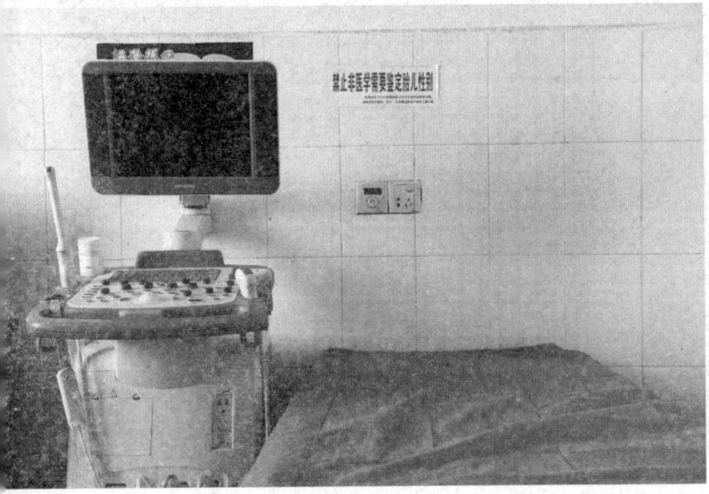


草坪中心卫生院B超室　徐珊珊/摄

### 1.尴尬一：留不住的人

乡镇卫生院留不住两种人，一是医生，二是病人。

留不住人，是因为医疗基础

条件差。2014年卫生院斥资40多万元购置了一台彩色B超机，这笔购置费占去了当年收入的10%，对卫生院来说是相当大的投入。卫生院需要购置的设备和仪器还有不少，但是苦于没有资金。鼎城区政府公共财政对草坪卫生院的资金支持，2019年是30万，2020年是20万。对上级支持资金的逐年递减，陈平已经越来越淡然了，让他心怀不平的，是草坪卫生院申报的公共卫生楼改造项目调整到了其他乡镇。走进这栋1992年修建的公共卫生服务楼，就闻到一股令人难受的霉味，即使室外太阳猛烈，地面上也是潮湿的，人走过会留下清晰的脚印。为了改造这栋房子，陈平多次向鼎城区卫健委申请，并初步立项为500万元。谁知，就在他满怀期望的时候，这个项目被调整到了离草坪镇不到十公里的另一个乡镇。

2019年至2020年这两年间，三名医生先后离开了草坪卫生院。擅长外科和骨科

草坪中心卫生院住院楼　徐珊珊/摄

的副院长蒋勇去了常德市第四人民医院，擅长外科的副院长姜孝勇去了一家私立医院，擅长儿科和中医科的余湘蓉去了鼎城区妇幼保健院。这些年来，市县两级的医院扩张较快，湘雅常德医院落户后，立即形成了一条从上到下的人才引进链条，省级医院到市级医院挖人，市医院到区县医院挖人，区县医院到乡镇医院挖人。作为生物链的最末一环，乡镇卫生院没有还手之力，从学校毕业的医学专科学生，经过在乡镇卫生院的几年磨炼，刚刚成为独当一面的顶梁柱，有些甚至被提拔到副院长的重要岗位上，可上级医院只要勾一勾指头，他们就毫不犹豫地去了。

说起这些事，陈平表情凝重。一方面，他能够理解离开的那些医生，乡镇卫生院的条件摆在这里，与城里的医院比，经济待遇和发展空间都有局限，有些医生的住房本来就在城区。草坪卫生院的一名主治医生，月收入大约5000元出头，主管护士月收

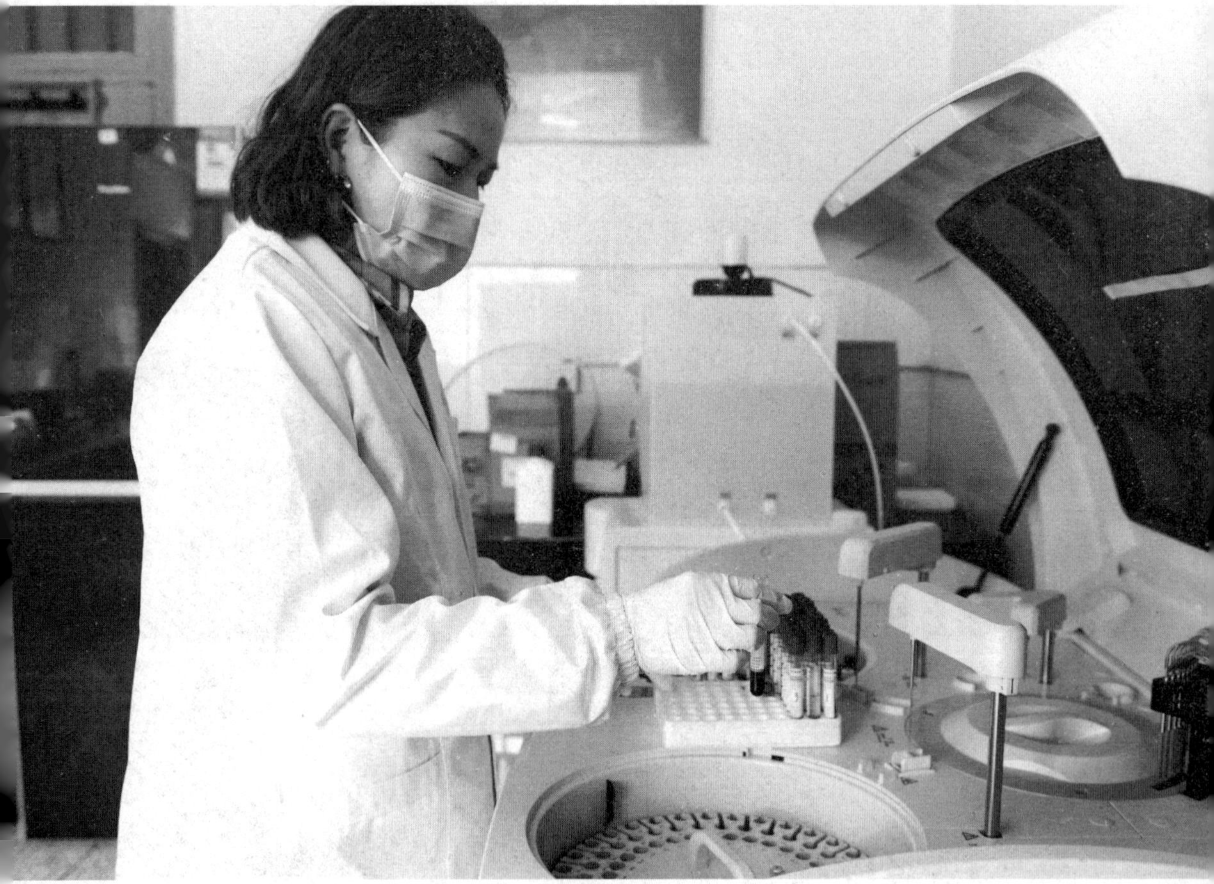

草坪中心卫生院检验室　徐珊珊/摄

入在3500元至4000元之间，这个工资标准，在医疗行业是没有任何竞争力的。草坪卫生院目前有主治医生三名，主管护士五名，为留住这些骨干力量，陈平每年都要费不少口舌。

乡镇卫生院缺人，这是一个不争的事实。但是乡镇卫生院留不住人，招不到人，同样是需要面对的现实。草坪镇6000多户，26000多人，不管他们生病后到不到卫生院来治疗都是草坪卫生院的服务对象。因为，草坪卫生院承担着公共卫生服务这个重要的职能，接种、疫情防控、14项居民健康检查、辖区内中毒和流行病的抢救与现场处置，都压在他们31个人肩上。这31人中，还有4个临时聘用的医生，卫生院帮他们购买了基本保险，住房公积金和职业年金则没有。

每年鼎城区卫健委都会帮乡镇卫生院招医护人员，但结果都不太乐观。2020年的招人行动中，十几个岗位只招到一个人。有空缺的地方没有人报考，或者考上之后最终“逃之夭夭”。陈平说，愿意到乡镇卫生院工作的，一般来说都是家住附近的，离家近，开销小。如果离家太远，人家就不愿意来，“本地人在本地工作更安心”。

没有好的医生，没有高档设备，病人就不会选择乡镇卫生院，哪怕新型农村合作医疗（以下简称新农合）在乡镇卫生院的报销比例最高，因为病人的信心往往靠医生的技术和医院的设备来加持。走进草坪卫生院的住院楼，一栋两层的白色小楼，40个床位空着十几个，躺在病床上的，大多在六七十岁左右，病情常见为外伤、支气管炎、心脑血管病。用陈平的话说，就是那些不会开车的、家里没有什么积蓄的、又不愿意在家等死的老年病人，才会选择在草坪镇当地就医。

同一样药物在不同医院的报销政策，也是影响病人选择的重要原因。陈平拿出一个白色的药盒，上面写着“血塞通片”，这是用于治疗心脑血管病后遗症、冠心病、心绞痛的常见药，在乡镇卫生院的用药量一直比较大。以前，“血塞通片”是在报销名录上的，但是不知道什么原因，现在这个药从报销名录上剔除了，村民们要自己掏钱买这个药。而令人不解的是，“血塞通片”在常德市第四人民医院这类二级医院又可以报销。在乡镇卫生院不能报，在县级医院又能够报，病人当然会选择县级医院。

“血塞通片”塞住了一条路，陈平又从中药、针灸、敷贴、理疗上面找出路。几年来，这条路被证明是对病人有效也对医院业务拓展有效的途径。这些在实践中摸索出来的方法，被患有高血压、糖尿病特别是风湿关节炎的老年病人追捧。2020年草坪卫生院的中药类饮片销售额达到30多万，针灸、敷贴、理疗等服务护理项目收入超过10万元。

**2.尴尬二：进不到的药**

2021年3月4日上午，陈平接待了几个前来买药的村民。

村民们要买的是“稳心颗粒”，一种心脏病用药，他们在上级医院治疗时开过，吃完了，到卫生院来“补货”。但是，药房的护士给了他们一个失望的回答：没货。

村民们自然不愿意再乘车转车到城里的医院去买药，便一起来找陈平。他们相信集体的力量比个人要大，这么多人找院长，院长应该会帮他们解决问题。然而，陈平也无能为力，这个医保乙类的活血化瘀药，在中国医药信息查询平台上显示价格为一盒27.8元至49元之间，但是乡镇卫生院进不到药。

陈平也觉得奇怪，需求量很大的降糖药格列齐特、感冒药康泰克、心脑血管用药华佗再造丸和通脉颗粒，都进不到货。他们提交了100盒格列齐特的购药申请，常常只给配置一二十盒。华佗再造丸和康泰克这些医保甲类的基本药，乡镇卫生院也进不到货。

医保甲类是指药品按100%比例报销。医保甲类药品华佗再造丸在中国医药信息查询平台上的报价是一盒42元至68元，这个价格对依靠每个月103元的养老金和儿女供养的农村老人来说，无疑是昂贵的。然而，心脑血管疾病又是老年人的常见杀手，一旦患病，终身服药，可乡镇卫生院进不到药，这种情况，让陈平很焦虑，他说，村民们名义上享受着新农合的政策，但我进不到他们需要的药，他们要么乘车去城里的医院挂号就诊开药，要么自己花钱从乡镇的药房里购买，无论哪一种，都增加了他们的支出，而他们恰恰又是最需要医疗扶助的贫困者。

2020年国家卫健委发布的数据显示，2019年我国人均卫生总费用为4656.7元。同年个人消费总支出为21559元，可见，医疗卫生支出占到了年度总支出的四分之一。农村的形势更加严峻，2019年农村个人消费总支出为13328元，比较之下，医疗支出占比达到了三分之一。

调查中，村民吐槽最多的是慢性病和癌症。在农村，高血压、心脏病、糖尿病、支气管炎、风湿关节炎已经成为公共卫生领域的重大问题，90%以上的老年人都患有以上疾病中的一种或几种，高血压、糖尿病和心脏病的患病年龄逐年下降，不少刚刚年过四十的壮年劳动力就被高血压和糖尿病缠上。陈平建议，在农村普及健康生活方式非常重要，要在村民心目中树立预防大于治疗的意识，从而避免这些慢性病的提前化和低龄化。而所有的调查对象都认为，癌症会给家庭带来灭顶之灾，除非患者不愿意落得人财两空的下场而自己主动放弃治疗。

兜底，是面对广阔农村大地的乡镇卫生院的最大意义所在，也是基于农民普遍的低收入和农村在交通运输方面的不便所推出的政策保障。

上个月，一个长年受肺气肿折磨的老人，在草坪卫生院住院一周，自付治疗药品、住院费用共260元。一个小肿块切除的病人，享受了单病种150元包干的政策。陈平说，对于常见病和基础病，要尽可能地把农民自付费用降到最低，这才叫兜底。草坪镇有两大农忙季节，一是“双抢”，一是捡油茶，都是骨折等意外的高发期。捡油茶时从树上掉下来的，或者爬山时摔倒的，或者不小心掉进坑里的，每天都会有几个。为了缩短就医时间，降低诊疗费用，陈平对骨折患者采用手法复位、打石膏、药物等综合疗法，除了必须送往上级医院的重度骨折患者，都力争把患者自付诊费控制在300元以内。

我们离开的时候，陈平开始打电话，他要想办法尽可能地买到稳心颗粒。

# 乡村医生的坚守

放羊坪村部临近乡村大舞台的那一侧，就是村卫生室。到2020年底，这样的村级卫生室常德市域内有3393个。

这间卫生室大约40平方米，进门就是一个放置药品和计生药具的灰色铁皮柜，只有简单的治疗感冒、腹泻、咳嗽的基本药物。再往里走，是乡村医生的诊疗桌、诊查床和冷藏箱。诊疗桌上摆放着血压计，墙上挂着听诊器。

丁为明1975年成为放羊坪的村医之后，一直坚守在这个岗位上，虽然2021年他就70岁了，也没有人问过他想不想退休这个问题。他的老伴吴艳先是村慈善协会的会长，儿子丁勇是鼎城区疾控中心副主任，三个人都是共产党员。吴艳先说，只要村里不要我们退，我们就继续干，反正已经在村里干了一辈子。

乡村医生的前身，就是几十年前人们口中的“赤脚医生”。20世纪80年代中期开始，乡村医生逐渐成为农村医疗卫生人员的新名字。2004年，《乡村医生从业管理条例》开始施行，乡村医生需经过相应培训考试和注册后才可进行医疗服务。丁为明是从赤脚医生直接过渡为乡村医生的，他接受医疗知识培训要追溯到1968年的冬天，17岁的他和很多比他年长的村民一起，接受了他甚至不知道将来会不会用得上的医疗培训。第二年，18岁的丁为明参军入伍，直到6年后，从部队回来的他，通过大队的考核成为一名“赤脚医生”。

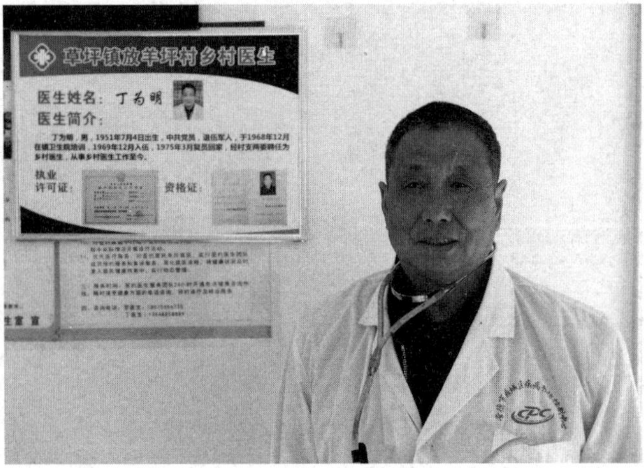


丁为明　徐珊珊/摄

国家规定村医的职责为向农村居民提供常见病和多发病的一般诊治，超出诊治能力的要及时转到乡镇卫生院或县级医疗机构。这也是丁为明为2700多名放羊坪村村民服务的范围。

对普通的感冒腹泻进行诊疗开药，为简单的外

放羊坪村卫生室　徐珊珊/摄

药柜　徐珊珊/摄

检查室　徐珊珊/摄

伤进行清洗包扎，给心肌梗死或心博骤停的患者进行心肺复苏，给糖尿病和高血压患者做定期上门检查，协助草坪卫生院对全村65岁以上的老年人进行免费体检。丁为明的工作并不轻松，全村有糖尿病患者45人，要经常到卫生室测量监控血糖。高血压患者86人，每个季度对每名患者随访一次，测量血压，了解他们正在服用的降压药。高血压是有分级的，患者超过65岁之后标准不同，要及时给患者调换药品。

居住在村里，工作在村里，每天和农民打交道，为他们解决身体上的疼痛，丁为明是村民眼里的知心人，有什么话就爱拉着他说。一个季度到全村的角角落落里跑一次，也没什么事能逃出丁为明的眼睛。年初，村里有个老人在菜园里赶鸡，结果不小心骨折了，在常德市的医院治疗，住了十天，花了一万多元医药费。而骨折被定性为意外伤害，报销比例只有30%，老人出院后郁闷了很长时间。

老人认为这有点不合理，对于老年人来说，高血压、糖尿病和骨折都属于高发，特别是还不能把自己从农活中解放出来的农村老人，种菜、栽油菜、捡油茶、提水挑肥这些事都有可能引发骨折。“难道谁还故意把自己弄骨折？”丁为明说，“骨折不应该被特殊对待，农村的留守老人多，担负着以前很多年轻人担负的农活，而老年人骨质已疏松，骨折后愈合缓慢，比年轻人花费的医药费更多。如果采用过低的报销比例，很容易让一个农村家庭陷入困境。”

农民反对之声比较强烈的另一件事是城乡居民医保个人缴费标准。他们经常在丁为明面前算账：现在的基本家庭结构是5口人，2021年的缴费标准是每人280元，一家人就要交1400元。这对农村家庭来说，是一笔不小的支出。“给一个人交一份保险，就是卖两百多斤优质稻的谷啊！”农民的比喻浅显而直白，但也反映了两个方面的问题，一是农产品的价格很低，二是医保缴费标准不低。

丁为明问，谁都知道，城乡是有差别的，收入差别还不小，为什么缴费标准就没有差别呢?

湖南省统计局发布的数据显示：2020年，常德城镇居民人均可支配收入35469元，农村居民人均可支配收入17957元。两者之间的差别是17512元，也就是说，就居民人均可支配收入而言，城镇居民是农村居民的两倍。而2020年城乡居民医疗保险缴费标准为每人每年250元，2021年城乡居民医保个人缴费标准是每人每年280元，城乡居民的缴费标准是一样的。

对于国家政策好的方面，农民会毫不犹豫地说好，但是觉得不到位、不合理的地方，他们也会分析得头头是道。毕竟智能手机打开了一扇又一扇窗口，他们了解和比较政策根本不费吹灰之力。他们非常不满的现状，也就是草坪卫生院院长陈平头疼的问题：入了新农合之后，买不到基本药。有一位老人对我们说，每年的体检其实都不需要，无非就是那几种老年病，关键是让我们在卫生院能够买到需要的药，对老年人来说这才叫救命。

几个月后，丁为明提出的两个问题都有了答案。2021年8月，常德市医保局、常德市财政局、常德市卫健委联合下发了《关于调整规范医疗保障部分待遇政策的通知》（以下简称《通知》），对常德市医疗保障部分待遇政策进行了调整。在《通知》中，无第三人责任的意外伤害住院，待遇标准与普通疾病一致。而丁为明认为对农村居民来说明显过高的城乡居民医疗保险缴费标准，却由2021年的每人每年280元调整至2022年的每人每年320元。

# 第四章 奔跑的马车

2021年4月30日14时许，暮春的阳光自带热烈与温度，直直地洒在草坪镇枫林口村的田野上。

一栋东西方向延展近百米的三层楼房前，毫无秩序地停放着翻斗车、工程车，在车辆之间堆放着钢材、水泥等建筑用材，两扇绿色的窗子之间，挂着一块白底黑字的牌子，牌子上“湖南省洞庭水利水电建设有限公司项目部”的字样，表明了这栋三层楼房目前的用途。

5年前，这栋房子属于枫林口村小学，枫林口、官庄陂、伍家坪、连三桥四个村的孩子们在这里上学。刘慧记得，他是2002年从这所小学毕业的，毕业前，每个年级都有甲班和乙班，全校共十个班。刘慧毕业没有几年，学校的学生就越来越少，2009年彻底关门，后来租给了私立幼儿园，白色墙面上那些充满了童趣的手绘和院子里还没有搬走的滑梯，就是第一次出租的证明。

## 学校好了，学生少了

20世纪90年代，娄桃香是草坪卫生院的副院长，当时他有一个重要任务，每年都要带领医生去一次草坪镇中心小学，给1100多名小学生免疫接种。他记得，一个班一个班轮流来，打完要整整一天。

现在，草坪镇中心学校的学生是600多人。20多年里，学生人数减少了近二分之一。

然而，这个数据，并不能作为草坪镇小学生人数减少的参考。在20世纪90年代，兴隆街村小学属于一至六年级完全小学，600多学生让学校充满了欢声笑语，而现在，这所小学的命运与枫林口村小学一样，租给了当地办厂的村民作为生产场地。在2000年以前，草坪镇的每个村都有小学，有的是一至六年级完全小学，有的是一至四年级不完全小学。2000年似乎成了一个分水岭，之后学生生源开始逐步减少，各个村小先后撤销，每个村的小学生集中到草坪镇中心小学上学。

草坪镇中学的情况也如出一辙，高峰期学生超出1700人，2022年4月的最新情况显示，有六年级至九年级共四个年级490多名学生在此上学，站在草坪镇中学崭新的校道上望去，两栋四层的白色教学楼设计得很有艺术范。这所能够同时容纳18个班级的学校，目前包括六年级3个班、七至九年级8个班共11个班。

那些已经撤销的乡村小学，地段好的就租给了私人幼儿园办学，或者民营企业作为办公场所。这几年，各村的幼儿园也面临着生源不足的问题，租用枫林口村小学办幼儿园的老板，不久就退租走人了。在枫林口村2016年至2020年的新生儿统计表册

崭新的教学楼　陈敏杰/摄

上，这5年里每年出生的新生儿数量分别为18、21、19、15和20人。对一个5年来平均人口稳居3300人以上的大村，这样低的新生儿出生率，在20世纪是难以想象的。

易馥香说，以前学生多，学校少，国家就推行“农村教育农民办”，各级乡镇和村依靠农民缴纳的教育附加费、杂费或者集资款，修建乡村小学，有些甚至修建了村级初中，他就是兴隆街村中学毕业的。进入2000年之后，慢慢出现了一个村仅有十来名学生的惨淡局面。

农村生源为什么会大幅减少？村民们分析了三个方面的原因，一是我国从20世纪70年代末推行的独生子女计划生育政策，导致出生总人口数量减少，以前一个家里几个孩子，最大的读初中，中间的读六年级，最小的读二年级，现在这种情况没有了。在村民眼里，这是生源减少的主要原因，虽然2011年11月在全国范围内实施双独二孩政策，2013年12月放开了单独二孩政策，又在2015年10月实施全面二孩政策，2021年鼓励一个家庭生育三个孩子，但长期以来的独生子女政策对人们的心理形成的影响是不容忽视的。枫林口村的村委委员范冬华，1998年开始在枫林口村从事妇女工作，她说，年轻人的生育观念已经改变了，一个家庭一个孩子在他们心里已经成为一种定例，而且现在物价高，教育要求高，孩子多了养不起。

课题组采访草坪镇中学副校长侯三清（右二） 陈敏杰/摄

废弃的草坪镇丁家坪村小学　陈敏杰/摄

废弃的草坪镇枫林口村小学　黄蔡芬/摄

第二个原因是2000年外出务工热起来之后，大量年轻劳动力向城市流动，为了避免孩子成为留守儿童和隔代抚养带来的危害，很多年轻的父母把孩子带到了打工所在的城市学校就读。范冬华说，她家所在的枫林口村4组，37户人家有14户在外打工后，在城里买了房，孩子也接出去上学了。草坪社区16组，将近40户共计200多居民，14个家庭在外务工，6个学龄阶段孩子跟随父母在外就读。

第三个原因是城市的教育资源好，教学水平高，农村经济条件稍微好一点的父母，都把孩子送到城里上学，有些甚至是租房陪读，他们认为，只要教育条件好，孩子能够考上好大学，这个代价是值得的。2003年，国务院召开了农村教育工作会议，印发了《国务院关于进一步加强农村教育工作的决定》，但是因为现实的地理条件、经济形势和社会发展水平，农村始终处于时代大潮、公共资源、人才资源的末端，乡村教育自然不可能脱离农村这个大环境而存在，乡村学校无法留住优秀的老师，无法提供与城市学校一样的环境与设备，而且受制于教学设备和教学水平，乡村学校的教学方式依然是单一而枯燥的。

## 58岁的毕业班老师

蒋公举1963年出生，在草坪镇中学教九年级的物理，兼管学校的后勤工作。

九年级就是初中三年级的另一种说法，意思是，58岁的蒋公举，还在带毕业班。此外，还有两名副校长担任着九年级班主任。

蒋公举是草坪镇三角堆村人，1980年从常德县第三中学（现鼎城区第三中学）毕业后，高考落榜，作为家中长子的他，放弃了复读，在村支部书记的推荐下，参加了民办教师考试，在三角堆村小学任教，一年后调入草坪中学，身份还是民办教师，工资每月15元。

民办教师是一个历史概念，是指那些站在讲台上教书育人、身份却仍然是农民的教师。民办教师是公办教师不足情况下的有益补充，蒋公举说，他参加工作的时候，一所小学甚至只有一个公办老师，更吊诡的是，校长都可能跟他一样是个“泥腿子”。

恢复高考之前的1977年，全国民办教师人数多达491万。改革开放之初，我国教师队伍中民办教师占据了三分之一。1992年8月，国家教委等联合下发了《关于进一步改善和加强民办教师工作若干问题的意见》，明确提出了解决民办教师问题的“关、转、招、辞、退”五字方针，加快了解决民办教师问题的步伐，1999年至2000年，全国有25万民办教师转为公办教师，民办教师逐渐退出历史舞台，我国结束了长期以来公办教师和民办教师并存的状况。蒋公举和他的不少同事，在20世纪90年代告别了他们的民办教师身份。

对于58岁的蒋老师还在站讲台、上主科的情况，草坪镇中学副校长侯三清说，没办法，中年老师断层，缺乏带毕业班有经验的老师。

2021年4月，91名教师在草坪镇中学进行着自己的教学工作。这91名教师，都是在编在岗、由鼎城区财政发放工资的。在这91人中，30以下的青年教师占60%，55岁以上的教师占比超过20%，30岁到55岁年龄段的教师不足20%。年龄最大的老师59岁，我们调查时距离他退休只有4个月了。年龄最小的24岁，是2019年分配而来的免费师范生，教七年级数学和科学，兼任学校的团支部书记。

按照人才成长轨迹，这六成青年教师在不长的时间里，都可以成为学校的“顶梁柱”。然而，摆在眼前的事实却让人相当尴尬，草坪镇中学作为离城区较近的乡村中学（百度地图显示草坪镇人民政府与鼎城区人民政府的距离为20公里），每年都有青年教师分配进来，但是在他们成为独当一面的骨干教师之后，这城乡之间的20公里就成为他们一心想跨越的“鸿沟”。不断有青年教师分配进来，不断有青年教师成为骨干教师，不断有骨干教师想方设法调去城里，然后再补充进来刚刚毕业的青年教师。乡镇中学就这样成为“青年教师培养基地”，成熟一批，调走一批，而且，现在调走的门槛并不高，侯三清说，只要获得常德市教学比武二等奖以上，就很容易调到城区中学，而青年教师教学比武，每年都会举行。还有一种情况，就是分配进来的有些免费师范生，只将离城近的草坪镇中学当作他们职业生涯中的一个跳板，只要在乡镇中学服务的年限达到，他们就会立即调进城区学校。在这样的现实条件下，草坪镇中学可能一直缺少中年骨干教师。

除了中年教师断层，另一个明显的现象是男女教师比例失衡。草坪镇中学30岁以下青年教师群体中，男老师只有一名，是刚刚从别的学校交流过来的。这样的现象导致了两个直接后果，一是女老师找男朋友成家有困难，草坪镇中学还有1989年出生的女老师没有结婚，与城区学校的女教师比，乡镇中学和中心小学的女教师在婚恋市场上处于劣势。在这种情况下，不仅女老师的父母着急，就连草坪镇中学的领导也有紧迫感。草坪镇中学并非男女教师比例失衡的个例，《中国教育报》随机调查了山东、湖南、四川、浙江四省的100多所中小学，发现绝大多数学校都存在不同程度男女教师比例失衡现象，较为严重的学校男女教师比例达到了1:10，女教师占比70%至80%的学校非常普遍。

另一个是不利于培养孩子的健全人格。在20世纪80、90年代，不管是乡村小学还是乡镇中学，男性教师都占据绝对多数。男性教师更为突出的幽默、果敢、坚韧、阳刚、不怕吃苦、敢于冒险等特质，在一定程度上影响了农村学生的成长，在他们的性格养成方面有一定的积极作用。三四十年前的中国，计划经济主导下的社会落后封闭，社会所提供的工作机会少，教师职业相对而言稳定、体面、受人尊敬，是一个不错的选择。但时代的发展提供了更多可能性，很多男性认为中小学教师与孩子们打交道，个人发展空间不大，在高中毕业填报志愿时，他们就自动地忽略了师范院校这一选项。许多家长认为，近十多年来不断出现的男生“娘炮”“娘娘腔”，与中小学阶段男性教师缺乏不无关系，理想的学校教育，应该是男教师和女教师比例各占一半。

# 不穿校服的学生

2021年4月23日中午12时，电铃响起，上午第四节课宣告结束，学生陆陆续续走出教室，经过校道，朝一栋两层楼的房子走去，那是草坪镇中学的食堂。

与城区学校不同，这里的学生都没有穿校服，很容易从着装就分辨出谁是谁。副校长侯三清说，为了不增加农村家庭的负担，乡镇中学不能收住宿费、校服费和资料费。

2006年新修订的《中华人民共和国义务教育法》将农村义务教育纳入财政保障范围。2007年，农村义务教育学生全部免除学杂费，免费提供教科书，对家庭经济困难的寄宿生提供生活补助，这就是让广大农村家庭欢呼鼓舞的“两免一补”。“农村教育农民办”的时代一去不复返了，农村义务阶段学生开始真正享受到国家义务教育的红利。

中学食堂　陈敏杰/摄

侯三清1994年从常德师范高等专科学校（现湖南文理学院）毕业后，就一直在鼎城区的乡镇中学任教，来草坪镇中学之前，他在更为偏远的钱家坪中学，在百度地图上显示距鼎城区人民政府47公里。他说："2000年之前，开学就要骑辆自行车或者摩托车去家访，因为开学就发现有学生没有来报名，农村学生住得也分散，一天只能到两三家，到了学生家里一问，原来是交不起学费，不读了，父母还收拾了行李，准备让刚刚十四五岁的孩子去外地打工。"20世纪90年代中期，侯三清作为刚刚从大学毕业的专科生，每个月工资大约四五百元。从农业农村部市场信息司发布的《1995年粮食价格形势分析及1996年展望》一文中可以看出，1995年粳稻价格最高点为每100斤108.45元，最低点为每100斤99.86元。而当时的零工价格，为每天15元至20元，还不是每天都能找到活干。所以，每学期300元左右的学费和杂费，对一个农村家庭来说是不小的负担，而与之对应的是并不高的大中专院校录取率，是继续上学还是辍学打工，是很多家庭犹豫不决的难题。

学生食堂开着6个窗口，学生整齐地排成6列，没有拥挤和推搡，打好饭后自觉找桌子坐下，但他们会避开坐着老师的那张桌子。在草坪镇中学，老师和学生在同一个食堂就餐，饭菜标准和餐费标准都是一样的：早餐5元，中餐和晚餐各6元。食堂里的工友也是周边的村民，每个月的工资标准1600元。学校开放日的时候，不放心的家长可以来食堂察看伙食标准，也可以来食堂试餐，一个学期两次。

不管是对学校的生活还是住宿，即使是非常挑剔的家长，也没有发表过反对言论。家里离学校远也好，想体验一下寄宿生活也好，只要学生与家长协商一致，开学之初向班主任口头申请，就可以带着铺盖行李住进指定的宿舍，水电费和管理费都不用交，真正的费用全免，学校目前可以为200名学生同时提供住宿。侯三清说，学校的工作都按上级发放的文件执行，现在的家长与十年前不同了，维权意识很强，也知道怎样去维权，现在学校的老师工资和办公费用都由财政"买单"，用不着去触碰"红线"。

在草坪镇中学，"自愿"是一条准则，保险公司可以在学校搭展台做宣传，但学生买不买意外伤害险，也由家长说了算。即使是对住宿的学生，学校也没有强制规定，只是在安全方面加强管理和防范。

# 职高就是学技术

在长达27年的乡镇学校工作生涯中，侯三清见证了学校工作重点的不断转变，家长教育观念的不断转变，老师对教育职业态度的不断转变。这些转变，有国家政策变化带来的影响，有社会经济发展带来的影响，有目前严峻就业形势的影响，也有父母对子女未来发展期望变化的影响。

学费太贵不读了、拿到初中毕业证就去打工、孩子必须考个好大学、考个免费师范生就业更保险、职高就是学技术，近三十年来，这些都是家长内心的“小九九”，也说明了在家长心中，读书考学日益成为孩子们理想的出路。

侯三清记得，2000年前，他家访主要是与家长谈判，举出身边的实例，讲清读书的好处，千方百计把孩子们留在学校。孩子们年纪太小进入社会很容易被带偏，老师们谁忍心看到十四五岁的孩子背井离乡出去打工呢?

前几年，家访的主要目的变了。国家实行“两免一补”之后，辍学的基本上没有了，家长也希望孩子读书有出息。每年中考时，家长们都非常关注初三学生考取湖南省省级示范性高中鼎城区第一中学的数量，就像城区高中每年考取清华北大的数量一样，成为考量一所学校教学水平的主要标准，如果哪一年考取的学生减少了，是会受到家长抱怨的。幸好，每年100名左右学生参加中考，考上鼎城一中的都在30人以上，这让家长们屡屡对草坪镇中学给予好评。家长们如此关注考取重点中学的情况，是一个明显的风向标，家长们希望孩子考重点高中、考重点大学。这个风向标，让草坪镇中学每年家访的主题发生了变化，从阻止学生辍学变成了让家长支持普职分流。

家长为什么反对孩子读职高？原因很简单，与普高相比，家长眼里的职高，师资力量差，校园环境差，学习氛围差，教学管理松散，录取分数线也比普高低很多。这种长期形成的印象，让职高成了家长心里的“烂校”。有些家长甚至毫不掩饰地说，看了职高的那些专业后，觉得读职高和当学徒没什么差别，都是学技术，不如让孩子去打工，读职高还要花钱。还有些家长建议，不是不愿意孩子读职业学校，就是孩子太小了，对自己的兴趣爱好还是模糊的，如果高中毕业考职业院校，从情理上讲得通一些。

从全世界范围看，高中阶段教育有两种模式：一种是普职分离（分流）模式，以德国为典型代表，初中后，有超过60%的德国学生选择进职业院校。另一种是普职融合模式，美国、加拿大、英国等国的高中基本采用这一模式，高中既开设学术课程，又开设技职课程，由学生自主选择，在高中毕业后，再由学生选择进普通院校还是职业院校。我国目前的普职分流与德国比较相似，是普通高中与职业高中完全分离模式。但是，有一样职高与普高是相同的，那就是读职高仍然可以参加高考，对口填报普通高等学校。

周末，孩子们在放羊坪村村部玩耍　黄蔡芬/摄

2021年3月25日，教育部办公厅发布《关于做好2021年中等职业学校招生工作的通知》，普职分流的比例大体上保持在1:1。为了不被分流到职业高中，草坪镇中学很多学生从初中一年级开始就暗暗努力，只有在中考时考得比50%的同学都好，才有被录入普通高中的希望。

而对鼎城区的初中毕业生来说，形势又可能比其他区县更严峻一些。2019年9月，位于黄土店镇的鼎城区第二中学、位于周家店镇的鼎城区第六中学和位于鼎城区政府机关所在地的鼎城区第九中学整体合并，三所区直公办普通高中合并后更名为鼎城区阳明中学，在鼎城区第九中学原址上再度启航。

普职分流的呼声越来越高，大学毕业生的就业形势也不乐观，家长和学生便开始重新调整升学方向。草坪镇中学在调研中发现，前些年还被看不起的免费师范生，从前年开始大受欢迎，不少家长和学生与老师交流的时候都说，工作不好找，免费师范生是包分配的，进学校就等于有了工作，非常适合农村学生。

# 怎一个“留”字了得

侯三清1972年出生，1994年大专毕业进入教师队伍，2021年他每个月的应发工资为7710元，年底一次性绩效18000元。

蒋公举1963年出生，1980年通过民办教师招考进入教师队伍，20世纪90年代转为公办教师，他每个月的应发工资为8000元出头，年底享受18000元的一次性绩效。

草坪镇中学所有的在编在岗老师，均由鼎城区财政统一发放工资，城乡教师收入“剪刀差”在账面上消失了。

乡村教师工资由区县级财政兜底，这是国家为了实现乡村教师“下得去、留得住、教得好”的措施之一。在我国广袤的乡村大地上，有290多万名乡村教师，他们的工作环境、生活环境、发展空间都比不上城市教师，他们所处的环境，甚至对个人的结婚成家、子女未来都有影响。为了改善乡村教师的工作生活环境，草坪镇中学一直没有停下过脚步。

草坪镇中学校园内有一栋每层12间的4层楼，那是教师公寓楼，一共48套。但这还远远满足不了老师的住宿需求，除了年龄偏大的老师是本地人，早已在草坪镇安家落户，近十年来分配到草坪镇来的老师都要依靠公寓楼解决住宿问题。草坪镇中心小学还没有公租房，这是目前让人头疼的问题，青年教师住在城区，每天往返，对老师的时间和精力都是浪费。侯三清说，草坪镇中学已经开了会，勘察了地基，向鼎城区教育局做了汇报，准备在镇中心小学校园内修一栋教师公寓楼，解决中学和中心小学教师的住宿问题，2021年动工。

除了这些，国家还给特别偏远地区的教师发放了生活补助，教育部的数据显示，截至2020年底，全国725个连片特困地区均实施了乡村教师生活补助政策，惠及约8万所乡村学校129.8万名乡村教师，人均月补助标准提高到375元，基本形成了“学校越偏远、条件越艰苦、待遇越高”的乡村教师待遇格局。

为了把老师留在乡村，让他们安心教书育人，国家和各级地方政府出台了不少政策，但是乡村教师想进城的局面并没有得到改变。在侯三清他们看来，原因无外乎几点，城乡二元形成的城市公共服务远超乡村，城市能够为它的居民提供更加方便优越的生活环境；城市教师在职称评定、个人发展方面有着明显的优势，更能实现自己的价值；虽然城乡教师工资在账面上实现了平等，但是城市教师更受人尊重，有更多隐性的福利。

### 集镇风情

逢场赶集是湖南省常德市各乡镇的传统习俗。

阳历的2日和8日为草坪镇的赶集日，每个月共有6个赶集日。每逢赶集，草坪镇墟场主干道两旁摆满了货品，卖货的和买货的都聚集在这里。卖货人和买货人聚集的地方就叫场，农民称赶集为赶场。

20世纪80、90年代，商品匮乏，农村孩子跟着父母去赶场是一种极高的待遇。对孩子们来说，赶场不啻一个节日。如今，赶场的以老年人为主。

摄影：钱新明　黄蔡芬　陈敏杰

甜酒

林陶瓷店

# 第五章 灯火已阑珊

1986年，初中毕业没有考上高中的陈刚，被母亲要求去学做皮鞋，他从来没有想到，有一天他会走上舞台唱歌、跳舞、演小品。

陈刚学习做皮鞋的时候，17岁的杨英在草坪镇电影院放电影，这是一个让青年男女羡慕的职业，他也从来没有想到，有一天他会带着一支演艺团队走南闯北。

人生就是一盘由太多没想到和极少想到了组成的棋局，站在上手的时候，永远想不到命运的下手出什么招。从1987年到2021年，命运的大棋云谲波诡，陈刚和杨英从两个不谙世事的毛头小伙子，变成了肩负重任的演艺团团长，又在这条道路上体会到了成功的喜悦和世事的艰辛。

从无到有，从小到大，从鼎盛到下滑，他们既是成就者，也是见证者。

## 野蛮生长：玩玩打打二十年

如果没有草坪镇电影院院长吴梅轩的一再坚持，陈刚与杨英不知道会不会组一支乐队，草坪镇演艺之路也不知道会不会从那时起头。

1987年，正好有一个愿意坚持的院长，也有几个擅长各种乐器的后生。他们不知道，这把从1987年点起来的火，会一直燃烧几十年。

## 1.三个人的乐队

陈刚和杨英都不属于勤奋努力的学生，因此，20世纪80年代中期，十六七岁的他们就早早地成了“社会人”。

不过，他们并不着急，那时候考大学并不是首选，没考上高中的陈刚就不以为然。他们都是“镇上人”，陈刚的父母在草坪镇墟场上租屋开了一家“利民商店”，当时开商店的都是头脑灵活的人，家里的条件也比栽稻种田的村民宽裕不少。1969年出生的陈刚没有考上高中，母亲希望他能够学一门手艺，理由是“天干饿不死手艺人”。而1970年出生的杨英，17岁就进入了草坪镇电影院，当上了一名电影放映员。

起初，陈刚并不想学做皮鞋，因为他性格活泼跳脱，从小喜欢唱歌，只要是乐器方面的，学什么像什么，别人学一周，他一天就摸得滚瓜烂熟。草坪镇电影院院长吴梅轩认为他是个可塑之才，对他说，“和我们一起搞个乐队吧！”但是陈刚内心认为“服从母亲是儿子的天职”，母亲认为唱歌是不务正业，他就按母亲的意思去常德市丝瓜井给一名皮匠当了学徒。一年后，出师的陈刚在“利民商店”摆开架势做皮鞋，真牛皮，量脚定做，一双皮鞋的价格在五十到六十元之间。

这时，在草坪镇电影院放电影的杨英，一个月的收入相当于一双皮鞋。他经常到草坪镇辖区内的各村去放电影，一个村接一个村地放，这是当时村民们最重要的文化生活，他每次下村放电影也都会受到优待。村民家有红白喜事，也会请一场电影，一场五十元，演两个影片。放电影是杨英的职业，他的特长是吹长号。

吹小号的陈刚，经常到电影院找吹长号的杨英玩。吴梅轩看到他，又鼓励他们搞乐队。于是，他和杨英，加上另一个打镲的年轻人，组成了一支三人乐队。这支乐队归电影院管理，有人来请乐队表演，就来电影院联系。当时演出一场30元，陈刚不是电影院的员工，可以分5元出场费，外加两包短洞庭的香烟。吹小号是自己的爱好，对他来说，出去吹一次就像好玩一样的，没想到这样玩还有收入，而且收入不低，演十场相当于做一双皮鞋，还没有成本。电影院员工杨英外出演出的辛苦费称为补助，标准是每场1.5元，香烟也一样都有。

年轻人总有些新花样，就这样玩玩闹闹干了两年，陈刚他们向电影院提出承包，每年向电影院交200元管理费，电影院的乐器音箱给他们使用。吴梅轩鼓励他们搞乐队本来就不是为了赚钱，对年轻人也有求必应。陈刚后来回忆，电影院也没有收过他们的管理费。主人家到电影院来请乐队，谈好了时间和价格之后，主人家就会用板车

村民们在排练　钱新明/摄

把音箱等设备拖过去，陈刚他们则骑着自行车风一样地飙过去。

为了显示年轻人的风采和乐队的精神，他们演出时会统一穿灰色T恤、牛仔裤，发型也是那个时代最时髦的。到1990年，杨英每个月的工资到了100元，乐队的生意也慢慢多了起来，出场费也由30元涨至50元。但是，那时候没有品牌意识，他们的乐队也没有取名，附近的村民都称他们为“草坪的乐队”。

**2.从乐器到小品**

1991年，陈刚恋爱了，女朋友在乐队唱歌。

从1987年到1991年四年间，“草坪的乐队”也慢慢长大了，有了唱歌的节目。这四年间，其他的乡镇如邻近的许家桥乡、港二口乡（现花溪岩镇）也有了乐队，如果哪个乐队的节目不够，会请兄弟乐队去帮忙，俗称“帮队”。

陈刚改变节目的决心来自一次意外的“帮队”。

20世纪90年代初，农村居民家办红白喜事从请电影慢慢变成了请乐队，一来吃酒的客人有节目看，不会闲着；二是一种攀比心理，你家请得起，我家也不输场合。有

红飘带女子管乐队出场　钱新明/摄

一天，陈刚用自行车拖着女朋友去20公里外的港二口乡“帮队”，“帮队”一场的收入是20元，客气的主人家还会给乐队的演员们发烟。那天，陈刚发现港二口乐队竟然还有小品表演。一直以来，草坪乐队以吹、打、唱为主，这样办红白喜事时显得非常热闹，也能吸引观众的注意力。但是，港二口乐队表演的小品却让陈刚陷入了深思，这个只有初中文化的青年，在五年的乐队表演生涯中，积累了一些经验，也有了一些自己的想法。

一次演出的间隙，陈刚向队友们建议，“港二口乐队的那个小品几多好，我们也演个小品试一下吧！”队友们大多擅长乐器和演唱，小品从来没有试过。作为提议者，陈刚自告奋勇演主角，开始带领队友们排练电视里演过的一个喜剧小品《呆儿》。

陈刚把敢于演小品的心理归结于两个：不怕丑，不服气。别人的乐队能演好小品，他们也不会差到哪里去。再说，他脸皮厚挑了丑角，其他人也就不扭捏了，小品开始成为继吹、打、唱之后的重要节目。

《呆儿》这个让观众爆笑的小品搬上舞台后，“草坪的乐队”更受欢迎，陈刚受到启发，他到鼎城区武陵镇桥南市场购买各种小品类的光碟，买回去后让演员们模仿学习，本土化之后搬上舞台。节目创新掀起一轮热潮，“草坪的乐队”最多的一个月演出28场，从草坪演到了附近的黄土店镇、德山等地。20世纪80年代主人家请乐队是用板车拖设备，到了20世纪90年代，手扶拖拉机多了起来，乐队的设备也多了起来，主人家会事先请拖拉机把乐队的设备拉过去。

### 3.乐队有了名字

1993年，草坪的乐队有了第一个名字：宏达乐队。后来，这支乐队又改名为宏达艺术团。曾担任过鼎城区文化局副局长的过乔说，宏达乐队是草坪所有乐队的“抱鸡婆”，意为孵化小鸡的母鸡，后来草坪大大小小的乐队都是从这里生出来的。

宏达乐队的演员，每个人身上都有技能，也有自己组建一支队伍的“野心”。当时，草坪村看到乐队的生意好，也买了一套设备，拉了一支队伍，但是最终没有起色，于是把设备转让出来，有人接盘组建了霞飞乐队。紧接着，杨英单飞，组建了金鹰艺术团，像一只雄鹰飞翔在文艺演出的“领空”。又过了大约十年，2015年，金鹰艺术团、霞飞艺术团和杨波艺术团三只小船捆绑，组成了湖南草坪文化传播有限公司。几年后，由于多种原因，民间演出团体的红利越来越稀薄，三只小船松绑，各自沿着市场的轨道向前行进，湖南草坪文化传播有限公司这个红极一时的演艺团队，也消失在历史的长河中。

草坪艺术团的名气渐渐到了益阳，到了湖北，请一支草坪来的艺术团演出，对主人家来说是很有面子的事。草坪的艺术团队也从租车跑外地，发展到有了自己的演出车。但是，请乐队的主人家，住得偏僻的，车都开不进去。杨英说，金鹰艺术团曾经接过一个鼎城区牛鼻滩镇的演出，是一个家族在一个岛上祭祖，岛是荒岛，演员们必须先用船把设备运到岛上，再背到祭祖的地方。除了演出设备，还要自己发电，因为荒岛上的居民早已搬迁，水电设施都没有。

还有一次在汉寿演出，天下着雨，演出车只能停在距离主人家一两公里的地方，路是田埂，泥泞坑洼，几个男演员跑来跑去背设备，衣服上混着雨水、汗水和泥水。路就这样越走越宽，越走越远，这是1987年的陈刚和杨英都没有想到的。

在陈刚眼里，20世纪90年代末到2011年左右，是草坪演艺团队发展劲头最猛的阶段，一个团一个月要演出三四十场，有时候上午演完又赶到另外的地方演夜场。当然，收入也高，宏达艺术团大约十名演员，一年演300多场，一场收费1200元至1500元，标准根据路程远近有区别。一年大约50万的总收入，对一支仅十名演员的乐队来说，说是奇迹也不为过。生意好，业务多，又陆续出现了一些专业的乐队或者艺术

当年，艺术节是草坪镇不可缺少的比“舞”台　钱新明/摄

团，军号队和腰鼓队是之后兴起的，高峰期备案的乐队和艺术团就有30多个。有些艺术团演员多，一天可以接两场，年收入也比陈刚的宏达艺术团高出不少。

艺术团的兴起，把草坪当地的村民变成了演员，“拿起锄头就种地，穿上行头就演戏”，他们农忙季节忙生产，农闲季节忙演出，高峰期演出一场的出场费为45元到50元，就是说，村民们不用离开家乡，在能够照顾家庭，又不误农活的情况下，一个月还能挣1500元左右。

### 4. 民间也兴人才引进

在演员最多的时候，陈刚和杨英的艺术团里，有一半是外地人，外地包括外县市和外省。

陈刚团里十个人，最多的时候五个来自外地，有周边桃源澧县的，也有来自山东的。杨英团里十四个人，六七个外地人，以演戏剧小品为主，水平都比较高。2005年，一个叫熊飞的湖北艺人来到杨英的金鹰艺术团，这是个戏剧、小品、魔术全能型人才，熊飞的妻子精于澧州大鼓，一个女儿唱歌，一个女儿拉京胡和二胡，一家人都落户在草坪，现在仍然是金鹰艺术团的主力。

有很多人是慕名而来的。有一年杨英在位于常德市城区以北的万金公墓演出，一个操澧县口音的人过来与他搭话，想去他的艺术团唱戏。这个叫汪金华的人之前在澧县有一个戏班子，人们对戏剧需求的日益降低让戏班子的生存越来越艰难，听说了草坪艺术团的横空出世后，汪金华想来碰碰运气。谁知道，这运气一碰好了就是十年。

杨英承认，在汪金华来之前，他团里的演员虽然会唱会跳，能够把一台节目搞拢来，但那是没有经过专业训练的野路子，只是在唱歌，但没有唱腔，只是在表演，但没有架势。汪金华的培训，让演员们的表演开始有板有眼，走台的步子都变得不同了。专业人才的加入，提高了草坪艺术团的表演水平，杨英又把汪金华带来的戏剧与以前团里的歌舞节目相结合，创造了新的形式，经常有让观众耳目一新的呈现。

汪金华在金鹰艺术团服务了十年，也是颇受尊重的十年，住房都是杨英负责租赁的，她只负责自己的日常生活。十年间，她带出了一批批学生，也带动了一批批外地人“入伙”，这让草坪艺术团在艺术方面走上了一个高峰。

在这个不断磨合与提升的过程中，鼎城区文化馆组织的“艺术大赛”，常德市举办的“百团大赛”，也给草坪镇各艺术团带来了练兵的机会，他们在参赛中学习，不断提高业务水平和节目质量，从田间地头演到了湖南省的剧院。

# 黄金时代：摘得金字招牌

从德山方向沿着207国道向草坪镇行驶，接近草坪集镇所在地时，可以看到一个高耸的牌坊，上面写着：中国民间文化艺术之乡。

2005年9月，草坪镇主要负责人换帅，丁克刚出任草坪镇党委书记，看到草坪生龙活虎的几十个艺术团，和热气腾腾的民间文化氛围，他觉得这是草坪镇最大的宝藏。为了管理好这些艺术团，镇党委政府成立了草坪镇民间艺术联合会，这是几十个艺术团队共同的“娘家”，娘家家长是草坪镇文化站站长王腊喜。

在这之前的近二十年里，各艺术团像野草一样生长，草坪镇民间艺术联合会的成立，让这些团长们感到自己被重视、被尊重、被关爱，“我们觉得那是一种认可，一种荣耀，所以只要镇政府喊我们演出，我们二话不说，推了商演都参加”。十多年过去了，谈起当时的场面，陈刚提高了声音，在他看来，镇里当时是把艺术团当儿子看的，既关心艺术团的成长，又希望艺术团团结。

登记在册的30多个艺术团，暗暗较劲比一比那是正常的，但是一个团队搞不赢的时候，其他团队来帮忙更为经常。这些土生土长的草坪人，团长是有特长和眼光的农民，演员是种田演出两不误的农民，他们的节目充满了泥土气息，在群众中很受欢迎，演出地也从湖南到了湖北、江西。

天没亮拉道具的车就开出了草坪镇，天黑了车才开回来，这就是当时草坪镇各艺术团的生存状态，用木板搭舞台，穿劣质的演出服，一天下来累得筋骨松软，但是睡一晚第二天又精神抖擞地出发。每个演员都干得很起劲，演出既是他们平时的爱好，又是他们的谋生手段，这样的忙碌让他们感觉到日常生活中充满了希望。

草坪的艺术团成了媒体和文化专家们的关注重点，2011年，《常德日报》推出“草坪文化现象”系列述评，评价为“泥土里飞出的歌虽然乡气十足，却有着扎实的根基，有顽强的生命力”；2012年的《湖南日报》上说，草坪镇变草根舞台为农民增收平台，已发展民间文艺团体30个、从业人员600余人，每年演出7000多场，观众达300万人次，演出收入超过1000万元。

过乔说，草坪镇获评“中国民间文化艺术之乡”，是靠民间歌舞胜出，也是全国唯一一个歌舞类的艺术之乡，这些民间艺术演出团队当居首功，他们就是草坪民间歌舞的代言人。

2021年7月30日，正是一年中最热的季节，我完成了一天的调查，开车经过草坪镇墟场的一条主要街道，看到街上的两根电线杆之间横着一块广告牌，上面写着："中国民间文化艺术之乡、中华诗词之乡、中国楹联文化镇"草坪欢迎您。

草坪民众对国字号的金字招牌非常看重，陈刚也认为，艺术团为草坪夺取"中国民间文化艺术之乡"这块金字招牌流过汗，吃过苦，说他们几十个团长是"开路人"也不为过。但他仍然从内心里认可当地政府的领导与管理，也认可当年镇党委书记的个人魅力。

陈刚穿着灰色T恤、黑色裤子，发型极具喜感，典型的喜剧演员装扮。交谈过程中，他丝毫不掩饰自己的情感，不公正的现象他都会一一道来，某些事也会让他流露出欣喜与懊丧。他也不隐瞒自己对前任镇党委书记丁克刚的好感，他和杨英回忆，丁书记每年腊月二十九都陪他们这些团长吃饭，说他们为草坪做了贡献，有时候艺术团到长沙参加全省的演出，丁书记会亲自或者派人去看望，鼓励演员们好好发挥。说到动情处，他的脸上有了光，"书记把我们当艺术家尊重，我们就对他讲感情，大家经

课题组采访陈刚（中）和杨英（右） 过乔/摄

常在一起商量，能不能为他做点什么事，所以镇里只要有招待演出，我们都推掉商演，争起参加，镇里给我们演出的辛苦费，我们都推辞不要，士为知己者死，我们不是那种小肚鸡肠的人。”

2005年至2018年，是草坪的艺术团队发展的黄金时代。2015年，金鹰艺术团、霞飞艺术团和杨波艺术团联合成立湖南草坪文化传播有限公司，公司每年演出1000多场，一天演三场、早中晚连轴转那是家常便饭，每场收费不低于2600元，一万多元一场的都接过不少，名气大，演员多，节目好，不愁生意不来。当时演员演一场报酬为150元至200元，农民农闲时间当演员，一个月能够挣五六千元，这个收入让当时的城里人都非常羡慕，认为他们唱着跳着就把钱给赚了。也正是在这个时期，有实力的艺术团都买了流动舞台车，杨英团里从湖北省荆州市公安县来的演员熊飞还兼职开车，月工资7000多元。

无疑，草坪镇在民间文化艺术最好的时代，抓住了机会，创造了奇迹，但是，时代总要滚滚向前，没有什么是一成不变的，民间文化艺术的时代也是一样，总要从高峰往下走，至于走到山腰停下来，还是会一路走到谷底，那就要看大势所趋，要看有没有敢于为民间文化艺术继续坚持下去的“勇敢者”。

# 重新洗牌：勇敢者的游戏

2021年7月23日下午4时许，207国道草坪镇段的一侧，停着一辆流动舞台车，车身广告布上写着：中国民间文化艺术之乡湖南草坪演艺公司。

如果回到2018年以前，这个时间段，这辆流动舞台车应该停在某个主人家的前坪，已经变身为舞台，不同的演员在上面轮流演出。

杨英笑着说："以前我们会说，今天真的好，没有生意，终于可以休息一天；现在我们会说，今天真的好，来了生意，终于不'打烧饼'了。""打烧饼"是常德方言，意为没事做，收入为零。

形势是什么时候开始转弯的？陈刚、杨英他们这些"先行者"，对这种变化有什么思考呢？他们总结了外因和内因。

随着演出量的减少，演出车也越发陈旧了　高玲/摄

杨英的金鹰艺术团　钱新明/摄

**1.外因：减少的需求**

2020年，正是新冠肺炎疫情形势严峻之时，红极一时的湖南草坪文化传播有限公司解体，金鹰艺术团、霞飞艺术团、杨波艺术团历经五年的捆绑之后，面对越来越萧条的民间文艺消费市场，重新选择了单飞。

单飞后的杨英，明显感知到了市场的变化，以前演艺集团一年1000多场的盛况，已经停留在了记录本上。作为公认的目前草坪镇最好的艺术团，金鹰艺术团每年接单200多场，平均每场的价格2500元。这个演出数量，不到2018年的一半。陈刚的宏达艺术团处于维持阶段，每个月能够接单10场左右，每场2000元出头。这样的接单量

自导自演的小品《爹归谁养》　钱新明/摄

已经无法供养专职演员，所以宏达艺术团的演员都是临时喊的，有生意的时候打个电话，目前还有9个固定服务的演员，随喊随到，平时忙自己的，一个演员一次的出场费是150元。

宏达艺术团的这种与演员的合作方式，陈刚称为“定团”。定团的演员只服务一个团，提供的节目质量要高些，还能保证随喊随到。草坪镇目前采用定团方式与演员合作的艺术团有五六个。

作为草坪镇民间文艺兴起的两名参与者，陈刚和杨英总结，从2018年起，市场对民间表演的需求日渐减少，他们认为造成这种下滑的外部原因有三个。

一是从2017年开始在常德市范围内推行的移风易俗。整酒在很长一段时间内，在常德非常盛行，除了结婚丧事这种重大事项外，还有三六九岁、十五岁、三十六岁、六十七十岁这种生日酒，有修屋买房搬家这种乔迁酒，有孩子考上大学当兵入伍这种谢师酒，名目繁多，一般村民一年花在吃酒上的“人情费”就达到两三万之多。常德市委市政府认为，这种整酒，既让我们传统的礼尚往来变了味，又加重了老百姓的经济负担。从2017年发出号召，到2018年底，常德市各区县市全部建立了村级红白理事会，除了结婚死人向村红白理事会申报后可以整酒外，其他名目的整酒一律禁止。这样一来，为了整酒热闹而请艺术团的需求就大幅减少。

二是老百姓的观念已经改变。与规范整酒的文件一同下发的，还有整酒过程中的行为规范，比如严禁燃放烟花爆竹，不准搭建拱门摆设气球，不准使用大音量的音响扰民等等。这些禁令在一定程度上贴合了部分老百姓的需求，以前整酒的时候，由于潜在的攀比心理，不得不请来艺术团凑热闹，不然面子上过不去。现在移风易俗的这些条款让他们有了正当的理由：既然不能使用大音量的音响，那就不请艺术团了。对老百姓来说，这是巴不得的好事，正好可以节省一笔费用。

三是吃酒方式的转变。以前交通不便，吃酒的方式单一，一般去吃酒都要住上两天，当场写“人情”。时代的变化，让吃酒变成了随来随走的简单事，有些时候吃酒的人开车来送了红包就走了。如果有事来不成，可以发个微信红包，方便省事，也不伤感情。在这样的氛围下，以前请来凑热闹留客人的各种节目，就变得可有可无了。

陈刚补充，现在每个人没事都拿个手机刷，吃酒的时候都在刷手机，谁还看节目？节目没人看，主人家还以为是节目不好，就是这次请了，下次也不会再请。

**2.内因：无序的竞争**

一辆金杯车，一块幕布，搭一个台子，天天有演出，天天有钱赚。陈刚怀念从前的简单快乐。

但是变化是不容分说的，也是不能阻挡的。草坪镇之前在册的30个艺术团，有两个团的团长死了，团也自动解散了。有些团虽然没有解散，却连“定团”的演员也没有了，如果来了生意就从常德市喊演员，临时组队，节目的水平每况愈下。陈刚说，如果自己不搞了，宏达艺术团也就解散了，他的大儿子今年27岁，以前艺术团红火的时候就表示不会子承父业，现在这样的境况就更不用说了。

在杨英看来，市场不管怎么萎缩，但还是有一部分需求，目前的症结在于演艺市场的管理混乱，竞争无序，他说，要从演艺团队内部解决价格混乱和品牌意识不强的问题。

常德市演艺团队演出价格混乱，是一直以来让杨英非常恼火的事。他在岳阳演出的时候发现，岳阳市对演艺团队的演出有明确的定价，最低为每场3500元。而在常德市，演出价格可以无限降低，每场1200元都有团队接活。

采访前几天，邻近的许家桥乡一个老板要请金鹰艺术团过去表演，杨英开价一场2600元，对方只愿意出价2300元。杨英没有让步，生意没有谈拢，但杨英对失去这笔业务并不后悔，他说，退步是没有底线的，这次可以退，难保下次不退，以后的价格就会越来越低。

对于价格的混乱，杨英认为是缺乏一个组织，他期望有一个组织来对演艺团队进行管理、规范、培训，让常德的民间演艺朝一个良性循环的道路发展。

其次，常德的演艺团队缺乏品牌意识，缺乏有影响力的品牌也是目前的问题。

打响品牌，就要节目，现在不少演艺团队到了随时喊“不定团”演员的地步，也就不能指望有质量的节目了，更不可能形成自己的品牌。但是老百姓请一场演出，看的并不是节目的质量，只要场面上热闹就行，价格低最好，这就导致有些团队不排节目，不练演员，不做品牌，能够勉强维持下去就行。

杨英认为对于一个成功的艺术团队来说，品牌是不可或缺的。鼎城区蔡家岗镇的海燕歌舞团，品牌在全省都叫得响，演出一场开价一万，很多商演还是愿意请，因为品牌效应在那里。

从1987年三个青年试水，到2021年的形势变化，草坪镇的民间艺术团走过了34年，却很少有人思考品牌对于一个团队的意义，这个让杨英一直费解的难题，却是农民艺术团必然遇到的问题。起步于农村的农民艺术团，团长和演员都是农民，受制于知识、眼光和格局，团队的发展自然会止步在一定的阶段，这既是大势，也是现实。

过乔预测，随着业务越来越少，团队也会越来越少，那些小而散的团队必然会被淘汰，但能够留下来的也不会轻易被击垮。

# 第六章 他们的田园牧歌

故人具鸡黍，邀我至田家。
绿树村边合，青山郭外斜。
开轩面场圃，把酒话桑麻。
待到重阳日，还来就菊花。

孟浩然的《过故人庄》中描绘的画面，是中国人向往的田园牧歌、和谐图景。中国的传统田园生活，总是洋溢着一种自在与自由，这跟中国文化有契合之处，也是中国历代文化人的一种精神追求。所以，李子柒的田园牧歌式生活，才引起了人们的关注和围观。

这些图景，在对草坪镇的调查中多次偶遇，三角堆村的旅游线路、放羊坪村的迎宾大道、枫林口村的幸福屋场，都让初来乍到者感受到了不一样的乡村，和不一样的田园生活。

这些让外来者惊奇的东西，其实也是村民们的自我需求。从内部而言，摆着各种电器的客厅里，不能垃圾遍地；从外部来看，长满各类花草的院子里，不能鸡飞狗跳。他们需要一个好的生活环境，配得上他们新修的楼房，和越来越殷实的生活。

村民的需求，与村镇两级对人居环境的追求是一致的，那些让城里人都羡慕的村道与庭院、空气与环境，就是镇村与村民一致追求的结果。当然，在这片山水之间，也有一些固执的人们，比如娄桃香老人，坚持着自己对环保的认知；也有一些不甘的人们，比如佘家冲的村民，他们从来没有停止为自己争取一个好的生活环境。

好，是文明的一个高度，但那些低处，也同样不可忽视。

# 放羊坪的迎宾大道

2021年3月25日，天气晴好，我要去农户家里作调查，草坪镇放羊坪村慈善协会会长吴艳先替我引路，她对我说：“你从207国道转上放羊坪的迎宾大道。”

我有些惊讶。在我的印象中，常德只有一条迎宾大道，那就是二广高速在常德东出口后，从收费站到常德城区的那条高等级公路。

从207国道转弯，是一条沥青路，路口有白底红字的“放羊坪村”指路牌。“放羊坪村”是书法字，可以看出当地人的讲究。

迎宾大道的两侧，一边是大片大片的尚未翻耕的农田，田里有稻茬和水草，偶尔一片油菜花夹在其间；一边是一条水沟，水沟那边是民居，沟渠的水是清澈的，缓缓流动着，沟上有很多桥，与民居相连，民居以两层小楼为主，庭院都布置得整洁，栽满了花草。这样的乡村风景如画，怪不得放羊坪村人有底气给这条路取名“迎宾大道”，他们内心里是骄傲的。

在迎宾大道沿线的民居外墙上，都挂着一块“庭院三包”责任牌，牌子上注明了责任区域和责任内容。

责任区域是房前屋后、责任田、自留地、自家的山和塘。三包是包卫生，不乱扔、乱倒垃圾；包秩序，无乱堆乱放、乱挂乱建；包绿化，庭院绿化、管护到位。

放羊坪村百姓文化广场　钱新明/摄

放羊坪村4组的汪枚甫，每年都会捡回很多柴火，但从他家的正面，看不到一点柴火的痕迹，他说，柴火整整齐齐地堆在偏屋里，不能堆在当面，村里的妇女先锋队每周都要来检查。

陈中荣家与汪枚甫家隔着一条水泥路，两米宽，机动车可以单向通行，路上看不到垃圾。陈中荣是村慈善协会的秘书长，她对村里移风易俗和人居环境整治以来的变化如数家珍。十多年前她的父亲过世，她的兄弟拖了一车鞭炮，花费了六七千元。丧事结束后，清理鞭炮的纸屑都用了三四天。而今年7组易家的老爷子过世，请的是鞭炮车，烧的液化气，没有一点烟，租一天300元，又安静又环保。陈中荣说，现在文明办丧事，文明祭祖扫墓逐渐成为一种风尚，清明节提倡用鲜花代替纸钱，用线香代替蜡烛，草坪镇的人基本上有了这种意识。

陈中荣家门前有两个垃圾桶，分为可回收与不可回收，村里的保洁员会定期将垃圾收走，运到指定的垃圾处理场。

放羊坪村4组在迎宾大道一侧，村民尹西富家门前也放着两个垃圾桶，庭院里种着花草，前坪里没有一点垃圾，台阶上摆着盆栽，大门口还挂着对联，上面写着：四季花开香雅室，五祥家富乐华堂。我们情不自禁地赞叹尹家干净整洁，尹西富的妻子笑着说，如果不干净，能得到那个牌子吗？顺着她手指的方向，我们看到墙上的“卫生光荣户”牌子。

迎宾大道及一旁的民居　钱新明/摄

放羊坪村的民居　蒋冬华/摄

有些农户在城里买了房，很少回到村里来住，房前屋后的垃圾没有人清理，村妇女先锋队的队员们就会出面，把这些垃圾清扫干净。妇女先锋队成立于2019年5月，由放羊坪村热心公共事务的女性组成，目前队员15人，年纪最大的70岁，最小的30多岁。体弱多病的留守老人、行动受限的残疾人，若在卫生方面力不从心，妇女先锋队的队员们就会前去帮忙。有一个留守老人得了病，儿子又在外面打工，妇女先锋队帮他家搞卫生，光垃圾就清扫出来六袋。

这样没有工资、还要经常做公益的妇女先锋队，还有村民主动申请入会。2021年3月18日，在207国道旁开超市的谢贵兰，听说妇女先锋队要扩大队伍，立即向吴艳先提出申请。吴艳先在微信里回答她：加入先锋队不仅没有工资，而且既要参加义务劳动，又要向村慈善协会捐款!

谢贵兰不假思索地答应了，3月19日，这个1973年出生的超市老板成了村妇女先锋队的一员。接着，她多次参加了维护主干道卫生、疏通堵塞的沟渠、帮五保户家里清扫垃圾等活动。在妇女先锋队与村民们的共同维护下，放羊坪村迎宾大道及两旁的卫生状况一直很好，放羊坪村村民也觉得这条路就是他们村的迎宾路。

## 幸福屋场就是花园屋场

绿树夹道，小桥流水，花草繁茂，2021年4月30日，我们驱车行进在草坪镇枫林口村的村道上，眼前所见的景色，是一幅幅让人沉醉的乡村图景。

枫林口村有一个近段时间非常热闹的红色踏访点：文甲起义策源地。1927年9月10日，呼应秋收起义的文甲起义打响了，这次常德文甲农民闹翻身、求解放的起义，

文甲起义策源地及娄家咀幸福屋场航拍图　钱新明/摄

在中国历史上评价较高，认定它“打响了湘西北地区武装反抗国民党反动派的第一枪，用行动声援了毛泽东领导的湘赣边秋收起义”。鼎城区草坪镇在中华人民共和国成立前属于常德县文甲乡范畴，枫林口村娄家咀正是当年戴修文、徐炳初等人筹划起义之地。枫林口村为了纪念这件历史上的重大事件，修建了“文甲起义策源地”相关设施，没想到成了常德市民的红色旅游打卡地。

如今，除了参观文甲起义策源地，市民还可以在旁边的娄家咀幸福屋场来个“乡村半日游”。

这些都是2019年之后才有的。

2017年3月，鼎城区村级党组织换届，1989年出生的刘慧，从村会计当选为村党总支书记。修村部、修进组公路、在主要道路安装路灯，这些基础性工作完成之后，年轻的支部书记想在娄家咀建一个幸福屋场，带动枫林口村的美丽乡村建设。娄家咀的20多个农户并不知道幸福屋场长什么样子，建公共停车场又要占用他们的菜园，他们就不干了。

在这之前，刘慧带领组长们参观过外地的幸福屋场，组长们大开眼界之余，一致赞成。但村民们没有见过，心里没底，建了幸福屋场之后他们在哪里种菜，在哪里养鸡，这都是摆在眼前的现实问题。

“只要是做对村民有益的事，终究会被他们理解”，抱着这样的宗旨，刘慧带着组长一户一户上门做工作，看到支书上了门，大部分村民都作了让步，有些让出了自家的菜园，有些允许路加宽时占用一点自家的禾场（方言：房屋的前坪），对仍然反对的极个别人，刘慧想，等幸福屋场出了样子，他们就理解了。

刘慧的想法，是出于他对村民心理的了解。果然，幸福屋场建成之后，很多村民开始主动改变自己。娄长运首先觉得自家的房子配不上这个幸福屋场了，他的老房子是20世纪80年代修的，虽然村里已经“穿衣戴帽”修缮了外观，他还是新修了一栋平房。李克枝本来随女儿住在另一个组，看到幸福屋场修得这么好，就想住回来，于是，三个女儿出钱帮她修了一栋房子。娄长安妻子的亲戚从隔壁黄土店镇来做客，参观了之

文甲起义策源地是常德人周末打卡点　黄蔡芬/摄

后，羡慕地说："你们这是住在花园里的。"

村民们开始约束自家的鸡，每家每户都用网把鸡围了起来，他们说，我们的环境这么好，如果散养就是破坏环境。而且，让他们担心的菜园被统一在了一处，村里用红砖砌成了一垄一垄，分给各家各户，还挂了一块牌子，写着"共享菜园"。

现在村民们出门最喜欢说的一句话就是"我家住在花园里"。让娄自利开心的是，他屋旁边的树上有个喜鹊窝，自从幸福屋场修起后，那个窝越来越大，现在变成了"四层楼"，村民们一散步走到树下，就指指点点地说这窝喜鹊肯定"四世同堂"了。这四个窝到底是一家四代，还是外面的鸟儿被好环境吸引过来了，谁也没有办法求证，但娄家咀幸福屋场的村民，还是认为没有梧桐树引不来金凤凰，归根结底还是屋场的环境好了，风水也越来越好了，象征着吉祥的鸟儿也往这里飞。

# 打卡线路诞生记

从207国道向陡惠渠社区转过去，是一条四米多宽的沥青路，顺着这条路向前走，经过黄桃园、孔雀园、农家诗墙小院、充满江南风情的手绘墙、古香古色的四合院，就是经常出现在常德市民朋友圈或者抖音里的杜鹃湖和火龙果园。

火龙果园在杜鹃湖的大坝之下，28亩，建于2017年，是现任村党总支书记陈良凯的“杰作”。火龙果园旁边，有就势而建的公园，杜鹃湖幸福屋场，和一个农耕博物馆，这是“陡三”（陡惠渠至三角堆）公路的终点，也是很多常德市民和外地人慕名而来的打卡地。

**1.村支书动了真格**

人们对自然风景是亲近的，但对于旅游环境，一般都是挑剔的，垃圾遍地的地方很难踏足第二次。2017年，陈良凯带领村民们新修了村部，加宽了“陡三”公路，一边酝酿着从哪些方面强大村集体经济，一边着手改变三角堆村的人居环境。他把原稻罗岭村村支部书记邢先业请出了山，担任村爱卫协会的会长，带领一群热心而且负责的监督员，开始三角堆村的人居环境整治。

四年前的三角堆是什么样子呢？坐在初夏五月的杜鹃湖边，邢先业向我们娓娓道来。

陡惠渠社区到三角堆村的主道，两旁的杂草和树枝向路中间侵占，四米多宽的路变成了三米多，路上随处可见村民乱扔的烟头、槟榔渣、饮料瓶、一次性塑料袋。风一吹，塑料袋就随风到处飘，有些飘到稻田里，有些飘到堰塘里，有些飘到居民的院子里。路旁的输电线杆、通信线杆，歪歪斜斜，电线也是乱搭乱接，组道上面的更差，有些电线还是用竹竿子撑起的。堰塘、渠道、水沟里，经常可以看到死鸡、死狗、死猫，夏天经过还能闻到一阵阵恶臭。而村民的房前屋后，有村民们丢弃的垃圾和烂衣烂鞋，特别是红白喜事整酒之后，整酒人家周围的鞭炮渣子和丢弃的一次性碗筷，好久都在那里，又不容易腐烂。遇到村民建房，村里就会多上一堆建筑垃圾。碰上农忙时季，路上尽是农机开过后的泥巴。

听说村里要整治环境，村民们好像听到了一个笑话，开始说风凉话：三角堆就是山角落，又没得外头的人来，有什么必要搞那么干净。

陈良凯想，如果村里一直是这副邋遢相，请别人都不会伸脚。他和爱卫协会成员到组里开会，讲明村里要请保洁员、要请监督员、要考核评比、要公示亮相，搞得不好的组和农户，要在公示栏中公布于众，是想出乖露丑还是争先创优，那就看各个组的推进力度。

由原三角堆村和原稻罗岭村合并的三角堆村，在草坪镇算一个中型村，6个大组，21个小组，600户，近2000村民。陈良凯斩钉截铁的态度，让组长和村民们意识到，人居环境整治是一条只能向前的路。

爱卫协会除了会长邢先业，还聘请了6名家庭卫生好、为人热情正直的妇女当监督员，这6人是马菊枝、张智云、舒雪桂、杨富枝、吴宝翠和李月英。监督员有了，村里又请了7名保洁员，三条村道，每条1000米左右，由4名保洁员负责，每人每年工资2500元，每周打扫一次；两条由乡入村的道路，每条800米以内，由2名保洁员负责，每人每年工资800元。还有一名保洁员是负责清运全村垃圾的，兼职运输员并且带车出油，每周一次将全村的垃圾运到指定垃圾场，一年5万元包干。农户的垃圾

打卡线路上的民居外墙　钱新明/摄

会有专人收走，同样是每周收一次，农户为此每人每月支付一元垃圾费。

每月一次的卫生检查很快就开始了，最初是村爱卫协会会长邢先业带领6名监督员，一个组一个组地看，一个农户一个农户地看，打出分数，在村部进行公示。之后的卫生检查，变成邢先业带领6名监督员和上一个月卫生排在后三名的组长进行，组长们谁也不想当检查员，谁也在全村丢不起这个脸，回去后就号召组民们彻底大扫除。

检查的内容涉及很广，村主干道、组道、入户道的路面、山塘、沟渠、稻田、房前屋后。打分是百分制，路面、水面各占30分，农户占40分。检查组的十个人，每个人都要打分，在检查中发现一堆垃圾扣5分，小垃圾扣1分，乱丢的矿泉水瓶和包装盒扣0.5分。每个月的分数和排名会在村部的公示栏中公告于众，前来村部办事的村民都可以看到检查评比的结果。

**2.三角堆变了大样**

低保户李国衡家里曾经扣过5分，原因是检查时发现他家禾场不仅堆着垃圾，还有鸡屎和猪屎。

三角堆幸福屋场　向波/摄

李国衡50多岁，家里有5口人，岳父岳母一个精神障碍一个肢体残疾，大儿子智力有点问题，小儿子还是在校学生。家里需要救助的人多，经济条件也很差，卫生情况就更糟。邢先业对李国衡说，低保户只是经济贫困，不是卫生都搞不好，再说了，你越是经济条件差，越要把屋里收拾得有条理，自己住起也舒服些，别人也看得起你。一两次下来，李国衡家真的变了样。

马菊枝出生于1969年，是三角堆村第五大组的村民，2017年被聘为村爱卫协会的监督员。除了自己家里的卫生搞得好，马菊枝还很有正义感，敢于直言，不怕得罪人。她有个邻居，随手丢垃圾成了习惯，小孩用过的尿不湿、牛奶罐、零食的包装袋，随心所欲乱扔，就是不往村里发的垃圾桶里扔。马菊枝只要看到，就会上前督促对方扔进垃圾桶。看到组道旁扔的塑料袋、山塘丢的旧衣鞋，她都会去捡。张智云受聘时已经70岁出头了，她的一个邻居没有住在村里，卫生都是她负责。农忙时候，看到旋耕机从田里带到路上的泥巴，她会拿扫帚扫干净。村民家修建新房，拖运建材时不小心掉在路上的卵石，她会一个个捡起来。每天早晚，张智云都会出门转一圈，“巡视”一下自己监督的范围，她能够搞好的就不声张地收拾干净，碰到奈不何的她会就近喊村民一同处理。

三角堆村农耕博物馆内部　钱新明/摄

三角堆村农耕博物馆内部　钱新明/摄

村民家里办红白喜事，都要到村里登记。登记后，爱卫协会就会上门，告诉村民事后垃圾要清扫干净，一次性碗筷、鞭炮的纸屑、各种包装袋都要用不同的袋子装好，交给每周来收垃圾的保洁员。如果这个村民没有按照规定“善后”，那他所在的组在每月的卫生检查中就会落后。

人居环境整治半年之后，效果就显现出来了，主干道上再也看不到槟榔渣和烟头，房前屋后再也看不到塑料袋和包装盒，动物的尸体村民们会自觉掩埋在地下，沟渠和山塘重新回归了干净与清澈。

2021年5月30日，星期天，我又走“陡三”公路来到三角堆村，杜鹃湖里有人划船，农耕博物馆前的停车坪里，停着五六辆车。邢先业很骄傲，每年来三角堆参观游览的人都有几万，临澧县、澧县、桃源的人最多，还有的是乡镇组织干部来学习，邢先业多次被请出来当众介绍经验。

当天，三角堆的游人不少，还有康辉旅行社的团队，这是一个老年人团队，不少人披着丝巾撑着油纸伞在拍照。在“陡三”公路的起点，有一个2020年修建的稻作源农庄，经营者是常德旅游行业的专家杨友莲，她曾经担任过鼎城区旅游局局长，现在是常德市旅行社协会会长。几年前，她被草坪镇政府请来为草坪做旅游规划，在调查走访过程中，被这里的山水田园和民俗风情吸引，不知不觉就喜欢上了这片土地。她游说在北京工作的女儿女婿投资500多万元，在草坪镇修建了稻作源农庄，成为草坪镇第一个可以同时容纳二十桌餐饮的农庄。稻作源农庄由于建筑风格与草坪镇农耕文

打卡线路的起点——稻作源民俗文化村　田园/摄

化的契合，让它本身也成为常德市民的一个网红打卡点。

杨友莲想向游客营销的也是草坪镇自身具备的资源。她带我们沿着“陡三”公路向三角堆方向徒步，去探索一条三公里长的乡村旅游道路。正值暮春时节，大地上草绿花繁，杨友莲指给我们看她发现的那些小景点，包括池塘和泊在水面上的一只乌篷船、只露出一线天空的杉树林、铺着绿色地毯一样的稻田、开满了各色野花的山坡、青翠幽静的竹林。这些，都是草坪人民司空见惯的，只是他们的生活日常，根本不可能称之为风景。杨友莲告诉我们，她多次带外地游客和常德市民走这条路线，反响都非常好，本来一个小时轻松走完的路线，大家因为拍照走了两三个小时，有些景点拍出来的照片，让她感到十分惊艳。

一路上，不少村民迎面走过，他们都热情地与杨友莲打招呼，问她稻作源农庄的生意好不好，杨友莲都要和他们聊上几句。杨友莲说，新冠肺炎疫情对餐饮行业的影响是明显的，但是村民们关心她的生意，怕她亏本，让她觉得很暖心。

# 心忧塑料的老人

娄桃香　高玲/摄

2015年，是娄桃香从草坪镇卫生院退休的第三年，他已经在草坪镇集镇上住了十几年。他是原草坪村现草坪社区人，因为喜欢大自然，他变卖了位于集镇的房子，和老伴住回了草坪社区6组。搬家之后，他又买了一辆电动车，这样既能避免街市的喧嚣嘈杂，又能方便平时购买生活用品。

住在集镇的时候，娄桃香家隔壁有一个垃圾场。后来，垃圾场搬迁，那块地要处理得干干净净移交，娄桃香站在自家楼上，通过窗口看到一辆挖机挖那陈年累月的垃圾，他看到一个个白色的、红色的、黑色的塑料袋，从垃圾堆里挖出来，挂在挖机铲子的“牙齿”上，完好无损。

这个情形，娄桃香觉得触目惊心。一生在医疗卫生系统工作的他，知道塑料袋对自然和人体的危害甚多。

在欧洲，塑料袋被评为20世纪人类最糟糕的发明。这个众所周知的污染物，已成为一种无所不在的全球产品，年产量超过一万亿个。美国旧金山曾通过法规，禁止超市、药店等商户提供塑料袋。旧金山市环保部门发言人说，旧金山每年都要用掉1.81亿只塑料袋，相当于填埋1400吨垃圾。我国从2008年6月1日起，在全国范围内禁止生产、销售、使用厚度小于0.025毫米的塑料购物袋；所有超市、商场、集贸市场等商品零售场所一律不得免费提供塑料购物袋。

2021年7月29日下午，我们在草坪镇集镇上的大小超市体验了一把，不管购买什么物品，商家都会用塑料袋装好，大部分商家免费提供的塑料袋是白色的，也有些小商店提供的是黑色的。我们借口待会儿下车要分装东西，问商家多要几个塑料袋，对方从货架上扯了几个，慷慨地递给我。这种17厘米宽、26厘米高的加厚笑脸塑料袋，在淘宝网的价格是1.89元50只，买500只送50只，商家包邮，在商家和消费者眼里是不值钱的玩意儿，使用时人们往往贪图方便，却遗忘了一个不容忽略的事实，那就是塑料袋对环境污染很大。

与城市相比，乡村的硬化面积小，稻田、菜地、水塘都是裸露的，污染物带给它们的伤害是直接的。塑料袋进入土壤，影响农作物吸收水分和肥料，导致农作物减产；塑料袋被丢弃在水塘和沟渠里，会影响水质甚至地下水，若是被动物和鱼类误食，会影响它们的健康甚至夺走它们的生命。

草坪镇进行自上而下的人居环境整治以来，路面、水面上的白色垃圾明显减少，娄桃香居住的草坪社区6组，七成居民的卫生意识增强，但乱丢塑料包装袋的现象仍然不可能杜绝。之前，村民处置塑料包装袋的方式有三种，一是焚烧，二是填埋，三是丢在沟港和山林里。娄桃香说："烧塑料袋产生的黑烟和刺鼻的气味，对空气的污染很大，现在，村民的垃圾送到垃圾池，有专门的垃圾车运到垃圾站集中处理，至于是怎么处理的，我们这些老百姓就不知道了。"

2018年，一个有常德市市级领导参加的农村环境整治会议，在草坪镇放羊坪村召开，娄桃香是参会代表。在会上，这个退休老党员提出从源头上解决塑料包装袋的污染问题。不管是禁塑还是无害化处理，在娄桃香看来都是亡羊补牢。与会的领导也无法回复娄桃香的提议，因为塑料袋已经成为全球性的公害。一部豆瓣评分高达9.2分的纪录片《塑料海洋》的导演克雷格利森在拍摄一部关于鲸鱼的纪录片时，在印度洋发现了漂浮在海水表面及水下一米处的一片乳化了的油脂和塑料杂物。塑料对海洋的污染程度已令人惊心，每年约800万吨塑料垃圾流入海洋，大量海洋生物因误食塑料而死亡。影片记录了一只蓝鲸的最后时刻，它因误食了六平方米的塑料袋，导致消化管堵塞，死得痛苦不堪。

人类一边同情这些海洋生物，一边谴责塑料给土壤水源带来的污染，一边享受着塑料袋带来的方便，市场的需求决定了塑料包装袋庞大的产量，人类与塑料之间的战争才刚刚开始。

# 被坟场包围的家

2021年7月29日，沿着县道043，开车从草坪镇原花叶港村朝港二口方向行驶。水泥路虽然不宽，仅容两车擦身而过，然而，路两旁的风景却非常养眼，一侧是清澈的沟渠和沿水而居的人家，有楼房也有平房，有些房屋前坪晾晒着衣服，有些用竹篮晒着红色的辣椒。下午三时左右，大部分民居都是大门紧闭，室外温度高达40摄氏度，连狗和鸡都躲到了阴凉处。一侧放眼望去，好像大地之上铺着厚厚的绿毯，近处的稻田和偶尔从田间冒出的几棵树木，形成了错落有致的图景，这时候没有风，也没有村民劳作，田野是静寂的。即使是一年中最热的季节，在遍地绿色中开车也是舒畅的，何况，路边时而还会跳出几株蜀葵，白色、粉色、大红，在绿色的背景中像一个个精灵。

这样行驶了大约五六分钟，路旁闪出两块红底白字的招牌：善德园碑厂。一旁堆着各种大小的石头材料，与周围的环境有些不协调。正在疑惑之间，道路两侧出现了星星点点的坟，然后是大片大片的，灰色的墓碑从山脚延伸到山顶，最近的坟离县道只有四五米，有些坟头上还有清明节扫墓时挂上去的银色纸钱，看得人头皮发麻。

再往前走，看到一块写着“杨氏祖陵”的巨石立在路旁几米远的地方，“杨氏祖陵”下面写着一行小字：鼎城区玉霞街道迎宾社区九组上杨岗老二房。下面还有一块“杨陵石碑标志牌”，注明占地4.5亩。这块体积5.5米*2.5米*0.5米、重量12.5吨巨石的后面，是一片非常集中的坟地。

硬着头皮继续向前，有一条向左转进去的村道，转弯就看到一块横跨村道的、离地六七米的牌子：武陵区东江街道“人生后花园”。然后就是更加密集的坟地。这里就是被附近村民称为“佘家冲坟场”的草坪社区6组。

从两块巨大的牌子可以看出，这个叫佘家冲的村落至少有鼎城区玉霞街道和武陵区东江街道的墓地。

**1.他们说，葬坟的山他们买了的**

1951年出生的蒋宗明是个养猪大户，从2006年开始从事养猪这个行当。2020年他养殖了30头生猪，收入10万元。2021年他养殖了100头。2020年的仔猪每斤100元，他不敢多买，但去年的肉价高。2021年的仔猪降到每斤30多元，夏天以来屠宰场收购生猪已经低到每斤7元了，蒋宗明希望年底猪价能够上去，不然今年的收成还难得讲。

蒋宗明说的难得讲，是今年夏季久晴不雨的天气，猪已经热得受不了了，猪栏里的电扇从早吹到晚没有停，每天要浇几次水。走近与两层小楼成九十度的一排猪舍，一头头膘肥体壮的生猪，在猪舍里焦躁不安地转圈，发出不耐烦的低吼。蒋宗明说，现在已经连续晴了二十多天，还没有下雨的征兆，母猪已经死了两头，继续热下去，就会引发猪瘟，出了八月才能安全。

猪舍旁是一个水塘，只有浅浅的半塘浑浊的黄水。站在水塘边，可以看到塘坝上面的坟地，还有猪舍后面的几座坟，离猪舍的后墙大约五六米。为避免举目望去就是坟地，几年前，蒋宗明在后墙与坟地中间以及水塘与坟地之间，栽了几排树。当年，他栽树都被人阻拦。阻拦他的人说，这些山我们买了的。蒋宗明反抗：你们把坟葬得离我的屋这么近，我们也要过日子，栽树挡一下都犯法啦！

2021年夏天，课题组所见沿路的碑厂　高玲/摄

“这些山我们买了的”，导致佘家冲变成了一座座坟场。

外地人开始进入草坪镇葬坟，大约始于七八年前，最早从枫林口村官庄陂开始，后来又蔓延到了草坪社区。蒋宗明的妻子金桂香出生于1957年，时过八年，她还记得同组村民周伯华卖山的事。她说，周伯华是草坪6组的人，在这里有山有田，自己跟着女儿女婿住在外面，八年前他开始卖山时，瞒她说是卖给别人栽树，但没过多久，别人就开始在山里葬坟了。金桂香去劝阻周伯华，没用，而且周家四兄弟十几亩山林全卖了。他们夫妻四处打听，得知是卖给鼎城区几个街道的居民，用来转移家族祖宗的坟墓。

从这之后，卖出去的山越来越多，卖山的价格也越来越高，迁葬或新葬进来的坟也越来越多。从枫林口村官庄陂至佘家冲约两公里沿线两侧的山上，都高高低低密密麻麻地竖着墓碑。蒋宗明的屋后面是一座山，早就卖了出去，几年来差不多葬满了。金桂香说，每次迁坟进来，鞭炮要炸整整一天，威力很大的筒炮，落在她家的水塘里、屋顶上，有时候炸死鱼，有时候炸破瓦，她上前去与迁坟的人理论，对方理直气壮地说：这块山我买了的，我在我买的山上放炮，你管得着吗？金桂香争辩不过，只得灰溜溜回家，听着外面震耳欲聋的爆竹声，唉声叹气。后来，水塘周边的山林也卖了，他们回家的必经之路，全都成了坟山。看到自己家里的生存环境变成这样，金桂香不甘心，她又去找当时的组长金之章，现在已经卸任几年了。金之章却开口劝她也卖山：你只管开口，价格不怕高。金桂香拒绝：再穷也不卖祖业。金之章再劝：你隔壁的都卖了，你还留起干什么，难道你还敢去捡茶籽。金桂香仍然拒绝：真的不能再卖了，现在走一步路都怕得很，晚上挨黑就要关门。金之章不死心：卖，以后会帮你移民，会搬出去的。

山林已经从几年前的每亩17000元涨到了30000元，但金桂香铁齿铜牙，咬死不卖，蒋宗明家四兄弟，也没有一个人卖山。金桂香真的想搬出去，这个地方已经住不得了，睡在床上都可以看到后山的坟，晚上起来上厕所都害怕。但是，现在她根本不可能搬家：一，草坪社区6组到处都是坟场，没有一个好屋场；二，即使从外面给她调整一个地基，没有搬家的经济实力。两个儿子虽然在上海打工，但没有什么积蓄，两个孙女儿又在常德读书，花销很大。金桂香很羡慕那些人居环境整治搞得好的三角堆村、放羊坪村、枫林口村，那里的村民是住在花园里，而她一家是住在坟窝里，她每次出门买东西，草坪社区1组的居民就拉住她讲：你们胆子太大了，坟窝里都敢住啊！这几年，金桂香家的亲戚就鲜少上门，理由是“进来的那几里路两边都是坟，心里怕得打战，晚上又是和鬼睡觉，不敢来”。

## 2. 他们说，你住在那里我们也很难办

胡万春家隔蒋宗明家大约一里路，门前也有一个水塘，入户的路铺着拳头大的石头。他家是四间红砖平房，禾场上堆满了已简单分类的废品。他平时捡废品，前段时间突发脑血栓，最近连废品都不捡了。

屋后也是一座山，站在屋的一角，可以看到杂草掩映的墓碑，离后屋檐大约三四米。胡万春屋后的山是别的村民的，什么时候卖的他不知道，直到2016年有人在后面山里葬坟，他才意识到，他以后要与坟山为伴了。

坟与屋太近，葬坟人放的筒炮炸坏了胡万春家的屋顶。之后，葬坟人烧纸钱又烧了胡万春兄弟的杉树林。每逢清明除夕，从外面进来扫墓送亮的人，要放一整天鞭炮，烧纸钱的灰总吹到自家的禾场里。送亮是武陵地区千年来的一种民间习俗，除夕吃过团年饭后，一家老小前往祖辈的坟头祭奠先人。祭奠仪式中，后辈要烧纸钱、点香蜡、磕头，正是"纸灰飞作白蝴蝶，烛泪染成红杜鹃"一景。

胡万春怒了，他去找买山葬坟的人，对方神情倨傲，不与他理论，要他去找村干部。村干部推说这些葬坟的山是以私人名义卖的，村里不知情，也管不了。

胡万春反映迁坟情况的想法一直都没有变。

胡万春搭乘草坪镇至鼎城区汽车总站的班车，然后步行到鼎城区人民政府办公室。工作人员热情地接待了他，听他讲述了事情的原委，做了记录，让他在记录上签了字，告诉他会有人下去调查。胡万春从区里回来时心情很好，终于找对了地方，村里不管区里会管。

不久，十一届湖南省委第三轮巡视开始，常德市鼎城区是被巡视单位，胡万春打听到省委巡视组在鼎城区的办公场所。他没有想到省里来的巡视人员很和气，耐心耐烦地听完他倒苦水，并向他这个农民承诺，会在短时间内交办给鼎城区处理。然而，处理之前毕竟还要经过多方调查，迁坟的事情时间长，涉及两个区多个街道社区，不是短时期能够完成，胡万春从外面回家的必经之路上，葬的坟又多了几座。

胡万春没有放弃，他又朝草坪镇政府走去，俗话说有事去找父母官，镇政府的领导难道不是村民的父母官吗？抱着这样的心态，胡万春又到了草坪镇政府，找专门管这个事的工作人员。谁曾料到，听胡万春讲完自己的遭遇，那个工作人员却说：你住在那里我们也很难办。这样的回复让胡万春非常生气，原本坐着的他"呼"的一声腾身站起，就要向对方挥出一拳，被旁边的围观者拦住了。因为站的立场不同，当时两

胡万春　高玲/摄

个人的情绪都比较激动，之后也达成了谅解。

对于胡万春这些居住在这里的村民来说，周围的坟场是天大的事，旁人却很难感同身受。2021年7月，这位1957年出生的老人突发脑血栓，在草坪镇卫生院住了一个月之后，转到常德市第四人民医院继续治疗。胡万春的妻子朱小宏今年60岁，在离草坪镇几公里远的德山打工，那是一个建筑工地，每月工资3600元。胡万春捡废品一年的收入在一万左右，朱小宏的工资是家庭收入的重要组成部分。每个月朱小宏有几天假，需要回草坪镇的家里来拿些东西，2021年7月胡万春住院后，朱小宏说鬼窝里一个人不敢回来，假期就住到了城里的女儿家里。

胡万春拿出一本绿色封面的中华人民共和国林权证。这是一本由常德市鼎城区人民政府在2009年7月25日下发的林权证，上面清晰地写着，胡万春拥有东北至本组水田、南至泉塘观茶山、西至跃进河的4.5亩山林，栽种主要树种为油茶，属于经济林，

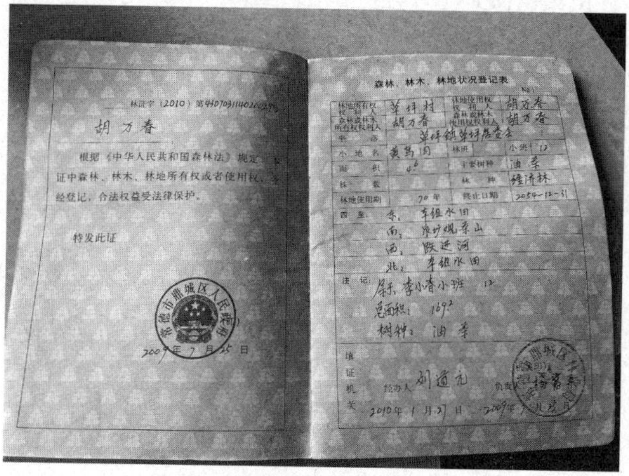


胡万春的林权证　高玲/摄

屋顶的瓦片被炸成了碎片

高玲/摄

林地使用期限70年，终止日期为2054年12月31日。水田栽种水稻，山林栽种油茶，是草坪镇人民的生产传统。那些四季青翠的油茶林，胡万春的祖辈父辈都在那里捡过油茶，在20世纪的自然灾害时期，那些不需要施肥浇水的油茶，让农民家里的菜碗里不至于油星全无。胡万春从小就在油茶林里捡柴烧，捡油茶，现在那些油茶山卖给了素不相识的外地人，外地人挖掉一片片茶山，迁进来一座座坟墓。胡万春说，看到那么好的茶树一蔸蔸挖掉，心里不是滋味，但这种感受只有这里土生土长的人才能体会。

别的村民卖山他管不了，买山的人葬坟放鞭炮他也抗议无效，但胡万春坚决不卖山，他的三个兄弟也不卖，他说："不然我们留给子孙后代的，就不叫家园，只是坟山。"胡万春直言自己没有读过什么书，但他心里还有几个问题，百思不得其解：一是鼎城区建公墓之前，政府把公墓附近的居民都搬迁了，为什么他们这里几年了没人问没人管？二是村民们分的山林都是集体土地，有年限的，村民死后是要收回的，那些葬坟人买的土地也有年限吗？收回的时候坟地怎么处理？三是以前属于村民的山，起了山火村民齐心协力打火，以后葬坟人因为扫墓送亮烧了山，这个责任哪个来负？四是坟葬得离居民家这么近，是谁批准的，有没有一个距离的规定？

**3. 山火隐患与民间损害**

每年坟地里因为清明扫墓和除夕送亮引发的山火，让村民们极为担忧。

2016年除夕，娄桃香才从草坪镇集镇搬到草坪社区6组一年多，一片山林突然烧了起来，当时64岁的娄桃香立即拿起棍子去打火，组里的其他村民都劝他：那不是我们的山了，与我们没得关系了。后来，村干部来了，组织村民把火扑灭了。村民们的态度反映了一个现实问题：他们用袖手旁观表达着对葬坟者的愤懑与不满。村民们说："葬坟的外地人，清明前后一周时间和除夕当天，放鞭炮烧纸钱点香蜡，从来不管周围居民是否受得了噪声污染，不管威力很大的筒炮会不会炸坏村民的屋顶，不管未熄灭的香蜡会不会引起山火，村民们一抗议，外地人就振振有词地用'这山是我们买了的，你们管不着'怼回来。"为了防止外地人扫墓送亮引发山火，草坪镇政府只能在清明期间和除夕当天安排工作人员值勤，及时处置意外事件。

来扫墓送亮的都不是本村村民，他们来的时候不会通知，走的时候香蜡还没燃完，起火后去查都不承认，墓地面积那么大，即使有人值勤也是疲于奔命。草坪镇政府只能继续在工作方式上推陈出新，倡导文明祭扫，号召扫墓送亮的人不点香蜡、不放鞭炮、用鲜花代替纸钱，减少山火和污染。号召不是强制，有些人听有些人不听，2021年7月29日，我们还拍到了坟头上尚未风化的银箔纸钱，那是清明时节人们祭祖的“后遗症”。

胡万春为什么会在2018年开始上访，直接原因是外地人扫墓烧了他家的杉树林。2018年清明期间，胡万春和胡万林的杉树林被外地人扫墓引发的山火烧毁，胡万春家被烧了5棵大树，胡万林家被烧了50多棵小树。那天很巧，胡氏兄弟正好在家，准确地拦住了扫墓人的车，得知对方是鼎城区红云街道西站社区的人。之后，胡氏兄弟前往西站社区要求赔偿，社区工作人员客气地接待了他们，并进行了协调处理，赔偿胡万春损失1500元，赔偿胡万林损失3500元。

我国相关法律规定，过失行为引起森林火灾，过火林地面积二公顷以上的，就可以按失火罪追究刑事责任。法律有规定，民间有纠纷，政府有号召，仍无法杜绝山火，佘家冲坟场每年都用三四场山火的节奏绷紧着草坪镇政府领导的神经。

2021年7月29日，在胡万春家的一处空坪上，我看到一堆堆破碎的瓦片，胡万春说那是葬坟者放筒炮产生的直接后果。因为声音洪亮，威力巨大，筒炮是民间在办喜事和丧事时经常选择的一种爆竹。筒炮中含有大量的土块，冲到空中爆炸之后，土块会落在周围十多米的范围内。后山上的坟葬得离屋太近，筒炮的残骸掉落在瓦上，把屋顶打得大眼小窟窿。胡万春去山上找放炮的人理论，对方根本不理会这个头发花白的老人，他只好自己换了檩条和大瓦，花了两万多，谈起这件事他难掩心中的愤怒：“两万多呢，我捡废品要捡两年。”

蒋宗明和胡万春的遭遇差不多。屋顶的瓦被炸坏了，他花了7000多元全部换掉，但每年这些瓦还是不断地受到轰炸，他也不知道这日子什么时候是头，只希望草坪镇政府在这里全面禁炮，谁放鞭炮就重罚，但是镇政府有没有这个执法权呢？

**4.挖断的渠和荒掉的田**

村民们反响强烈的另一件事，关系到几十亩稻田的灌溉。

2021年7月29日下午5时，大暑时节的太阳直射到皮肤上，火辣辣的，站在草坪镇黑家嘴原电厂的位置，还可以看到几个水泥浇制的灌溉设施。在2016年之前，以这里为起点，沿着山脚一条1.5米宽的沟渠，一直流到草坪社区6组。

买山迁坟的外地人，并不知道这条沟渠和沟渠对草坪人的意义，在葬坟挖掘填土的过程中，这条沟渠部分地段被挖断。蒋宗明说，对我们老草坪村的人来说，这是一条吃饭的沟。

沟渠被挖断之前，原草坪村的7组、8组、9组、10组和11组都插双季稻。被挖断之后，因为灌溉的原因，村民改插一季稻。现在水流不畅通，有些地势较高的田只得抛荒。金桂香心疼那些被抛荒的稻田："那都是几多好的田呢，老八组就抛荒了好几丘。"金桂香回忆起以前跟着沟渠赶水的时光："我们经常半夜起来赶水，一点不辛苦，有地方来水就有劲，晓得插的稻会有收成。"赶水在江南农村非常常见，就是通过一道水渠，把比较远的水引到自家田里，好像人赶着水向前走一样，俗称赶水。因为水要经过很多丘稻田才能到达自家的稻田，有些人担心水在中途被截，会一直沿水渠巡逻，直到自家的稻田灌满为止。当然，干旱时节因为水资源有限，或者有人坐享别人的劳动成果，还会引发一些争端。

从枫林口官庄陂向草坪社区6组转过去，经过一条两侧都是坟地的水泥路，可以看到几近干涸的水塘和长满杂草的荒田。水塘里垫底的水浑浊不堪，呈现浓重的黄色，娄桃香说，沟渠被挖断之后，再没有活水过来了，塘里的这点水，是下雨积蓄下来的，抛荒的田地也越来越多，五个组有几十亩。

茶山变成了坟山，沟渠被截断了，水塘再无清水，稻田变成了荒田，村民们感到

望着堰塘对面的坟山，金桂香显得非常沮丧　高玲/摄

周围的生态环境已经完全变了，变成了一个没有生机的地方。同时，他们非常害怕，担心情况会越来越糟糕，子孙后代会骂他们，把好好的家乡搞成现在这样子。

**5.禁止的和进行的**

2021年7月27日，又有外地人来草坪社区买“黑皮”（诨名）家的山林。“黑皮”是原10组现4组的村民。因为村民们的干涉，最终没有达成买卖协议。胡万春说，“黑皮”家有七八亩山林，如果卖出去，又要毁好多好茶树，又要影响好多人的生活。

在县道043往村道的转弯处，立着一块白底黑字的告示牌，是2018年12月1日常德市殡葬事业管理处和常德市公安局鼎城分局所立，上面写着：该墓区未经民政部门审批，属于非法墓区。自2018年12月1日起，严禁非法买卖墓穴；严禁非属地人员葬入该墓葬区，严禁对墓穴打围墙或整体硬化。违反规定者，由当事人自行承担法律责任。殡葬执法举报电话：0736-7252909。

讽刺的是，就在离这块告示牌不到100米远的道旁，立着九座下葬不久的新坟，

两块对比鲜明的牌子　高玲/摄

2021年夏天，课题组在佘家冲看到刚刚迁葬的九座新坟，紧挨着县道　高玲/摄

坟上黄土新鲜，还来不及长草，这九座坟与县道043之间的几分林地，已经完全硬化。娄桃香说，这些坟肯定是整体从外面迁进来的，如果是正常死亡，不可能一下死九个。而且，本地如果一家同时死九人，那就是爆炸性大新闻了，他不可能不知道。显而易见，这个墓葬与告示牌中的几个“严禁”是背道而驰的。结合胡万春说的还有外地人找“黑皮”买山林，说明这块告示牌并没有发挥它应有的震慑效果，村民们所期待的美好家园一时还不可能变为现实。

大部分村民对大面积的坟地充满了担忧，他们看来，集中葬坟破坏了村里的风水，放烟花鞭炮污染了空气，尸水污染了土壤和地下水，在整个草坪镇进行人居环境整治、各界人士争先恐后来参观的关键时期，佘家冲却因为无序买卖山林成了外地人的墓葬区，使近百村民生活在坟场的包围之中。对于胡万春提出的，谁允许他们把坟葬得离村民的房子那么近？《城市公益性公墓建设标准》规定“居住区500米内禁建公墓”，并且明确了四个“严禁”：严禁在耕地、林地建设城市公益性公墓；严禁在距铁路、公路主干线两侧500米以内建设城市公益性公墓；严禁在距居民居住区500米以内建设城市公益性公墓；严禁在城乡高压输配电架空线的用地内建设城市公益性公墓。至于民间坟地离居民住宅的距离，没有明确的规定，只能靠公民共同遵守的公序良俗加以约束。

**6.再访佘家冲**

2022年4月2日，课题组成员再一次来到鼎城区草坪镇，当日天气晴好，室外温度在25摄氏度以上，从桃花源机场到草坪镇的县道上，来来往往的车辆堵塞了公路。除了这些前往扫墓的车辆，还有挂着喇叭的公务车，沿着县道与乡道宣传文明祭扫。

按照国家关于清明期间的放假规定，4月3日至5日为法定清明假期，但是草坪镇政府已经通知这三天照常上班，越是晴好天气，祭扫时发生火灾的可能性就越大，草坪镇政府全员出动，安排了几路人马，守在草坪镇的主要路口，向前来祭扫的市民宣传防火政策，并且用鲜花交换市民自己带来的非环保祭扫用品，严禁鞭炮和香蜡进山。

近几年，由于村民对美好生活环境的需求越来越强烈，镇政府和村民向上级反映佘家冲坟场现实问题的力度越来越大，2021年12月，鼎城区召开区政府常务会专题研究佘家冲公墓问题，决定在公墓范围内遍植红叶石楠和油茶树，尽可能地恢复生态。2022年4月，这项工作已经完成。鼎城区民政部门负责牵头对迁坟是否符合规定进行甄别，佘家冲公墓只能迁葬因重点工程迁移的坟墓，这项工作的难度相对较大。对于043县道两侧的5家碑厂，将在清明节之后全部清理，严禁对以后迁葬进来的墓地进行硬化。

这样的结果，也让草坪镇政府松了一口气。自从佘家冲成为墓地，草坪镇在除夕和清明两个重要节点遭遇到前所未有的交通压力、防火压力、环保压力，镇党委书记杨国军回忆，有一年清明期间，祭扫一天内引发了7场山火，镇干部和村干部四处扑火，疲于奔命。他希望对公墓迁葬进行规范管理，使前来祭扫的民众提高环保意识，让公墓成为花园，让村民有一个好的生活环境。

# 第七章 人生如逆旅

"人生如逆旅，我亦是行人"。苏东坡所描述的人生况味，一千多年来，体会相似者众。

更多人并非像苏东坡一样，普通人只是苍茫大地上的一只蝼蚁，历史的大潮只能在他们身边泛起一点星沫。他们顽强得如悬崖边的野草，却也卑微得如同风中的一粒尘埃。他们的努力可能无关你我，却是一个家庭蓬勃的机会。为了让全家人过上尽量宽裕的生活，他们甚至拼尽了全力。如果没有意外出现的特殊际遇，他们或许永远不会走到聚光灯下，从出生到死亡之间的这段经历，也不会被人记述。

在这快速向前的滚滚洪流中，撇开那些宏大的时代命题，真实地记录一些平常人的生活，挖掘小人物的人生质地，保存一段粗粝的生命体验，谁说不是对历史最生动的补充呢？

热点终究会冷下来，风靡一时的故事终究会消散，记取大海中的这些细小浪花，留作一份历史的遗存，也让他们成为整个人类回忆中的一部分。

## 黄枚枝：有遗憾，没有如果

2021年3月12日，草坪镇墟场的赶集日。街道两旁，每个门店的前面，都有一个早上刚刚搭好的临时摊点，有卖种子的、卖树苗花卉的，鹅黄色的鸡苗鸭苗挤在镂空的竹篮子里，稚嫩的叫声起起伏伏，衣服层层叠叠挂在有些摇晃的架子上，四季的鞋子在地上摆成长龙，等待着顾客的挑选。最热闹的摊点是卖药的，喇叭声开得很大，看热闹的人把摊主围在中间，只听到喇叭里传出“专治跌打损伤，治不好不要钱”的声响。

逢阳历的2和8是草坪镇的赶集日，只要天气晴好，村民们都会到镇上来瞧一瞧，有些是要卖东西，有些是要买东西，也有些是纯粹来看热闹。在墟场上转悠一圈，碰到熟人聊聊天，看看有没有时新的东西，什么也不买，也是村民打发时间的好方法。最热闹的赶集在腊月，街上摆满了各种年货，鸡鸭鱼肉、各色干菜、大红的对联和窗花、从外地贩来的干果零食，不管有钱没钱，村民们都会提上几大袋回家。

这种热气腾腾的生活场景，对于没有乡村生活经历的人来说，会有一种好奇，但对于有着乡村生活经历的人来说，是一种温暖而贴心的回望。只是这一天，我们没有办法停留下来，与街道上拥挤的村民们一起赶这个集。我们慢慢地驶过街道，穿过集镇和田野，在两公里村道的尽头，看到一棵桂花树，那就是我们要找的草坪社区6组黄枚枝的家。

一根铁丝从屋前面的禾场（注：南方打稻子或晒谷子等用的场地，也指房屋的前坪）中间穿过，挽着头发、穿一件银灰色羽绒服的黄枚枝，艰难地把刚刚洗好的衣服一件件甩上去。自从2014年之后，她的身体就垮了，腰疼不能弯，晾晒衣服的姿势也变得生硬而笨拙。她家门前有一块空地，大约三分，几年前还是一块稻田，田上面的水塘已经干涸，失去了水源的田地没有栽种任何作物，只有一些稀疏的杂草，现已成鸡的游乐场。禾场边有几株山茶花，长得比人还高，过于茂盛，残花堆积，呈现出一种疏于打理的凌乱。

黄枚枝是鼎城区牛鼻滩镇人，1987年与比她大两岁的张国新结婚。

1987年，黄枚枝21岁，从牛鼻滩嫁到草坪，韶华正好的姑娘，怀抱着对未来生活的热望，根本不知道有什么样的命运在前面等着她。

### 1.那一刻，天都塌了

2014年，淋巴癌夺去了张声立26岁的生命，黄枚枝成为一名失独母亲。

黄枚枝结婚次年，儿子张声立出生。张声立三个月时，黄枚枝按照当时的计划生育政策上环。张声立一岁时，黄枚枝做了结扎手术。

张国新的哥哥张国富家，头胎生了一个女儿，后来交了450元罚款生了一个儿子。

头胎就生了儿子的黄枚枝，家里条件差，交不起罚款，也就没有存过生二胎的念头。她记得，张声立一岁时她去结扎，还领了200元钱的营养费。黄枚枝记得这么清楚，是因为200元在当时是一笔很大的收入，张国新跟着瓦匠做副工，一天的工钱只有10元。

20世纪70年代末，中国开始推行以“一胎化”为主要标志的计划生育政策。1980年召开的五次人口座谈会上，“提倡一对夫妇生育一个子女”，成为当代中国人口政策的基调。1982年，计划生育政策正式写入宪法。

2016年1月1日，修订后的《中华人民共和国人口和计划生育法》第十八条第一款规定：国家提倡一对夫妻生育两个子女。从20世纪80年代初到具有划时代意义的2016年，三十多年计划生育政策的强力推行下，中国诞生了1.76亿独生子女，张声立就是其中一个。

张声立婚后不久，妻子生了一个女儿，在常德市一家水管建材店打工的年轻人，月收入大约2000元。2014年7月，张声立反复感冒，高烧不退，老板催他去医院做个检查，常德市第一人民医院的检查结果让他跌入深渊：淋巴癌。

噩耗砸向了这个只有5万元存款的独生子女家庭。尽管医生告诉她这个病鲜有奇迹，黄枚枝还是要给儿子一个机会，也给自己一个机会，她找亲戚东挪西借凑了15万元，把张声立送到了中南大学湘雅二医院。在ICU住了20天后，医生劝家属放弃。黄枚枝和张国新又把张声立转到常德市第四人民医院，还是希望奇迹能够眷顾他们唯一的孩子。

与死神的赌博失败了。

从发病到依依不舍地离开这人世间，张声立苦苦捱了100天。妻子抱着两岁的女

厨房　黄蔡芬/摄

卧室　黄蔡芬/摄

儿痛不欲生，黄枚枝觉得天都塌了。然而，张声立永远也想不到，为他治病欠下的债务，他的父母还了整整六年。

**2.孙女是活下去的理由**

黄枚枝的儿媳是湖南邵阳人，已经另嫁生子。

张声立生病时，妻子又怀孕过一次。当时黄枚枝去村里咨询，回复说夫妻有一方是独生子女的，孩子三岁后可以生第二胎。但这一胎来得不巧，孙女还只有两岁，媳妇生孙女时又是剖宫产的，于是她劝媳妇去流产。病床上的张声立舍不得，虽然身体虚弱，仍然对黄枚枝坚持道：如果这个孩子不要，那我们可能再不会有孩子了！时至今日，想起儿子的这句话，黄枚枝忍不住流下了眼泪。

儿子死后，黄枚枝的身体就像一台过度使用的机器，迅速地老化了，瘦了十三斤，头发也白了。对于媳妇流掉的那个孩子，如今她也没那么后悔了，“生下来怎么办啊，家里欠账一二十万，媳妇肯定要改嫁的，我们两个老的哪门养得活两个小伢？”儿子死后，张国新就一直在外打工，今年去了广东清远，三至五个月的短期工，打一段工休息一段时间，年收入不超过三万，“在外面开销大，攒钱很难，很多工地都不要六十岁以上的，孙女又越来越大了，要多存点钱才行。”

孙女出生于2012年，读小学三年级，一年交给学校的生活费不到两千，每学期学校还给她发放助学金500元，每年的“六一”儿童节和春节草坪镇政府也会派人来看望。纳入事实无人抚养儿童序列后，国家给孙女每月发放生活补贴950元。常德市民政局资料显示，事实无人抚养儿童生活补贴可以发放至本人18岁。按照国家对失独家庭的救助政策，从黄枚枝年满49岁开始，每月由国家向黄枚枝与张国新各发放扶助金850元。黄枚枝打心底里觉得国家的政策好，只要不生病住院，应付日常的开支没有问题。去年黄枚枝因病住进了常德市第二人民医院，张国新回来照顾她和孙女，打工收入减少，手头就拮据很多。

即便拮据，该添置的东西还是不能少。去年生病之后，黄枚枝的行走能力严重下降，虽然家距离孙女学校不到两公里，但她再也不能靠自己的双腿走过去了，只得花2800元买了一辆电动车，用来接送上学的孙女。这辆咖啡色的电动车停在大门口，为了避免日晒雨淋，黄枚枝还给它安装了一个枣红色的篷子。

孙女是黄枚枝活下去的理由。她最大的希望是能够看到孙女考上大学，走入社会，“最好能够考个好大学”。她说，媳妇虽然已经改嫁，对孙女还是非常惦记，打

这辆电动车，是黄枚枝接送孙女的必备工具　黄蔡芬/摄

电话聊视频，寄文具寄衣服，她平时也鼓励孙女多和妈妈联系，“不然我们两个老的死了，她就没有亲人了”。说到这里，黄枚枝又低头抹起了眼泪。

和我们聊天的空隙，黄枚枝会去厨房打个转身，一锅粥煮得呼呼哧哧直响，那是她和婆婆中餐的一部分。婆婆80岁，患有老年痴呆症，腿脚也不方便，由黄枚枝和嫂子轮流送饭。厨房的两个案台上放着电饭锅、电水壶、热水瓶、纸盒以及各种杂物，拥挤而没有秩序。房顶的一角，粉刷的石灰已经脱落约一个平方，裸露着深灰色的水泥。可以看出在这个家庭里，男主人的缺位和女主人的无能为力。

贴着白色的外墙砖，有些门窗的油漆已经斑驳，内部陈设简陋，黄枚枝家的这栋两层小楼，在每年不断有别墅拔地而起的草坪镇，确实显得十分寒酸。2019年7月，鼎城区住房和城乡建设局对这栋修建于1998年的房屋进行鉴定，结论为房屋危险性鉴定等级A级，房屋结构是安全的，这让长期与孙女相依为命的黄枚枝，有了更多安全感。

正说着话，一位穿深蓝色卡其布面料上衣的老人，背着几根干枯的茶树枝慢慢走了过来，这是黄枚枝的邻居张焕彩，五保户，今年85岁。张焕彩戴着一顶深灰色的帽子，牙齿掉得差不多了，陪同我们调查的娄桃香看到他，赶紧走过去帮他接过肩上的干柴。黄枚枝身体不好，也还种了几分地的蔬菜，张焕彩平时都吃黄枚枝家种的菜。黄枚枝说，大家都是可怜人，能够互相帮衬就互相帮衬。

# 许政国：三个心愿

每天下午两点，许政国就要准备去放羊。40岁之前，许政国从未想过这辈子会放羊。

他也不知道为什么，命运连续几次给了他致命的打击，他的家庭、他的生活从此都转了弯。在命运的漩涡里几经浮沉之后，他的日子慢慢好转。今天，他住的房子，是政府的危房改造工程。今天，他放的羊群，是扶贫工作队给的启动资金。

他感觉，一切都好起来了，如果那三个心愿能够实现，剩下的日子可能不会过得太坏。

## 1. 两次重击

三角堆村11组的许政国，生于1962年。20世纪80年代，和许多向往城市的年轻人一样，他到常德市区的龙港巷去淘金。虽然只是小学毕业，想闯出一点门道的许政国没有选择在建筑工地打小工，他做起了皮鞋生意。

皮鞋生意一直做到2002年，许政国40岁，他带着十余年做生意的积蓄回到了草坪镇，在自家的宅基地上新修了猪栏，买了六头母猪和二十多头肉猪。购买饲料、定时喂养、打扫猪栏，这些猪就是全家的希望，夫妻二人起早贪黑，把猪喂的毛光水亮。如果没有2004年的那一场猪瘟，许政国不知道自己的人生会是怎样，但他认为40岁就是他人生的一个坎，从那以后老天爷没有给过他好脸色。2004年的猪瘟，许政国将自己做皮鞋生意赚的20多万打了水漂。

17年过去，当时花了6万元修建的猪栏还在，伫立在许政国现居所旁的坡上，水泥脱落后露出了红色的砖，石棉瓦和没有刷漆的木门早已破败，提示着命运的打击和人生的重创。当年，他们的住房和猪栏只隔一层板壁，睡觉都可以听到猪的哼哼声。谁知道一场来得悄无声息的猪瘟，就那么轻易地带走了一个家庭的全部希望。

除了那几间养猪住人一体的房子，家里值钱的东西就剩下一辆摩托车。朋友们劝许政国：你又没有资金东山再起，市里搞摩的出租的生意还可以，你去试下。以前运猪饲料的摩托车，立即改变了用途，许政国骑着摩托车出现在武陵区的街道上，成为摩托车出租大军中的一员。

从龙港巷回家两年后，许政国再次回到了熟悉的城市。

正如朋友们所说，在私家车盛行之前的那段时间，摩的生意还过得去，虽然夏天晒得晕头转向，冬天冻得手脚僵硬，但许政国一天可以挣100元左右，这对一个赔尽家底、一无所有的农民来说，已经是很大的宽慰了。虽然当一名摩的司机自身安全没有保障，还经常被运管部门的工作人员追得满街躲藏，抓到了的罚款就是几天的收入，但基本稳定的收入是身后那个家庭的依靠，许政国早上天未亮就从草坪镇往城里赶，天黑很久之后才披星戴月回家。

就这样，许政国一人一车，朝出晚归，在常德市的大街小巷穿行了十年。

2013年的一天，正在等客的许政国突然头疼，整个人摇摇欲坠，一起跑车的摩友连忙把他送到常德市第四人民医院。许政国回忆说，生活贫困人的压力就大，整天跑车从来没有休息好过，每天吃的盒饭都是地沟油，也知道自己有高血压，但没有想到会脑溢血。

许政国的家　黄蔡芬/摄

在医院动了开颅手术，从重症监护室出来，许政国手足麻木，失去了记忆。他像一个陌生人一样，从医院回到了草坪的家，他忘了自己曾经是一个做过皮鞋生意的人，是一个饲养过生猪的养殖户，是一个跑过出租的摩的司机，仿佛过去的一切都已清零，他要慢慢找回自己的记忆。

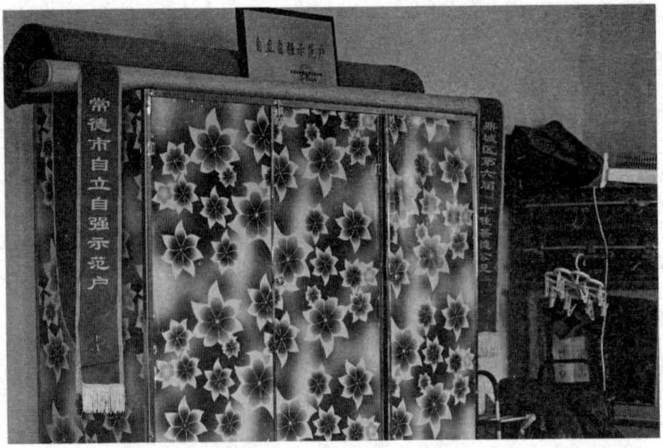


两个荣誉　黄蔡芬/摄

本来就朝不保夕的生活陷入了困境。开颅是大手术，虽然有合作医疗，基于他的特殊情况，村里还帮他申请了大病互助，然而，这几年跑摩的积攒的2万元掏完了，又找朋友借了4万元。

“记忆恢复后，我被家里的情况吓蒙了，手脚还是麻的，每年报销后药费自付还要一千多，还欠有三四万的账，这辈子只怕翻不得身哒。”2021年3月12日，坐在春天下午的阳光里，许政国回想起8年前的事，仿佛不相信那曾经是他自己生命的一个阶段。

2014年，许政国家被三角堆村纳入贫困户序列。

2014年，为了还债，许政国的妻子外出打工，至今未归。

**2. 两个荣誉**

闲谈中，许政国的手机响了，鼎城区石门桥镇罗汉山村的村民找他买种羊。

现在，许政国平均每年养殖30只黑山羊。每年大约卖20只成羊，不管当年黑山羊的价格涨到什么样子，许政国始终只卖24元一斤。同时，许政国还推广山羊繁殖技

放羊　黄蔡芬/摄

术，上门指导，不少人慕名找到他。

在2020年的账本上，许政国卖黑山羊的收入2万多元，土鸡30只1000多元，自酿谷酒1000斤左右收入一万元，他还有几亩油茶山林，茶油价格60元一斤，他就栽了一亩地的油菜，价格高的茶油卖出去，价格低的菜油自己吃。

许政国把他的翻身仗，归功于2017年扶贫驻村工作队的到来。

2017年，许政国的住房，就是原来猪栏边的两间偏屋，竖在一个黄土坡上，雨雪天气，上下容易滑倒，出个门都是大工程。工作队出面，帮他调整宅基地，把许政国哥哥堆柴火的屋子拆了，为他争取了农村危房改造资金3万元，两间共45平方米的平房立了起来。

住的障碍扫除了，工作队从许政国的身体状况考虑，建议他养殖黑山羊，并资助了7000元启动资金。从当初的5只黑山羊起步，许政国每年卖出一定数量的成羊，始终保持30只黑山羊的存栏量，以备不时有人来购买母羊和种羊。

许政国的一天是这样度过的。

早上起床之后是喂鸡。鸡上午、下午各喂一次，吃的是稻谷，花130元一百斤的价格从附近农民家里购买。然后就去菜园或种菜或浇水或施肥或扯草，一个人吃的蔬菜要保证。再就去山上捡一些柴火，烧柴比烧瓶装液化气要便宜不少，山上的树枝竹枝都多，出去一趟就拉回来一捆。如果不管菜园不去捡柴，许政国就会在屋后的小作坊里酿酒，除了自己一天两餐，每餐一两，他酿的谷酒都被附近的村民消费了。隔两三天，就有中老年村民，提着塑料壶来打谷酒，十元一斤，每年要卖1000斤。下午的时间是属于黑山羊的。下午两点，许政国会换上他的3517型号解放鞋。放羊爬山费鞋，20元一双的3517解放鞋，一个月要穿烂一双。

30只黑山羊是一支大队伍，许政国拿着一根竹竿，赶着羊朝对面山上走去。放羊要离住户远一点，不然羊闯进菜园里，吃了邻居家的菜，许政国会觉得很难为情。现在乡下普遍以液化气为燃烧原料，山上植被丰富，青草密集而茂盛，非常适合放羊。从下午两点到六点，每天跟着羊群跑四个小时，许政国感到自己的身体机能在慢慢恢复。

在堰塘旁边的一块空地上，羊群正在安然地吃草，许政国一手拄着竹竿，一手叉在腰间，三月的阳光打在许政国身上，他的脸上露出了舒心的笑。

2017年以来，每年大约2万元的节余，让许政国感觉到生活有奔头了。2019年，他先后被鼎城区评为第六届十佳“善德公民”，被常德市扶贫开发领导小组授予“自立自强示范户”。在他简陋的房间里，这两条绶带悬挂在显眼的地方，一进门就能看见。

### 3. 三个心愿

许政国很想把自己养殖黑山羊的技术免费传授。

黑山羊食草，饲养成本并不高，但是需要专门人员照管。每天四个小时的放养，必须有人寸步不离地跟着。遇到恶劣天气，就要割草回来给羊吃。也正是因为吃草和放养，黑山羊的口感很好，被常德市生意火爆的烧烤店追捧。但受制于人力，许政国既没有办法扩大养殖规模，也没有办法出门传授养殖技术。以前养殖生猪时修建的猪栏，八十多个平方，现在成了黑山羊的家。在这个原来的猪栏现在的羊圈里，再养30只黑山羊也很宽敞，但一个人的力量毕竟有限，许政国特别希望妻子能够回来。其实，许政国知道妻子在哪里，但他没有勇气去找她，一次猪瘟，一次中风，掏空了本来就不富裕的家，还欠下了那么多债务，他能够想象到妻子对他的失望。从1988年结婚，到2014年妻子伤心出走，他们在一起生活了26年，当积累的情绪越来越多，出走也许就成了一个别无选择的选择。这孤身一人走过的7年，许政国对妻子有思念，有愧疚，但从来没有责怪和抱怨。

生于1989年的儿子，在常德市一家烧烤店打工。4年前，儿子尝试自己开一家烧烤店，在亏了七八万之后宣告结束。在还掉自己开颅手术的借款之后，这几年许政国都在帮儿子还账。

他对这个家亏欠太多，是许政国对自己过去几十年的定义。父亲走了十年，母亲走了九年，母亲走的时候还放心不下他，不知道他的人生会不会有起色。父母的丧事也都是哥哥操持。养猪的失败和脑溢血，把家庭拖进了深渊，儿子没有受到好的教育，妻子最终弃家而走。所以，帮助年过三十的儿子成个家，是他目前最迫切的愿望。

为了省钱，许政国把个人开支压到了底线，他一年的开支不到两万，药费每个月都要雷打不动的一千元。一辆油动的宗申三轮摩托车，是近几年来最大的单笔支出。车是半年前买的，二手车，一千元，为了送羊、买谷、拖柴火。

许政国计算了一下，儿子如果结婚，至少需要50万，这就像挡在他面前的一座大山，他盼望自己身体好一点，妻子能够早点回来，他可以多养点羊，或者再养点猪。

# 李有才：农村家庭没有抗风险能力

1968年出生的李有才，对风险的意识来自20世纪90年代的某一天。

那一天，是农村最忙最热的“双抢”季节，李有才的母亲被邻居请去脱粒。母亲出门的时候是健全的，谁能想到，回来时已经失去了她的右手。由于脱粒时的操作不当，母亲的右手被卷入了脱粒机。

后来，请工的邻居赔了一千元医药费，母亲也失去了一多半劳动能力。

虽然很难找到一个确切的统计，来说明20世纪90年代农机操作中农民受到的伤害，但经历者都知道，农机在解放劳动力的同时，也给缺乏知识和经验的农民带来了风险。严振元20世纪90年代曾对江苏省太仓市脱粒机伤人事故进行过调查，并在《江苏农机化》上发表文章。调查显示，江苏省太仓市在1996年秋收水稻脱粒中，18个镇共使用18498台脱粒机，脱粒作业时共发生事故41起，其中脱粒机事故40起，扬谷扇事故1起。在40起脱粒事故中，打伤、拉伤手事故38起，伤手事故率为脱粒机保有量

李有才的家　黄蔡芬/摄

的0.21%。文中总结，伤手事故在脱粒中历年居高不下，脱粒机伤手事故每年在40起上下。

具体的数据显得有些空泛，很难产生切身的体会，只有那些经历过的家庭，才有着几十年后仍然无法释怀的伤痛。从此以后，但凡需要两只手配合的活，切菜洗衣，母亲都只能放弃，但是在菜园里栽菜、扯草、施肥、摘菜，她都可以胜任。所以，父母后来选择在常德市武陵区芦荻山乡帮人种菜，一直到2011年母亲去世。

### 1.交学费的两次尝试

草坪镇教门冲村，是草坪镇最小的一个村，全村500多人，回族居民占了70%。

李有才住在教门冲3组，屋门口有一口堰塘，面积不小，波光粼粼，在6月正午的阳光下显得非常静谧。李有才家是2012年搬到这个新屋场的。

之前李有才家住得很偏，开门见山，出门是坡，主要是缺水。李有才喜欢水，他向草坪镇镇政府和教门冲村都打了报告，给他调剂在这里修房，现在屋前屋后各有一口水塘，李有才很喜欢，虽然房子只是平房，他在屋前搭了一个很威武很结实的葡萄架，几根葡萄藤已经爬上了架子。葡萄架的旁边，是大老远就看得见的“财哥手工红薯粉”几个大字。

在做红薯粉之前的很长一段时间，李有才夫妇把儿子丢给父母照顾，两个人在外面打工。2003年他们出现在广东惠州电子厂的生产线上，包吃包住，工资计件，收入很低，一个月才110元。就是这样，夫妻俩还是攒了几万块钱，李有才承认，在工资那么低的情况下，还能够攒住钱，完全是靠妻子会当家。

李有才和妻子分装做好的红薯粉　曾玉英/摄

李有才展示他的做粉神器　黄蔡芬/摄

2011年母亲去世，李有才不放心父亲和儿子，又想修个新房。110平方米带暗楼的房子修起后，李有才发现不仅积蓄花光了，还欠下了八九万元的外债，他又进入常德市临澧县一家电子厂，一个月的工资3000元左右。如果不是3年前的那场病，李有才可能还在这家电子厂上班，也可能转到了活更重收入更高的地方。

从医院出来后，李有才想，搞个什么事才能维持生活呢？

李有才的妻子是湖南益阳安化人，安化多山，适合栽种红薯，红薯粉是很多家庭的主食。李有才发现，益阳的超市里，红薯粉卖到了每斤30元，这激发了他做红薯粉的信心。

说干就干，李有才从安化学艺回来，就买了万把块钱的设备，栽了两亩多地的红薯。两亩地，产量七八千斤，可以制作红薯粉600多斤，这种纯手工的红薯粉，售价每斤25元，在李有才隔壁小元农家来吃饭的客人，经常买他家的红薯粉和土鸡。

栽种红薯，从农历的正月开始蓄种，到农历十月挖薯，中途要移栽、翻藤、锄草，活儿虽然不重，但是事情比较烦琐，费工多。制作红薯粉的工艺看起来比较简单，其实要非常细心，李有才就交过一次学费。第一次做出来的红薯粉，粗细不一，非常难看。这批“残次品”至今作为教训堆在作坊旁边的小屋里，拿起一卷，确实有粗有细，但也没有李有才宣称的那么难看，问他为什么不降价卖出去，李有才连连摆手，“那搞不得，那会丑死！”

另一次交学费是因为养鸡。

100斤红薯能够产出15斤淀粉，副产品红薯渣是喂鸡的好饲料。李有才目前养殖有160只土鸡，全是自己在家孵化的，这是李有才眼里口感好的真正土鸡。但一年前李有才不是这样想的，刚开始时自己家里没有母鸡，孵化小鸡又是门技术活，招呼不好成功率很低，于是，他就图方便在草坪镇赶集时从贩子手中买了150只小鸡。结果没几天，有几只小鸡就感冒了，李有才手忙脚乱地喂药，不仅不见好转，还迅速感染了更多的小鸡，眼看着五六块钱一只买回来的小鸡，今天死几只，明天死几只，最终全军覆没，李有才下定决心自己孵小鸡。

邻居李小元说，李有才家的土鸡是客人喜欢的香饽饽，30元一斤供不应求。他建议李有才，错峰饲养，不然下半年就没有货了，客人春节前的需求比较大。

**2.生病是一个拐点**

李有才夫妇从二十多岁起就在外面打工，流水线上紧张的工作、无休止的加班、缺乏营养的伙食、盐味过重的食物，一天天消耗着他们的身体。20世纪80、90年代，农村出去的打工仔只想多挣点钱，家里的贫穷都等着他们的打工收入去改变，他们不敢休息，也不舍得买贵的东西，生活都是一天天将就着过的，吃得饱饿不死就满足了。

身体欠下的账，都是要还的，时间由某个损伤最重的器官决定。2018年，甲亢找上了李有才，后来又升级为甲状腺功能减退，人的力气和精神好像同时从身体里撤退了。每个月打工挣3000多元工资的李有才，从工厂的操作车间败走，住进了益阳友爱甲亢医院。3年来，李有才住院三次，花费了十多万医药费，在益阳住院报销比例低，去年他转到了常德市第一人民医院治疗。

李有才拿出一个药盒：左甲状腺素钠片。这是他平时服用的药物，药比较便宜，一盒十几元，为医保甲类药品，只是服药副作用较大。医生叮嘱他三个月输一次血，他今年还没有去，输血一次三袋，不到5000元，医保可以报销30%。李有才说，自己出七成也很贵啊，要卖一百多斤红薯粉。

这场病对李有才来说，不仅有身体方面的风险，也带来了很大的经济损失。以前是每个月收入三千多，现在是每年医药费要花上万元。李有才的连襟在长沙某工地扎钢筋，月薪12000元。李有才很想去，打听了多次，连襟说他的身体吃不消，妻子也劝他安心在家里养病。

但李有才是不安心的。房子是十年前修的，外观设计和内部格局跟不上潮流了，儿子已经28岁，他和妻子早几年就开始催婚了。儿子在离草坪镇约10公里的常德经济开发区工作，月薪6000元左右，在邻居李小元的眼里，李有才的儿子比较懂事。李有才笑着说：比不懂事的懂事点。

靠做红薯粉，一年赚不了多少钱，即使是丰收年，两亩地也就收七八千斤红薯，手工制作粉丝损耗比机器大些，满打满算700斤，全部卖出去也只有17500元。如果鸡喂得好，可以收入一万多，是家庭经济的重要组成部分，但养鸡的风险大，红薯粉年成好多收点，年成差少收点，适合李有才这种没有抗风险能力的家庭。然而，李有才也会偶尔童心大发，上个星期他在隔壁的黄土店镇赶集时，看到了一种四川鸡，卖鸡人说可以长到十几斤，他立即好奇地买了五只，一共花了十元钱，“这个肯定不能卖的，自己养着尝尝鲜。”

李有才家收拾得非常干净，客厅里妻子挂了两幅装饰画，是那种直接从市场上买回来的，其中一幅上面写着“四季平安”，它承载着一名家庭主妇对生活最朴素的愿望。

# 李小元："疫情时代"的农家餐馆

李小元的一个邻居在常德市城区开粉馆，和他吐槽说2021年的生意不好，是这几年来最差的一年。是不是2020年春节期间开始暴发的新冠肺炎疫情，对餐饮行业造成的影响呢？李小元又询问了在草坪镇上开日杂商店的朋友，对方也说今年的生意差，李小元想，那他的农家生意下滑也就不奇怪了。

经过草坪镇教门冲村的村部之后，再向前走两百多米，可以看到写着"小元农家"的招牌和一排篱笆，那就是李小元的农家。

从村部到小元农家的水泥路不宽，道旁有大树和竹林，即使是最热的季节，也能给行人一片阴凉。道路一侧还有一条小沟，沟里没有杂草和垃圾，水是清澈的，缓缓向前流动，偶尔可见一座小石桥，桥墩上长满了青苔。放眼望去，近处是开得轰轰烈烈的白色小雏菊和村民的菜地，藤上挂着鲜嫩的黄瓜，远处是大片大片的绿色稻田和白色的民居，一直延伸到天际线。2021年6月久晴之后的天空，湛蓝而且辽远，不时有黑色的鸟儿在空中掠过。

小元农家就在这样的环境之中。

**1.擂茶喝出来的灵感**

2018年，李小元被朋友邀到离草坪镇不远的港二口去喝擂茶。

港二口在2016年之前是鼎城区的一个乡镇，丘陵地区，山水田的格局，枉水河从港二口流经草坪再在德山注入沅水，从一条河流划定的地缘上来说，港二口在草坪的上游。2016年之后，常德市区域内撤乡并镇，港二口镇与逆江坪乡合并，改称花岩溪镇。港二口作为行政区划的岁月结束了，成了一个单纯的地名，当然也是一个心领神会的所在，如果没有特别的说明加以强调，大家都知道对方说的那个港二口是哪里。

擂茶摆在港二口的一个农家山庄。李小元打量了一下山庄周围的环境，觉得这山水田园与自己的教门冲村3组有差距。

这个1972年出生的中年男子心思活泛，这让他不管做什么都很顺利。在开办小元农家之前，他和妻子龙明飞在常德市的江南城区办过培训学校、开过干洗店，尝试过不少行业，都没有遇到过什么挫折。他们拿着在外面赚的钱，回到家乡教门冲村修了这栋带暗楼的房子。

地基并不好，为了把房子抬高到与村道平齐，李小元修了一个很大的地下室，可以用来停车和堆放杂物。然而，从港二口喝擂茶回来，他的想法变了。他要利用层高2.5米的地下室开一个农家餐馆。

李小元　黄蔡芬/摄

李小元家　黄蔡芬/摄

说干就干，他投入七八万元简单地装修了地下室，购买了开餐馆需要的桌椅板凳和锅碗瓢盆，出资2000元请附近的村民整出了五分菜地，由他自己下厨掌勺，小元农家就这样开张了。

李小元是回族，农家特色就是清真，牛全席是客人青睐的，鸡鸭牛羊都是请村民们饲养的。菜地里生长的时令蔬菜，随时可以从菜园到餐桌。从2018年开业到2020年，小元农家的生意都不错，回头客多，老客带新客。节假日的客人比平时多，从常德市来的客人喜欢这里的自然环境，特别是两三百米处的一个水库，还可以钓鱼。他家菜园里的新鲜蔬菜，也为客人们所喜欢，但是李小元不卖，来吃饭的客人都会送上一份。明天就有二十个客人要来吃中餐，昨天已经打了电话预订，李小元已经准备好了食材。

儿子在省城长沙读大学，家里就是他和妻子龙明飞。龙明飞是2020年从城里回来的，我们闲谈的过程中，她一直不言不语地给我们端茶续水。小元农家的服务人员都是村里的妇女，随喊随到，五六十岁，再年轻的没有，都出去打工了，工资是每天100元，待遇是三餐饭，工作职责是摘菜洗菜、摆碗收碗洗碗、清理桌面地面。今年生意清淡，时常都只需要请一个人，去年之前都是请两个，客人多就忙不过来。

常德市和鼎城区其他乡镇的客人，从出发到准确找到小元农家，要打十几个电话。教门冲村的位置偏僻，小元农家离草坪镇集镇有近七公里。2021年5月，李小元花了280元钱，开通了网络定位。我打开百度地图，在起点和终点分别输入常德日报社和小元农家，百度地图显示距离30公里，用时50分钟。

**2.农民也有小情调**

2020年新冠肺炎疫情防控期间，闲在家里的李小元突然冒出一个想法，在地下室的入口扎一排竹篱笆。

李小元请了三个人，自己也参与，从砍竹子开始，到竹篱笆有模有样地立起来，用了半个月时间。60米长的竹篱笆像一根导火索，让李小元的事越来越多：日晒雨淋影响竹篱笆的寿命，他就动手刷了一层桐油；春天他又沿着竹篱笆栽了一排花，葡萄藤没有长好，他准备找专业合作社去搞几根大苗；夏天来了，他搭了一个绿色的凉棚。他喜欢乡村，酷爱自由，做这些事时干劲十足。在乡亲们的眼里，他是一个有情调的人。

小元农家的用餐环境，也是按他的审美和爱好布置的。他喜欢那些有些年头、看得见岁月的东西。篮盆、蓑衣、犁耙、风车，挨着洁白的墙壁摆放，这是农耕时代的记忆，面对它们，很多往事都会扑面而来。还有很多生活用品，灯盏、烟袋、烘笼、瓜瓢，让人想起过往生活中一些温暖的细节。烘笼曾被誉为农村的“烤火神器”，一进入寒冬，老头老太手上都会抱一个。学生家里条件好的，上学会提一个烘笼驱寒，书包里还会装几块木炭，火快熄了就添上去，而那几块包裹不严的黑炭，不经意间就把书包和里面装的书本染得乌黑。李小元说，他在安化山里看到这个铜质烘笼时，就特别想买回来，最后几百元成交了。摆在门口的石磨，对方开价两百，他想都没想就要了。墙上挂的一个木瓜瓢，是50元买的。现在塑料制品风行，各种形状各种颜色的瓢都有，价格又便宜，再不会有人用一块整木挖一个瓜瓢了，农村也找不出会挖瓜瓢的手艺人了，人类与物件之间那种花费大量时间构建起来的情感，也可能会随之消失。李小元把这些东西收回来，是他内心里喜欢，也是想保留一些农耕文化的记忆。

新冠肺炎疫情防控期间，李小元自己做的竹篱笆　黄蔡芬/摄

屋前栽着铁树、茶花、松柏，还摆着一排栽着各色花的花盆，可以看出李小元夫妻都很讲究。他是我们在长达半年的调查中，看到的唯一在日常生活中穿白衬衣的村民。

**3.城里有房是必需**

2012年，李小元在城里买了一套房子，80平方米左右，当时房价还没有大幅上涨，每平方米2000多元。

李小元有一个姐姐，两个哥哥，他是老幺。大哥在位于德山的常德经济开发区上班，二哥做一些小工程，颇有经济头脑的三兄弟，日子都过得很殷实，也都在城里给孩子们买了房。

城里的房子是什么时候成了必需品？李小元也说不清楚，他只知道，如果家里生了个儿子，村里的房子修得再好都只能养老，必须在城里有房女方才同意结婚。要收媳妇就得有车有房，好像成了一个约定俗成的规定。农产品价格低，农资价格高，种田没有利润，现在农村30多岁没有结婚的大龄男青年非常普遍。

枫林口村的范冬华也在城里买了房，他的儿子今年31岁了，在福建工作，月薪一万多，虽然至今未婚，但房子2017年就买好了，每平方3900元。范冬华还认为，结婚与否，生儿还是生女，这些祖辈父辈看起来生死存亡的大事，年轻人并不在乎。几十年来计划生育政策对人潜移默化的影响，各种观念与思潮对年轻人的冲击，越来越多的兴趣消耗着他们的时间和精力，婚姻与家庭的被需求度在逐渐减弱，这也是大龄青年越来越多的原因。

李小元不同意将婚姻物化的观念，他说结婚成家关键要看男孩好不好。他的父亲走得早，当时母亲才45岁，他还是个半大小子，失去了顶梁柱的农村穷人家，谁家的女孩都不愿意嫁过来。龙明飞家的亲戚也不赞成，怕她嫁给李小元吃苦。夫妻二人在外打拼了多年，挣下了一份家底，也在城里买下了房子，但李小元仍然坚持，只要男孩子懂事，有上进心，就是条件差都能够搞好，相反败下去也很容易。

# 伍千淼：移民十五年

2021年6月4日，芒种节气的前一天，我们见到了伍千淼。草坪镇夹溪岭村3组，207国道旁，一排贴着白色外墙砖的楼房，其中三间两层就是伍千淼家的。

小楼是2006年修的，那年2月，春寒料峭，伍千淼全家从常德市的石门县维新镇九间铺村移民到此。

## 1. 移民

1999年，“长江委”开始对石门皂市库区进行实物普查。2002年，水利部通过对石门皂市水库工程移民工作计划评审。皂市水利枢纽工程是澧水流域骨干防洪工程之一，位于澧水支流渫水下游，坝址在湖南省石门县皂市镇，是“98大水”之后国务院批准的长江近期防洪建设重点建设项目。水库总容量14.39亿立方米，正常蓄水位140米，淹没区总面积52平方公里，涉及7个乡镇93个村，5个集镇，20家小型企业，需要移民38589人，迁往石门、临澧、澧县、鼎城。2003年7月22日起，皂市水库大规模移民开始了，伍千淼家也在移民范围之内。

九间铺村有个女人是嫁到草坪镇的，回娘家就说草坪镇离城里近，交通方便，土地肥沃。伍千淼的父亲一听便动了心，从九间铺到石门县城60多公里山路，开车要三四个小时，当时还是沙土路。于是他和几个兄弟到草坪镇来踩点，果然田野平阔，道路平直，他们最终选定了夹溪岭村，兄弟六人一起移民到了这里，沿着207国道修起了新房。

搬迁那年，伍千淼还是石门县第六中学的一名高三学生，父亲没有要他转学，他一个人在学校寄宿，迎接几个月之后的高考。移民从几年前就陆陆续续开始了，对伍千淼来说并不突然，他知道终有一天要离开九间铺，家乡的稻田和房屋都要被水淹没，最后变成记忆中越来越淡的画面。

新的家园给了伍千淼完全不同的感受，夹溪岭村民热情地接纳了他们这些“新人”，分了农田与山地。让家里觉得压力很大的是，三万多元的移民补偿款，与修房的十几万花费之间，出现了七八万元的缺口。这让伍千淼2009年从湖南涉外经济学院毕业后，立即踏上了打工挣钱为家里还贷的道路。

**2. 电商**

在广东省惠州市一家公司的电商部工作期间，伍千淼的月工资是4000元。伍千淼看出了小公司的局限，2012年回到了常德市的一家上市公司——大湖水殖股份有限公司。三年之后，伍千淼感到自己需要一个更宽广的舞台，或者说，一个有更大自主权的平台，于是他递交了辞职报告，开始了前途未卜的自主创业。

伍千淼的目标还是电商。这时，他想起了家乡石门的柑橘，2015年的最后几个月，就是一边通过电商卖柑橘，一边四处找产品。直到2016年，他接到一宗大业务，之后就和做粽子结下了不解之缘。

黄蔡芬/摄

伍千淼家　黄蔡芬/摄

那时，他想试一试粽子这个产品。每年端午节前后，常德家家户户都会包粽子，年长一些的女性都有这个手艺，因为包粽子所需的粽叶和糯米都极为常见，很多农村家庭端午过后也会包粽子当早餐。就在伍千淼小打小闹时，一个微商需要5000斤粽子，要伍千淼给他发货。事业初始，5000斤就是一笔“大订单”，5000斤粽子销出去，50000元回款到账，利润30%左右，这笔生意起了“稳定剂”的作用，伍千淼对粽子的市场前景也有了一些把握。

6月4日，农历四月二十四，离端午节还有十天，伍千淼的作坊早就热闹起来了。工作间里，五个身穿白色工作服的本地村民，正在玩着他们的“掌上芭蕾”，卷叶、装米、扎紧、捆绑，几个动作一气呵成，两分钟就可以包好一个。一个人一天可以包100斤粽子，工资80元，伍千淼管三餐饭。粽叶是收来的，每斤2.5元至3.5元不等，要看季节。糯米每斤3.5元左右，比去年略微便宜，去年每斤3.8元。米价与天气和新冠肺炎疫情都有关系，伍千淼进的是江西糯米，口感好，回头客多，有些客户从2016年起一直“钉”在伍千淼的淘宝店里。去年由于新冠肺炎疫情，人们在家的时间较多，网络购物相对走高，伍千淼光糯米就进了12000斤，销出去2万多斤粽子。

这100平方米的作坊，建于2019年。2015年10月1日，修订后的《中华人民共和国食品安全法》正式施行，加大了对预包装食品的管控。伍千淼知道，加工区和生活区要严格分开了，他把加工区向屋后的几间房子转移，形成一个单独的空间。两年间粽子的生意不错，手头略有积蓄的他又投资10万元，新修了加工区，把包装、蒸煮、打包、拖运区间全部隔离。与我们想象的不同，做粽子的季节比较长，春节之后天气回暖就可以开工，一直可以持续到八九月间。而在这个时候，伍千淼的另一个电商产品——烤火被就要发货了。

伍千淼　黄蔡芬/摄

粽子制作车间　黄蔡芬/摄

### 3.压力

父母一天天变老，孩子一天天长大，家庭的经济压力会越来越大，光是卖粽子不足以支撑一个家。粽子的生意稍稍稳定，伍千淼就开始到处找产品。2018年，他经常在常德市逛市场、逛商超，最后他发现了烤火被。与做粽子不一样，烤火被是别人加工，他只负责电商销售，利润率在20%以内，但胜在销量大。2020年他的发货量达到14000床，天天都要发货，他又当客服又打包，售前售后一手抓。搞不赢的时候就请人，有一天发了300多床，从剪线、压紧到装袋、打包，三四个人从早到晚忙了一天，回到家里他感到骨头都散架了。

伍千淼的父亲每天骑一辆电动车，穿行在夹溪岭与德山之间，路程五公里。他在德山的一家环保厂上班，工资每天130元，按天计酬，全年无休。德山很多工厂需要廉价劳动力，出生于1963年的父亲完全能够胜任，因为厂子离家近，不需要租房等开支，即使单位连一餐中饭都不给员工提供，他也干得非常乐意。

妻子和伍千淼是同学，是湖南惠生肉业有限公司的一名财务人员，月薪4000多元。湖南惠生肉业有限公司的厂址也在德山，4000多元的收入虽然不高，但每天都可以回家，其他就不太重要了。

粽子的利润率30%左右，2020年销售收入240000元。烤火被的利润率15%左右，2020年销售收入100多万。伍千淼去年的收入在30万元左右。母亲在粽子作坊帮他料理，儿子刚刚十岁，这样的收入和家境，在农村是非常令人羡慕的。

虽然有两个产品打底，销量收入都还可观，但伍千淼心里的危机感从未消失。今年是他做粽子的第六年，网上的卖家也渐渐多了起来，湖北恩施一个地方就有十来家做粽子的，把价格压得非常低。烤火被是一个没有技术含量的产品，门槛非常低，也很容易被其他人替代。目前的状况只算稳定，取得突破很难，这受制他的个人能力和经济能力。伍千淼出生于1988年，已过而立，可能是由于移民而早早地挑起了家里的大梁，他的想法与担忧比同龄人要多。他会想，如果不再创业，转而去求职，还会不会有单位接受他？他会想，如果这样做下去无法突破，还有没有坚持下去的意义？这样的追问，鲜有答案，但他仍坚定地走着脚下的路。

# 第八章 追风筝的人

“朝发枉渚兮，夕宿辰阳。”有人认为，屈原笔下的枉，即流经鼎城区港二口、草坪并在德山注入沅水的枉水。枉水平阔，水流量大，两岸植被茂盛，人民安居乐业。草坪更是土地肥沃，雨量丰沛，盛产稻谷、油茶、棉花，当然，还盛产诗词与歌舞。

在一本《草坪人》内部刊物上，刊登有不少草坪人的诗词、诗歌，他们中的大部分作者，都是草坪镇的村民，他们用诗词和诗歌诉说自己的生活环境、所见所闻，或者一些对政策的领会、对人生的评品。这些文字简单、自然，字里行间流淌着浓郁的生活气息，是对当前农村建设和农村生活最真实的记录。

有一些人，他们在自家的院落里建了诗墙，建了书法诗词小院；或者，砍下青青翠竹，制作成竹简，抄写四大古典名著；或者，用长达七年的时间，去绣一幅二十多米的《清明上河图》；或者，父亲写古体诗，儿子写新诗。他们都是草坪镇的普通人，行走在人群中很容易被忽略，但他们每个人心中都有一只风筝，只有他们自己知道那只风筝对他们来说意味着什么，并且，让他们勇敢地去追。

## 草坪诗社的“创世纪”

不管它叫草坪诗社，还是叫诗词学会，都是一个让人费解的存在。在这片既不是非常富庶，也不是非常先进的土地上，在一群老年人的带领下，文字和墨汁的香气经

爱好诗词的村民都喜欢到诗社来看书　高玲/摄

久不退。在这个团队里，年龄最大的会员已经九十多岁，即使眼睛不好，也要把想写的东西念出来，让孙女用笔记录。年轻的会员四十多岁，因为家贫读书很少，这些年来学习写诗、绣花、跳舞，还加入了村里的协会，为慈善协会捐款，参加各种公益活动。

在这个团队里，不管年长年少，不管学历高低，不管家贫家富，每个人身上都迸发出一种活力，这种活力不是表面的，而是像四月暮春里的植物，是一种不可阻挡的磅礴之力。

探索这样一个团队的诞生与成长，在新农村建设的征程中，有着不可忽略的现实意义。

**1.爱写写画画的草坪人**

两个女儿一个在广东省广州市工作，一个在湖南省娄底市工作，娄桃香觉得自己也是空巢老人。但作为草坪镇卫生院2012年退休的副院长，他每个月有3400元退休金，年底还有一万多元补贴，他把自己的空巢建成了“枉渚苑”。他笑着说，我们草坪只要是有点功底的、经济条件过得去的，都对文化有种渴求。

草坪这片土地上，文化与稻谷一起生长。一个普通的村民，都可以来几句打油诗，或者，写几个毛笔字。刚刚高中毕业那会儿，娄桃香就帮乡邻们写堂屋对联，他的毛笔字写得好，村民们家里有红白喜事都找他。娄桃香从小就长得瘦弱，写毛笔字是他喜爱的，就是站着写一天他也不觉得有多累。20世纪80年代的草坪卫生院有两个宣传栏，卫生院的规章制度都是他亲手书写，直到电脑和喷墨打印出现。和娄桃香年纪差不多的老人，只要是上过学的，都能拿着毛笔比画比画，就像现在的年轻人会玩抖音一样，不稀奇，不会让人感到诧异。

1952年出生的娄桃香很瘦，身体却有一股韧劲，经常在陪我们调查一天后，还骑着电动车回家。不管是冬天见他还是夏天见他，他都像一股清新的风，干净、儒雅、

娄桃香的作品　高玲/摄

娄桃香在自家书房创作书法作品　钱新明/摄

说话低声、语速缓慢，始终保有读书人的特质。他的娱乐活动是每周打一次常德跑和子，牌友是固定的，纯属娱乐。草坪诗社的社员，打牌的间隙还要讨论一下诗词格律、书法结构。也许是长期阅读的原因，娄桃香的记忆力特别好，三四十年前的事，就如在他的眼前，他能清晰地说出当时的季节、场面、人物，仿佛这都是存在他大脑中的一卷卷图画，可以随时打开。女儿女婿陪在身边的时间很少，他会每年去探望他们，但住的时间不会长，最多两周，诗社事多，他也有自己的生活。当然，也是不愿过多的打扰女儿女婿，他是一个成功而体面地退出了子女生活的父亲。女儿女婿深知他的喜好，只要看到了好书、高档的笔墨纸砚，都要买了寄给他。娄桃香与女儿之间，用一句时髦的话说，做到了彼此成全。

2021年4月2日，清明之前的连绵雨季，位于草坪社区6组的“枉渚苑”罩在密密的雨雾之中，门前数棵绿树掩映，屋后是一脉低矮的丘陵，远远望去有种仙境的错觉。迎面的“枉渚苑”三个大字，出自中华诗词学会顾问赵焱森之手。这三个字，对知者来说，是一种直抒胸臆，两千多年前行吟枉水的屈原，是他的精神信仰。在被他称为“空巢”的枉渚苑，墙上的书法作品写着屈原的辞赋，书房的两个大书柜，厚厚薄薄的书，有些已经发黄破损。成捆成捆的报纸，写着目录，整齐地码放在书柜顶上。他自己的三本著作《草根诗集》《草根文集》《草根墨集》，摆在靠墙窗下的旧书桌上。

2005年是娄桃香人生的一个重要节点。

他记得2005年的一天，他工作的草坪卫生院来了两位客人，是专程来找他的，一位叫伍世昌，一位叫蒋坤秋。那年，娄桃香53岁，他被提前带到了另一个领域。

伍世昌是草坪镇伍家坪人，当年七十多岁，懂诗词，在鼎城区老年大学教过行书和草书，是娄桃香眼里的“角”。蒋坤秋当时已年过八旬，草坪社区人，擅书法，是鼎城区朗州诗艺社的成员。两个草坪人自己很擅长书法，却觉得草坪当地的诗词和书法还差得远，草坪的文化艺术必须得到提升，两人一商量，先在草坪发展几个会员，为朗州诗艺社增添人气，也为草坪增添文艺气氛。蒋坤秋知道娄桃香的书法不错，于是，便上门来游说他。

他们没想到，娄桃香骨头里喜欢的就是书法诗词，那已经成为他的生命印记，还没有怎么游说，把朗州诗艺社的刊物一亮，娄桃香就开心地答应了，还带着鄢国英、张国新一起成了社员。

**2. 娄桃香成了“娄社长”**

“我在2006年办了一个培训班，请区里的老师来讲课，听课的学生除我们几个会员，还有当时草坪加入朗州诗艺社的六人，还有三个小学生，三个初中生，两个在职老师，两个退休老师，讲课的听课的一共二十人，大家感觉很新鲜。我记得那时花了三百块钱，我们又没得组织，钱是我私人掏的，给学生每人发十块钱作为生活费，其他人就在草坪镇上的餐馆里吃了一顿饭。”在娄桃香的回忆中，草坪诗词学会的生长脉络渐渐清晰起来，2009年，这个还没有命名的组织已经有了二三十人，直到当年秋天，这个组织终于有了名字：草坪诗社。

2009年9月28日，娄桃香被伍世昌和蒋坤秋纳入视线之后的第四年，草坪诗社在草坪镇中学召开成立大会。鼎城区文联主席王政作为草坪人，为诗社授牌，草坪诗社第一期刊物《草坪诗苑》出现在与会人员的面前。娄桃香除草坪卫生院副院长的身份之外，又有了一个新的身份：草坪诗社社长。直到现在，虽然他已经卸任，草坪镇政府的工作人员仍然亲切地叫他“娄社长”。

诗社初创，没有经费，每年还要编印一本刊物，寄给在外工作的草坪人，让他们有一个了解家乡的窗口。鄢国英、张国新、王兵都争着出钱，“他们怕诗社搞不下去，怕停摆，都想出一份力，不像现在有办公场所，以前我们办公、改稿、开会都没有地方，就想了个办法，改稿就在打印社改，开会就轮流在各家，在哪家开会就在哪家吃饭，这样一来，开支就压缩到了最小，只需要化缘编书的钱。”刊物就这样从2009年编到了现在，只有2020年因为新冠肺炎疫情停了一期。后来草坪诗社改名为草坪诗词学会，刊物也改为《草坪人》，但会员越来越多，300多名会员在一个微信群里写诗、晒诗、改诗。

易馥香和蒋冬华入会时是两名村总支部书记，平时爱写写画画，打油诗张口就来。开会发言之前，他们喜欢来几句打油诗活跃气氛，台下的村民听得开怀大笑。草坪镇原党委书记欧阳雁不止在一个场合说，草坪人讨债都比别的地方有文化，村民来找他讨钱，都是发打油诗，这也说明了草坪诗词文化的影响力。

民间文学社团之路的艰难，娄桃香都一一经历了，他的体会是，如果没有政府的扶持，光靠老百姓自己的投入是不现实的。当草坪诗词的影响力越来越大，政府也意识到了这种力量的正面作用，每年给予草坪诗词学会一定的资助。诗词学会虽然老年人居多，但这些老年人都能与时俱进。草坪诗词学会办了一个微刊，2019年创刊，每月推送一期，刊发的作品有稿费，每首20元，每人一次最多发表三首。微刊的主编钱建明是枫林口村的村民，退伍军人，60多岁，一天不写诗就手痒，每年创作诗词在三百首以上，会员们给他取了一个绰号：钱三百。

### 3.爱“耍文”的易馥香

易馥香　黄蔡芬/摄

虽然已经卸任了草坪诗词学会会长一职，娄桃香仍然很忙，2021年7月，他一直在帮陡山收集抗日战争的资料。7月的南方，又湿又热，他和易馥香、鄢国英一起，走访了12位老人，年纪最大的一位老人96岁，当年13岁的他，亲眼见证过抗日战争的惨烈。“采访对象都在八十岁以上，这个老人是目睹的，有些是听他们的父母说的，如果现在不记录下来，以后想采访都找不到人了，这项工作很急，是抢救性的，我们三个找人、采访、记录、整理，忙不赢。”陡山就是草坪镇原陡山村，是常德会战时的战场之一，1943年战火所到之处，还有草坪镇兴隆街村等地。

和他一起忙活的易馥香，也是会长的继任者。

易馥香是草坪镇兴隆街村3组村民，1956年出生，是家中几个兄弟姐妹中的第五个，排位不前不后，比较尴尬。易馥香回忆说，儿多母苦，父母非常为难，为了让几个孩子吃饱，父母经常饿肚子。时间可以带走最好的年华，却带不走最好年华里那些吃不饱、穿不暖的往事。易馥香至今还记得，秋天收割之后，他带着两个妹妹在田野里拾稻穗，哪怕只能捶出几两谷，对这个人口众多的农村家庭也非常重要。还有打着赤脚上学的冬天，心里对一双鞋的盼望，超过了对任何零食的想象，这个愿望在分田到户之后实现了，是一双薄薄的瓦片套鞋。

住着四面透风的低矮木房，易馥香的父母却竭尽全力送子女上学。父母算是那个年代有文化的人，都是初小毕业，有文化就必然比一般人有眼光，父母让大哥学了技术，是一名泥瓦匠；二哥响应保家卫国的号召入了伍，复员后在兴隆街小学任教；易馥香和两个妹妹都读到了高中毕业，这对于一个穷困的农村家庭来说，无异于饿着肚子爬山。1975年，易馥香从中学毕业，成为那个时代并不多见的高中毕业生，他站在一个比绝大多数人都高的起点上，拉开了属于他自己的人生大幕。

高中毕业后，易馥香进入到乡镇企业工作，他从一个学生变成一个社会人，那时候他不知道，有一天他会变成一名诗人。1982年，他又进入教育行业，到兴隆街村的学校当老师。后来，他被村里的干部发现，于是改行，从村团支部书记干到村党总支书记，直至几年前到龄卸任。他的人生旅程，是一个社会向前加速奔跑的时代进程，也是一个不断提高与超越的人生样本。

### 4.草坪街上的招牌店

1982年，易馥香自力更生，自己烧砖，修了一栋四缝三间的红砖瓦房，花了1000多元。当时，他的周边绝大多数都是土砖房。

1997年，易馥香对已经“服役”15年的房屋进行加固维修，换掉了屋面和家具，那一次，花掉了5000元。

2021年，易馥香家的大事就是修房。一栋200平方米的轻钢别墅在老地基上拔地而起，他此次的预算是30万元，但他笑着说：应该不会超过30万吧！说这话是有底气的，易馥香的儿子在南方水泥有限公司工作，那里是有央企背景的超大型水泥企业。孙子十岁，在城里读书，儿子一家早就在城里买房定居了。

这是生活对一个一直在努力的人最好的回报。

20世纪90年代的草坪镇墟场上，有一家广告招牌店，这是一个在当时看来全新的行业，用毛笔在木板上写上店名，然后钉上去，是那个时代招牌的统一范式。但这家广告招牌店，是用有机板、泡沫板等新兴板材，裁出一个个字来，贴在底板上，这样的招牌字是立体的、彩色的、吸人眼球的。而在这些招牌字的右下角，都有三个很小但醒目的小字：馥香制。

学生时代就写得一手好毛笔字，一直热爱文学创作，加上在工作中逐渐培养的审美，是易馥香开广告招牌店的基础。“镇里的人都认为制作招牌很新奇，充满了神秘感，觉得这是有能耐的人才能做的事。”易馥香说，当时的招牌字并不便宜，一个字大约一百元，但是改革开放后老百姓口袋里渐渐有了钱，广告意识也慢慢起来了，他为一个卖农机的店子做了“农机配件”四个字，收费四百元，农机店老板虽然也说不便宜，但还是认为这个新生事物值这个价。于是，更多人来找易馥香做招牌，随着电脑打印和喷绘技术的出现，招牌也做得越来越好看，越来越精致，不久，草坪墟场上的七成店面都装上了“馥香制”，普通百姓对新事物的接纳度越来越高，易馥香也感到自己的价值得到了体现。

朋友们在一起聊天，有时候会有人提议：老易，说个顺口溜。顺口溜就是草坪村民心里的打油诗。这个难不倒易馥香，他记忆力好，临场发挥的水平高，经常是张口就来，形象生动，让人叫好。从草坪镇进城的路、草坪镇各村之间的路，以及村民家里的入户路，近年来实现了水泥路全覆盖，易馥香就据此创作了老百姓喜欢的“三句半”。“三句半”是鼎城区乡村比较流行的一种传统曲艺，以前很多民间艺人会“三句半”表演唱，因一组表演词仅三句长句和一个短语而得名，常用来表现百姓生活、表扬好人好事、鞭挞坏人坏事，或宣传方针政策、工作任务，形式灵活简便。“过去山路难得行，满身泥土怕进城，而今都是水泥路，一展平。”易馥香随口而出的顺口溜，是草坪道路变化的写照，不仅迅速被传播，还被草坪的剧团搬上了舞台。

2019年，《常德晚报》新闻热线曾经接到一位自称是草坪镇兴隆街村的黑建平先生的电话，向其推荐宣传报道易馥香的事迹。在黑建平的报料中，这个易支书不仅是兴隆街村的党总支书记，带领村民脱贫致富，还是草坪诗词学会的会长，为剧团创作小品和“三句半”，一些平时打牌的村民，还被他带上了诗词写作的道路。这样一个人物，是兴隆街村民的偶像，黑建平力邀媒体前往挖掘他的故事。

**5.晴耕雨读，传统犹在**

2021年11月12日，从207国道向草坪镇兴隆街村的指示牌转过去，可见一条沥青路，路的两边，是刚刚收割的稻田，和白墙黑瓦的人家。在一个弯道处，写着“晴耕雨读”几个大字，从这里，便进入了兴隆街村的耕读屋场。

耕读传家四个字，在农耕时代的很多建筑或者匾额上都可以看到，它传递着几千年来中国读书人的理想。“耕”与“读”是传统农业社会的两大本业，而“晴耕雨读”则为顺应天时，是时间效用最大化的一种生活方式，隐喻着勤劳进取的优良作风。

沿途，我们看到农户家的围墙边挂着“耕读人家”的牌子，易馥香的家在沥青路的尽头。

2019年3月，耕读屋场出现在人们的视野中，这个包括兴隆街村第3、4、5三个

草坪镇兴隆街村的耕读人家　高玲/摄

村民小组的耕读屋场，占地面积33亩，133个农户，近400人在这里生活劳作。

时间进入二十一世纪，耕读的含义也在变化，现代化的农业作业方式和手机盛行的趋势，都在改变着乡村和村民的生活方式。从繁重的体力劳动中解放出来的村民，应该以一种什么样的方式继承“晴耕雨读”的传统呢，当时担任兴隆街村党总支书记的易馥香，选择了把耕读文化植入村民的日常。于是，他带领村民们共同创建了这个耕读屋场，把乡村人居环境整治、建设农村美丽庭院、营造农村文化氛围、继承中华文化传统有机地结合起来。

在耕读屋场的文化长廊旁，我们看到了耕读屋场的理事会名单，会长易馥香，副会长刘建国，会员黑明全、罗竹青、易国香。

与易馥香家隔路相望，是兴隆街村的耕读广场，广场上有一个耕读亭，亭子的对联上写着：雅风一脉时耕时读，胜绩千秋日进日新。时耕时读，日进日新，就是易馥香的初衷和心愿。

# 他们的小院

一个院落，就是主人的爱好与审美。

草坪的乡村院落，大多是一段围墙，圈住一个水泥的前坪，前坪的边沿栽上几株花木，房屋内部就是柴米油盐、衣食住行。

张国新　高玲/摄

国艳山庄诗墙一角　高玲/摄

国艳山庄诗墙全貌　钱新明/摄

那些不同的院落，进门处就是书法家写的匾额和对联，大厅两侧挂着字或画，浓浓的书香扑面，彰显着主人的情怀。这样的诗词书画小院，草坪镇有十来个，主人大多已经退休，他们或爱诗词，或爱书画，或想为家族留存精神财富，或想与朋友们交流唱和。他们在精神生活上的追求，投射到具体的生活中，就成了他们的小院，投射到具体的时代中，就成了社会进步的凭证。

总之，他们内心深处都有一个梦想，不管别人懂或不懂，他们都要去实现。

### 1.张国新和他的诗墙

张国新说，他家的诗墙自有特色，那就是家族特色。

2013年，草坪镇陡惠渠社区9组村民张国新想修诗墙。这是他看了沅水北岸常德诗墙后的想法。张国新生于1945年，2005年从水利系统退休，当时的退休金每月600多元，想修诗墙时退休金涨到了1000多元。

2013年，张国新还没有动甲状腺癌手术，身材不高却声音洪亮，性格坚定而倔强，骨子里有想做一件事就要做成的固执，没有人能够阻挡他的决定。爱好诗词歌赋的他，把修建农家诗墙当作了一个使命，好像他就是为了完成它而来。

但张国新不是一个冲动的人。

他请来了自己信任的老领导，已经卸任的常德市人大常委会主任莫道宏、已经卸任的鼎城区人大常委会主任徐政国、从草坪镇党委书记任上调到常德市委宣传部任副部长的丁克刚，他们见多识广，都是鼎城区人，而且都是文化人，他想听听他们的意见。

一个每月退休金不足两千元的68岁老人要建诗墙，这是一件新事，也是一件大事。领导们善意而委婉地提醒：就是修建诗墙，也不会比常德诗墙更有影响力了，而且修在这乡间，有没有价值？修建诗墙的人力物力财力巨大，有没有考虑充分？个人要修建诗墙，特色在哪里？没有特色的文化产品，也不会有长久的生命力。

当过二十多年村支书、又在乡镇摸爬滚打几十年、讲话做报告不需要草稿的张国新，听得懂领导们说话间的担忧，那是对他个人的关怀。但他还是有点底气的，这底气来自弟弟的支持和张氏大家族的才华。张国新这一辈有兄弟姐妹九个，家庭聚会就搞文艺活动，哥哥会唱汉戏，弟弟擅长京剧和二胡，姐妹们唱戏唱歌吟诗作赋的都不缺，张国新也是文艺好手。这个充满了文艺气氛的家族人丁兴旺，2013年时有了90多人，40多人会写诗。多才多艺的弟弟张国友在广州工作，颇有经济实力，清明回乡时听张国新描绘的诗墙蓝图，不仅为兄长点了个大大的赞，还立即注资15万元，用实际行动支援张国新的文化事业。

2021年5月15日，初夏的阳光像一张渔网撒了下来，照耀着陡惠渠草木正绿的田野，苏士澍先生题写的“国艳山庄诗墙”迎着阳光，也迎来了参观的游人。走进这个典型的江南丘陵地区的农家小院，诗墙绕着青碧的池塘，紫叶李红色的叶子闪着光亮，白墙上一块块诗碑神态安然。张国新热情地介绍墙上的每一首诗，每一首诗里都有故事，都是骄傲。这是他的杰作，他的情怀，也是张氏家族的精神遗产。

围墙500米，诗墙150米，诗词120首，诗墙修建的2013年，张氏家族30多人创作了诗词，年龄最大者76岁，最小者14岁。2014年1月国艳山庄诗墙落成时，每天几百人来参观，现在，每天都有游客和散步的村民来山庄，村民们家里来了客，诗墙是必须游览的景点。2020年引入外来资金修建的稻作源民俗文化村，经营者也把国艳山庄诗墙纳入到徒步旅行线路的一站。

参观时，张国新给我们讲了一个故事。2013年修建诗墙时，他在水利系统工作的一个同事和他打了一个赌，对方说：你修诗墙，我栽杉树，看谁的效益好些？同事投资了一万多元，在一亩多山地上栽了一百棵杉树；张国新与弟弟张国友投资60万元，挖池塘、修围墙、做绿化、征诗稿、建诗墙。“同事的杉树成了林，但没有一个人去看，我的诗墙有十多万参观者，但是没有收入，他的是经济效益，我的是文化效果，到底谁的效益好些，没有办法比较，但我们都实现了梦想。”张国新笑了，在他看来，梦想比效益更重要。

诗墙建好的2014年，张国新动了甲状腺癌手术。手术很成功，但影响了声带，声如洪钟已成过去。和我们交谈的过程中，因为担心我们听不清楚，他一直努力拔高声线，显得有些吃力，但不影响他的热情洋溢。生活中他就是一个充满了激情的人，到国艳山庄诗墙来参观的游客多了，他花八万元修了一个停车场，只是方便游客停车；儿子张文峰在207国道旁经营着一家建材店，他把孙女张敏的书法作品和孙子张洪的美术作品，装裱后挂在店里，把一家建材店打扮得像座书法美术长廊。

2014年张国新手术后，张文峰从务工的广州回乡，既照顾病后的父亲，也打理这家建材店。张文峰以前在羊城晚报社当保安，建材行业他并不熟悉，虽然村民们这些年对住房的要求越来越高，翻修和新建房屋的也越来越多，但是，就在张文峰家建材店一百米的范围内，就有四家店做着同样的生意，市场竞争的氛围在这里同样激烈。弟弟从经济上给予支持，儿子从他手里接过了建材店，老伴周枝云从不反对他在文化方面的决定，这让他感到非常舒心，而让他更加高兴的是，草坪镇前党委书记丁克刚对他和诗墙的肯定。“我的诗墙建成后，丁书记来看我了，他说是兑现承诺，因为他之前说过，我的诗墙建好了，他肯定要来。我没有想到，他还带了两瓶酒来祝贺我，我心里过意不去，给他买了二十斤茶油，他硬是没有要，说我们是朋友，朋友之间不需要讲这些客气，领导调离了还记得我，还把我当朋友看，我当时眼泪都快出来了”。张国新的家庭条件有目共睹，他自己也知足常乐，建材店一年纯收入四万多元，他的退休金每月到了3550元。2021年5月，孙女张敏已经大学毕业参加工作，孙子张洪就读于山东聊城大学，名利对他早已是身外之物，但社会的尊重与朋友的看重时常让他泪目，有时候他甚至会情不自禁地想：爱好文艺的人可能更敏感。

张国新心里有一个清晰的概念，那就是诗墙建好之后，就不再是他的诗墙，它变成了一个公共文化产品，游客来参观，收获一些什么，是他最大的成就。他说，放羊坪村一个泥工，在诗墙上看了他创作的“十字歌”，还全文抄了回去。我顺着他手指的方向，《长寿十字歌》豁然在目：一贯知足长乐观，两目远眺心胸宽。三餐节制素为主，四季勤劳身不闲。五谷皆食营养全，六欲不能太随便。七分让人忍以先，八方交友建情感。九（酒）薄烟断勤锻炼，十分无私寿延年。

这是张国新的生活状态，也是他的人生宣言。

### 2.鄢国英的四合院

和娄桃香家一样，鄢国英家也有一个诗词小院，是朋友们参观和诗友们聚会的场所，因为修建房屋，作品临时拆了下来。

4月2日，清明的雨细密清冷，油菜花在冷风中畏畏缩缩的，我们行驶在枫林口村12组仅两米宽的路上，拐进村道旁的一个院门，古香古色的院子，“室雅兰香”的牌匾下面，鄢国英正等着我们。

这是一个典型的四合院。大门的主联是鄢国英自己撰写，并请常德市有名的书法家陈国安书写的，内容为：田亩葱茏天钟宝地存风水，祖基坦荡福荫灵山满桂兰。这副对联里，藏着鄢国英对人生现状的极度满意，地是好地，宅是好宅，风水也是好风水，地灵人杰，芝室兰香。天井里摆着各种盆景，有铁树、栀子花、茶花、杜鹃花多种，过道墙上挂着的书法，大多数是鄢国英自己的作品，用楷书、行书、隶书书写的诗词，展示着主人的品位。

鄢国英1947年生，戴着帽子和厚厚的眼镜，他的眼睛不好，除了近视还有青光眼，平时看东西比较吃力，但创作诗词和写毛笔字，是每天都要做的事，或者看看院

四合院内部　高玲/摄

鄢国英　高玲/摄

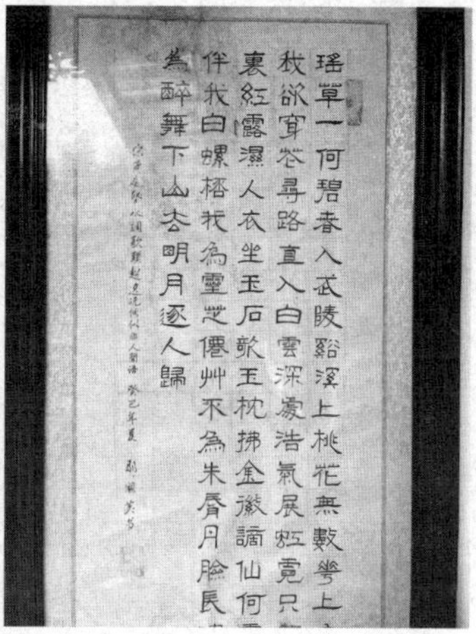

鄢国英的书法作品　高玲/摄

子里挂的书法，也是一种难得的享受。这个铁匠世家的第四代，成年后先后在草坪的乡镇企业、汽车修配厂、公社船厂、农机厂工作，2008年从水利系统退休，退休金每月3800元。退休之后，因为持有水利行业的助理工程师证书，有公司高薪请他出任监理一职，“文化有味道些，文化不仅带给我乐趣，还给镇里带来了好处，所有的群众都知道，草坪就是搭帮文化，不然，一个各方面优势都不明显的乡镇，怎么可能发展这么快”。鄢国英对文化有他的见解，在他看来，草坪诗词学会现在搞的事就是文化。2012年三个儿女修建这个四合院时，他的脑海里就冒出了一个诗词书法小院的样子，最后就成了我们调查时看到的样子。

2012年时，那栋建于20世纪80年代的二层小楼已经暴露出它的拥挤，特别是过年过节的时候，六七个房间面对十六口人，确实有些无能为力。两个在南方水泥有限公司工作的儿子决定修房，三兄妹一商量，便有了这个四合院。

穿过雨中的天井，客厅正中立着一个“天地国亲师”牌位。鄢国英说：“老鄢家一直就立着这样的牌位，这不是迷信，这是传统。”牌位旁边的墙上挂着鄢国英亲笔书写的鄢氏家训：勤劳、勤俭、勤学、勤奋。这个八字家训，曾经在2017年10月鼎城电视台的“好家训家风”栏目播出过。家训下面，摆着书案，鄢国英兴之所至，随笔书写，那是他的乐趣，也是他的享受。

2005年，鄢国英才开始练习平仄，学习诗词，懂书法和诗词的伍世昌是他心里的高山大海，他经常称伍世昌为“肚子里有货的人”。不管现在怎么把老年人的标准向后推，鄢国英觉得自己就是货真价实的老人，只是他活得像个热血青年，在手机朋友圈里翻到轻松筹时，遇到有困难的熟人或村民，他都三百元五百元地往外掏，老伴笑话他“手撒得很”。他也承认自己“手撒”，但他一个月3800多元的退休金根本花不完，儿女也不需要他的支持，能够帮上人是值得的。娄桃香说，鄢国英最担心的事就是，哪天诗社因为缺钱解散了，大伙儿的精神家园没有了，所以他经常提出来赞助活动款、赞助印刷费。

### 3.谢教授回乡记

回乡的教授叫谢和刚。

“独立寒秋，湘江北去，橘子洲头。看万山红遍，层林尽染；漫江碧透，百舸争流……”4月初，连日降雨使得枉水水位上升，河水浑浊，水面上漂浮着折断的树枝，还有抛弃的衣物、鞋子，面对着家门口的滔滔河水，谢和刚朗诵起毛泽东的《沁园春·长沙》。“2015年我修起这个房子时，有人要我开茶馆，我怎么可能开茶馆呢，我当学生的时候就喜欢毛主席诗词啊，我要办个毛主席诗词展示馆。”74岁的谢和刚穿着一件红色的外套，戴一顶黑色帽子，因为在大学任教体育科目，长年的锻炼让他看起来非常健朗。

谢和刚的房子位于草坪镇草坪社区8组，房子的背后是望不到边的农田，前面是奔流不息的杠水河。谢和刚就出生在这里，屋后的农田里留下过他劳作的足迹，屋前的河水里留下过他泅渡的身影，1966年他高中毕业后成为一名民办教师，1972年作为工农兵大学生推荐到当时的湖南师范学院（1984年更名为湖南师范大学）。谢和刚说，他是一名幸运儿，要回馈父母和家乡。2009年，62岁的谢和刚从工作的湖南省财政经济学院退休，随即就回到了父母身边，那时候，他的女儿一家已在美国定居，老伴也过去了。他独自一人照顾父母，2011年和2012年父母相继去世，“父母在时，我不照顾送终我不安心，父母走了，就葬在对面的山上，我就这样守着他们，也是一种陪伴。”谢和刚留了下来，这里有父母的墓地，有儿时的朋友，有可以说话的故人，2015年他拿出自己的积蓄120万元，在父母的老地基旁边修了这栋小楼。

“我们草坪镇是中国民间文化艺术之乡，是中国诗词之乡，我总要做点和这些荣誉相配的事啊，至少不能丢脸嘛！”谢和刚一边带领我们参观展室，一边开着玩笑。展室有三个，第一展室为毛泽东各个时期的照片；第二、三展室为有手迹的毛泽东诗词，上墙和上架的一共40首，每首诗词后面还有详细的注解，帮助参观者了解诗词的写作背景；第四展室为无手迹毛泽东诗词，上墙上架一共30首。

谢和刚　高玲/摄

在毛泽东诗词展示馆的入口，写着谢和刚的人生态度：平心尝世味，笑脸看人生。和我们交谈的过程中，他也一直面带微笑，而且他还自信的确定，这个开馆于2015年12月26日的毛泽东诗词展示馆，是全国首座私人毛泽东诗词展示馆。第四展室中那些无手迹诗词，谢和刚希望有人能够提供手迹影印件，以弥补遗憾。

第一展厅　高玲/摄

草坪的名气越来越大，来这

里参观的人也越来越多，从207国道来到毛泽东诗词展示馆，要经过一道长长的水坝，草坪当地人称为“陡惠渠拦河坝”。由于“服役”年限过长，拦河坝的两端都竖着草坪镇政府的警示牌：严禁车辆通行。连日降雨，枉水上游冲下来的垃圾堵在坝上，让大坝看起来非常危险。但雨后空气中弥漫的花草香，散落在田野之间的民居，慢悠悠行走的村民，又让人生出世外桃源之感。谢和刚喜欢这样的家乡，他说：“枉水河的堤坝马上要修，还要配套健身器材，这样的环境，这样的好山好水好空气，哪里得有啊，而且每天还可以种菜劳动，可以经常参加诗社的活动，身体和精神都很充实，真的啊，明天我们就有活动呢！”

谢和刚有一套水质检测设备，是他从长沙带回来的，他经常向住在长沙的老同事老朋友们炫耀，说检测过草坪的饮用水，比超市里卖的那些纯净水水质还要好！

# 竹简和十字绣

竹简，抄的是《三国演义》《唐诗三百首》。

十字绣，绣的是《琴棋书画》《清明上河图》。

在外地人看来，草坪镇的许多村民很洋气，因为他们做的事，既有一种不合身份之感，也有一种超越常规之势。

## 1. 王平安：竹简上的古典情怀

爱上竹简之前，王平安喜欢打麻将。

2021年3月4日，惊蛰节气的前一天，天气晴好，田野里有些野花，在回升的气温里忍不住舒展了身姿，放眼望去，可以看到田埂上、山坡上的淡黄与浅蓝，春天的信号开始浓烈起来。

王平安家的两层小楼，坐落在草坪镇枫林口村11组，隔着一条不宽的水泥路，与大片大片尚未耕作的农田相望，农田里竖的电杆和横的电线，切割着镜头里的蓝天白云。今天一早，王平安就开始砍竹子了。竹子是楠竹，就长在屋旁边，五六十根的样子，竹子与竹子之间间或有几根一米来高的竹笋，下半截已经脱掉了黄厚的壳。

1948年出生的王平安，小学读完就再没有升学了，那个年代没有什么辍学不辍学，上学的人少，小学毕业生也算是有文化的人。17岁那年，王平安学习中医，后来又学过兽医，学过木匠，进入到手艺人的行列。很长一段时间，王平安是村里的兽医，没有正式编制，也没有退休金。后来，兽医不被需要了，做木匠身体不允许，王平安走上了牌桌，和邻居摸摸麻将，一天的时间也很容易混完。

转折出现在2017年。

一天，王平安从中央电视台的《我爱发明》节目中看到，一名80后突发奇想，自己做竹简，复制战国时代的楚简。节目详细播出了80后制作竹简的全过程，王平安脑海里马上蹦出自家屋旁的那丛楠竹：我家多的是竹子，他能做竹简，我怎么不能搞呢？

楠竹制作竹简，短短六个字，包含着很多步骤、很多工艺，到底怎么截断、怎么打磨、每段多长多宽、用什么方法编在一起、一卷编多少根合适、竹简抄写什么内容，如何防潮防霉长期保存，这些都是需要考虑的问题，必须把每一步都想清楚了，才能够动手。第二天，王平安围着一根刚刚砍来的楠竹，转了一圈又一圈。

2017年4月1日，王平安的第一卷竹简样品出炉。这卷竹简长180厘米，宽40厘米，两端用麻绳编紧，每卷大约重2000克，拿在手里有分量，看起来又古香古色，这让王平安非常满意，他坐下来，拧开墨水，用毛笔开始抄写《三国演义》。王平安自幼喜欢书法，从小练就了一手好字，以前经常帮村民写对联，这也是促成他写竹简的重要原因之一。王平安制竹简、写竹简的消息传开了，草坪诗社的社员们争先上门，看他工工整整抄写的《三国演义》，社员们看一会儿、赞一会儿，有人说竹简这个创意好，草坪有人写书法、有人写诗词，但还没有人搞竹简，王平安肯定要出名。娄桃香经常往王平安家里跑，有时看看他抄写的进度，有时与他谈谈写竹简的心得。

砍竹子　钱新明/摄

爱上竹简之后，王平安彻底告别了麻将，除了制作竹简，他每天早上8点起床抄写，保持平均每天3000字的书写量，不久就有了成果。果然，正如诗社社员们的预测，王平安制作竹简的消息引来了新闻媒体，2018年5月，《常德晚报》记者李萌来到他家采访，他欣然谈起了自己抄竹简、戒麻将的故事，觉得现在的生活才有意义，要把抄录的经典留给子孙。2018年10月，常德电视台旗下的常德全媒，也把镜头对准了王平安和他的竹简。“我以前喜欢打麻将，和家里人说话语气都不好，自从开始写竹简，每天有事干，心情又舒畅，经常有人来参观，很有成就感，比打牌有味道多了。”王平安身材瘦削，精神饱满，他说，砍竹子、制竹简、抄经典，都是体力活，现在他的身体非常好，不像打麻将的时候身上酸疼，有气无力。

楼房一侧，有两间灰色水泥墙面的小屋，那是王平安的制作间，从竹子到竹简的

做竹简　钱新明/摄

抄名著　钱新明/摄

全过程，都在这里完成。制作间简陋，一门一窗，黑色屋面，前坪还横着几根才砍不久的竹子，屋内摆放着王平安做竹简的设备。王平安的书写间是楼房旁的一个独立房间，以前是用来摆麻将桌的，现在柜子上是笔墨砚台，案台上是半卷半开的竹简，写的内容是《西游记》。在房间一角，是写完的《三国演义》《唐诗三百首》《中国共产党章程》，一共200多卷，每一卷都用红绸捆好。竹简书写完毕后，王平安会给它们刷上清漆，在温和的太阳底下晾干，这样利于竹简长时间保存。阳光下，王平安一边给竹简刷清漆，一边轻声朗诵，这样就又把每件作品重读了一遍，《唐诗三百首》中的很多诗句，他都能够脱口而出。

王平安家饲养着7头牛，但这活归儿子王怡书负责，王怡书支持父亲的“竹简工程”，或许是因为家庭传承，王怡书的毛笔字也很见功力，不时跑到父亲的书案前写上几笔。老伴伍夏枝承包了所有的家务，王平安醉心于他的“竹简事业”，她从来没有反对过，但她对王平安还是有一个意见，就是吃饭的时候都喊不动，非要把手头的那句写完才行，这影响了全家人吃饭。

**2.谢贵兰：超市里的江山无限**

草坪镇放羊坪村迎宾大道与207国道交会处，有一栋二层白色小楼，楼顶上举着四个红底白色大字：兰兰超市。

兰兰超市已经在这个地方伫立了25年，从一个简易路边小卖部，到今天舒适小楼里的超市，中间有谢贵兰的辛劳与心酸，但更多的是一个女性对苦难生活的不屈不挠，对文明与高尚的向往和追求。

见到谢贵兰之前，有人向我推荐她：“放羊坪村有一个开超市的，绣了一幅清明上河图，二十几米长呢！”2021年3月12日，早春晴日，我在兰兰超市见到了谢贵兰，白衬衣黑马甲，脸上的皮肤粗糙，偶尔会不自觉地皱眉。那天时间仓促，听她谈了一些少年时的经历、成长途中的困难、一步步好起来的生活，却总感到意犹未尽，她身上还有些重要的东西是我还没有触及的。于是，7月29日，我又到了她家。那天很热，午后的高温更是让人难受，我们坐在超市的一张小桌子旁，一直聊到黄昏渐渐降临。

1973年出生的谢贵兰，草坪镇原草坪村人，家里的独生女。与人们想象的被捧在手心的独生女不同，谢贵兰从记事开始的岁月都是贫困，父亲长年沉迷于赌博，对农活和家务不闻不问，母亲性格懦弱，不敢反对父亲，家里经常连饭都吃不上。谢贵兰担负着从邻居家借米的责任，她知道这是丢脸的事，抱着母亲塞过去的脸盆，不愿出门，但是不借全家人就得饿肚子，她只好硬着头皮出门，艰难地说出那一个千金重的“借”字。好不容易读到初中二年级，家里没有钱交学费，父亲要她和老师说，学费先赊着，赊到第二个学期也没有办法还上，谢贵兰就只好自动辍学了。那时候，她已经是少女了，自尊心让她无法面对老师讨要学费的场景。

谢贵兰　黄蔡芬/摄

谢贵兰读初中时，只有一双布鞋，是姨妈给她做的，母亲没有这个手艺。遇到冬天上学下雨下雪，她就把布鞋背在书包里，打着赤脚去上学，在学校旁边的河沟里洗脚穿鞋，

谢贵兰参加惠民演出排练　黄蔡芬/摄

再去教室。家里有十亩农田，父亲长年看不到踪影，她六七岁就成了家里的劳动力，直到她结婚从家里出来，都生活在吃不饱穿不暖的恐惧之中。丈夫蒋孝安1968年生，比她大5岁，1992年结婚的时候她就暗暗发誓，一定要把家里搞好，不能过父母那样的日子，要让孩子受教育有出息。

蒋孝安家也不富裕，结个婚已经负债三四千元，这是当时一个乡村教师一年的工资收入。没有钱，在外面不认识人，家里三四亩田插得好不会亏本，两口子结婚时修了一个小屋，就在路旁，谢贵兰看准了这个优势，想做点小生意，开个小卖部。夫妻二人七挪八借，筹了一千多元当本钱，到桥南去进货。

桥南，这个称呼在20世纪90年代含义比较模糊，细较下来有几种意思，根据说话人的前后语境加以区分。桥南，有时候是指鼎城区武陵镇，有时候指桥南小商品市场，有时候可能还包含小商品市场周边的副食城、仿古城和商贸城。谢贵兰所说的桥南，主要指小商品市场和副食城，她在小商品市场进小百货，比如毛巾、袜子、牙膏牙刷、洗衣粉、洗发水、肥皂等，“那时候进的海飞丝都是一包一包的，简易包装，村民们有时候也只买一两包，一角钱一包。”瓜子花生、红糖白糖、桂花糖、花根等

十字绣作品《清明上河图》　罗希/摄

就在副食城去选，品种很多，谢贵兰货比三家、讨价还价，扛着几大包货，挤桥南至草坪的班车回来，到家就累瘫了。蒋孝安也没有闲着，他做藕煤卖给村民，送货上门，还帮村民灌瓶装液化气，赢得了一批固定客户。到2000年时，谢贵兰惊喜地发现，家里竟然有了将近三万元存款。

“老板，买包槟榔，要五十块一包的啊！”我们的谈话，不时被前来购物的路人和村民打断。207国道上车来车往，晴得太久，车驶过就会带起一股灰尘。在这路旁开店的25年来，谢贵兰眼看着车越来越多，90年代路上是没有几辆车的，只是零零星星的几辆大巴车、面包车、大型货车，而现在最常见的是家用小轿车，可以用川流不息来形容，就是夜晚也有车灯刺破厚重的黑暗，显影出国道两旁的树木和民居。“别看我这个乡下小店呢，十块一包的槟榔反而不好卖，货都没有进，店里只有三十、五十、一百三个价位的槟榔，现在的生活水平提高了，什么都要买好的，甚至还要看品牌，不是牌子货根本卖不出去。”十几年前，村民买东西喜欢问“还有没有便宜的”，现在喜欢问“还有没有更好的”。谢贵兰说，90年代刚开小卖部那会儿，村民拜年拜节或者走亲戚，都是买散装食品，销路好的是红糖、芝麻、蛋糕、花根、面条等，村民一般买两三种，每种称一斤，用一次性塑料袋包好，一次花费五六元的占多数。

而现在除了瓜子、花生这种新鲜的散装炒货，兰兰超市里的货品都是袋装的。一眼溜过去，啤酒白酒、瓶装饮料、袋装零食、豆奶麦片、各种纯牛奶和奶制饮品，还有百姓家中的各类生活用品，无一不是耳熟能详的品牌。过年过节，村民喜欢买牛奶麦片，给长辈拜年的牛奶要低脂无糖的，70元一提的金典纯牛奶，2021年春节期间至少卖了100提。一提牛奶，两袋麦片，加上一个红包，已成乡村拜年的标配。

农村经济的流动性增强，反映在兰兰超市就是交易量增大、利润增多。2003年，谢贵兰家存款超过十万，她和蒋孝安商量，家里要修楼房。

这栋站立在207国道旁的小楼，就是2003年修的，三间两层，当时花了15万左右。这个从负债3000多元起步的小家庭，修房却没有借款，并不是家里存款充足，而是很多需要请工的活都是蒋孝安和谢贵兰自己动手。“搬砖、洗石灰、提灰桶，能够不请工的坚决不请，从早忙到黑，身上都没有干过，女儿当时读小学，都没有时间去管她。”在谢贵兰的记忆里，没有任何家底的人，一砖一瓦都不容易，都是自己的智慧与汗水。今天比一般村民过得好一点，是年轻时想过更多的办法、吃过更多的苦，“头脑灵活，也抓住了商机。”

一辆黄色面包车，停在兰兰超市对面的空坪里，那是蒋孝安进货的车。后面院子里的白色东风日产小轿车，裸车21万，是蒋孝安买给谢贵兰的，要她自己开着出去玩，或者参加放羊坪村女子先锋队的活动时开，或者去草坪镇参加诗词培训班的时候开。女儿2014年已经结婚成家，住在常德市江南城区的莱茵小镇，当时算得上高档住宅小区。谢贵兰夫妇2018年在江北城区的祥瑞小区买了一套90平方米左右的商品房，当时花费了近50万，如今已经出租，年租金14000元。虽然受到网购的冲击，兰兰超市每年的收入都在5万左右，蒋孝安的年收入是她的两倍，但谢贵兰觉得目前的生活，就是自己少年时代所向往的，也是自己成年后为之努力的，有舒适的住房、有稳定的收入、有安全感和幸福感。

“读的书太少”，已经让谢贵兰遗憾了三十年。她一直坚信，如果读书多一点，文化高一点，起码要比现在强一点，“没有文化，有大前途是不现实的。”所以，这些年来，她也一直试图弥补这一遗憾。她学习写诗词，是常德市诗词学会会员，加入村里的跳舞队和妇女先锋队，志愿活动从不掉队。她每年向放羊坪村慈善协会捐款，尽管别人劝她“这么大年纪入党有什么用”，她还是坚持自己的信仰，在我们访谈时已成了一名中国共产党预备党员。她从来不管别人怎么看，怎么说，她从不放弃让自己变得更好。

绣《清明上河图》时，就有人向她泼冷水，有人说太长，“二十四米啊，要绣到什么时候去”，有人觉得无用，“绣起又没地方挂，还占地方”。但旁人不知道的是，谢贵兰2010年在电视中看到《清明上河图》画卷，画上汴京以及汴河两岸的自然风光和繁荣景象，就已令她震撼和折服，“画得真好啊，我虽然不会画，但我可以绣啊。”为了熟悉针法，学习配色和布局，她先绣了《十八美女图》《家和万事兴》这类入门级的十字绣作品。后来，又绣了四米长的《琴棋书画》，感觉可以动手更大的工程了，她就跑到桥南小商品市场，背回了一纸箱布匹、一纸箱彩色绣线和《清明上河图》刺绣样本14本。

一开始，谢贵兰是悄悄行动的，她没和蒋孝安说起，也没向邻居透露，“我怕他们说我蠢，花几千块钱买回一堆书和线。”24米长的布匹，卷起来都有一大堆，谢贵兰放在一楼超市比较隐蔽的地方，早上蒋孝安出门后，她在看店的间隙研究14本刺绣样本，再慢慢进入拿针走线阶段。果然，蒋孝安看到她绣花，而且空白的还有厚厚一卷，心里就有些来气了：“你绣这个，能当饭吃还是能当衣穿？”这卷《清明上河图》十字绣，75厘米宽，图案众多，绣一米要三个多月，一天的活根本看不到成绩。谢贵兰专心致志，邻居喊她打牌，不起身，喊她去城里逛街，不想去，除了参加草坪诗社的培训和采风、参加放羊坪村的文艺演出，她把自己“钉”在店里，“钉”在

《清明上河图》的旁边，“我就把清明上河图当成一丘田，把绣花针当成一蔸秧，我每天在这丘田里插秧，只要不松手，不放弃，总有把田插满的那一天。”每天除了看店，就是安静地绣花，长时间的坐姿影响了她的身体和身材，经常腰酸背疼，下肢变得臃肿，脸色也黯淡无光，蒋孝安看到她这样，转而支持她的绣花活儿，回家就抢着做家务，有人来买东西也主动起身。随着《清明上河图》越绣越长，每天打开这长长的画卷，都能看到前一段时间的成果，她的心情也越来越好，也有了与人分享这份劳动和坚持的勇气。

就在这一针一线中，86个月悄然而逝。

2017年，当谢贵兰绣完最后一针，她坐在椅子上，久久没有起身。绣第一针时，她37岁。绣完最后一针，她44岁。时光在这长长的十字绣上流走了，但也没有白白流走，谢贵兰觉得长时间专注于一件事，会磨平人的一些棱角，她也慢慢变得从容温和了。

有人问谢贵兰：你这幅《清明上河图》只怕能卖不少钱吧?

谢贵兰说，从来没有想过要卖钱。曾经有人出12万买她的《琴棋书画》十字绣，前不久，还有个长沙人找到她，对《清明上河图》十字绣出价34万，她没有卖，“这都是我的心血，舍不得卖。”

看店的时候，谢贵兰喜欢听书，小说、散文、诗词，她一个接一个听，听到精彩的内容，她还会记在本子上，“说不定写诗可以借鉴呢！”

从谢贵兰家离开时，暮色已经升起，黄昏尚未降临，她递给我一盒口香糖，可能是怕我一个人开车枯燥乏味，几颗口香糖也能让归程充满甜意。我把车移上207国道，再回头看她时，她正拿起水瓢，给门前开得正好的月季花和绣球花浇水。

# 住在自己心里的“神”

1973年出生的谢贵兰，是草坪诗词学会最年轻的会员之一。

像每一个团队里的年轻人那样，谢贵兰不漏掉每一场活动，积极写诗投稿，尽可能地帮团队做一点事，“每一个都是我的长辈，我的老师。”谢贵兰说得没错，草坪诗词学会共有会员300多人，骨干会员138人，八成都在六十岁以上，只是他们没有一个人觉得自己老，微信诗词交流群里每天都有人“推送”当天创作的诗词。

余松清　娄桃香/摄

放羊坪村的余松清老人，几年前已经过了90大寿。即使2020年常德市的平均预期寿命已经达到78.57岁，90岁仍然是一个值得纪念的里程碑，自幼爱好诗词的余松清把多年创作的诗词结集，一本《未荒余年》就成了自己的生日礼物。年过九旬，眼睛不好，但每逢国家发布新的政策、中华民族的传统节日、生活中一些重要的节点，余松清还是会写一些诗词或者对联，自己看不清，就念给孙女儿听，让她用手机或者钢笔写好，再交给娄桃香。

余松清作品集　余松清/摄

枫林口村的刘荣舫和刘克鹏父子，一个写诗词对联，一个写新诗散文诗。刘荣舫年过八旬，写对联诗词多年，平时写了都会发到群里给诗社的社员们看。刘克鹏50多岁，在湖南路桥建设集团有限责任公司下面的一家建筑公司打工，他是一个擅长发现生活之美的农民，诗中多是生活中常见的情景，他在诗中写道：“虽然常常感到困惑迷茫，我想我从未停止过追寻”。这一对写诗的农民父子，在草坪当地已成美谈。

陡惠渠有个叫阳会初的农民，今年69岁，很多年前，他在人家收的废品中看到一本《诗词格律鉴赏》。由于没读过什么书，他不知道这本书能做什么用，于是，他就去找同村的朱玉阶。朱玉阶读过私塾，爱书法、懂格律，是当地有文化的人，今年已经80多岁了。当时，朱玉阶告诉阳会初，这上面讲的是格律，是告诉人怎么写诗的。阳会初一听，如获至宝，每天读几页，最终把这本书背了下来。现在，只要看到学会会员写的诗有不合格律的地方，他就能当场指出来。

在我们调查的过程中，也有很多人不明白他们的行为，质疑他们对诗词的“痴心”，“每天白天都要做事，晚上还写诗，硬是比别人勤快些”“他们写的东西能够卖到钱是哪门的”“尽是搞些没得用的事，不过比打牌强些”。但是他们仍然白天做事，晚上写诗；仍然参加培训采风，为平仄格律抠破脑壳；仍然把每天写好的诗词“丢”进微信交流群里，然后接受其他会员的肯定或批评，他们心里有旁人看不见的东西，却也不能拿出来给别人看。

# 第九章 来时路，犹记否

俗语说，各人脚下都有一条路。

余毅立在作品《路》中也引用过这句话，他说："常言道：'各人脚下都有一条路。'路有窄有宽，有暗有明，这要靠自己选择。至于走快走慢，踩虚踩实，这要靠自己拿出行动来。"

时间回溯三四十年，鼎城区草坪镇还是一个封闭与落后的地方。教育的风气还没有形成，孩子读多少书并不重要。俗话说"天干饿不死手艺人"，"要学一门手艺"的传统思想扎根在父母心里。

然而，这种背景下的年轻人，并非都会按照父母的安排过完一生。他们不愿意再做父母的"复印机"，对生活的农村充满了"嫌弃"，想方设法要逃离面朝黄土背朝天的日子，要在日新月异的世界里创造属于自己的人生。

从他们的故事中，可以看到一代人在社会发展过程中的不断探索与创新。他们一直踩着时代进步的鼓点，审时度势，把握时机，进取与舍弃都是前进过程中的"关键词"。凭借着一腔勇气和不服输的劲头，他们闯出了与众不同的人生之路。回首来时路，可以看到一个时代投射到普通人身上的剧情。

# 娄世民：54家商超的“掌门人”

3月15日，是2022年多雨的春季里气温较高的一天，我们按照导航找到了位于草坪镇枫林口村10组的娄世民家。

娄世民穿一件枣红色的长袖衬衣，这是一种非常挑人的颜色，却衬得他越发白净。他腼腆地与我们打招呼，笑的时候脸有微微的红，听说我们采访他，他不好意思地说：“还从来没有记者采访过我。”我们向他解释这个课题的由来，他就那么微笑而安静地看着我们。这使我们无法把他与走南闯北的生意人联系起来，他更像从电影中走出来的角色，与我们的冒昧到访还隔着一定的距离。果然，课题组成员黄蔡芬敏锐地发现，娄世民长得像电视连续剧《人民的名义》中祁同伟的扮演者许亚军。

对于这样的发现，娄世民既没有表现出惊奇，也没有表现出认同，他始终微笑不语。这个经营着54家商超的中年男子，与我们之前见过的老板和商人全都不同。

## 1.早年已知世事艰

1976年是中国历史上的重要年份之一，对娄世民家来说也无异于冲天惊雷，那一年，5岁的娄世民失去了父亲。

娄世民还有四个姐姐，大姐比他大19岁。45岁的母亲带着五个儿女，开始了风雨飘摇的人生长征。这个长征没有明确的目标，只是在最为困难的岁月里，尽量将日子朝好的方向去过。

20世纪70年代的中国农村，家家户户都很穷，吃不饱穿不暖是常事，只不过娄世民家比邻居更穷一些。母亲是家里唯一的劳动力，为了耕地犁田的需要，家里养了一头牛，娄世民成了真正的放牛娃。就这样一边放牛一边读书，到初中二年级的时候，娄世民毫不意外地辍学了。娄世民十五六岁的时候，农村家庭对于孩子读书的要求不高，在那个升学率太低的时代，鲜有父母寄希望于儿子考学出息。像很多失学的农村少年一样，16岁的娄世民开始学手艺。直到今天，娄世民也并不为自己辍学感到特别惋惜，因为那些条件比他家好的儿时玩伴，也只读到了初中。

当他还是一名初中学生时，他曾经挑一担箩筐，从草坪坐班车到十公里外的桥南市场进凉拖鞋，然后回到乡下挨家挨户去卖。20世纪80年代，农民还没有穿拖鞋的习惯，娄世民却有了想通过做生意改变家庭境遇的想法。

辍学后的娄世民成了家里的主要劳动力。因为他肯吃亏又灵活，村民们包田割稻都会邀他。娄世民家里有6亩稻田，其中一丘的面积2.4亩，十几岁的男孩从凌晨十二点就起来扯秧，早饭后开始插秧，晚上九点收工，他干一天活硬生生顶别人两天。2.4亩田他又扯秧又插秧，两天就完工了。母亲心疼这样拼命的儿子，毕竟儿子还只算个半大小子，骨头都没有长扎实，但不管母亲怎么说他，娄世民仍然不言不语，埋头做事。

最初，娄世民在与草坪镇邻近的长茅岭乡学漆匠。师傅家里养了几头猪，那时的农村居民家里都会养猪，用来改善家里的经济条件。除了学艺，娄世民还得兼顾喂猪的活。由于对生漆过敏，这段学艺的时间没有持续多久，娄世民又改换门庭，跟着老表学木工。娄世民自小腼腆羞涩，不爱说话，学习起来非常专注，把木工活学得有模有样。

手艺好的木工师傅是很受欢迎的。上世纪80、90年代，稍微宽裕的农村家庭都开始修红砖房，门和家具都是砍树或买木料请人做，好木匠非常抢手，也受人尊重。队里有木匠在外面打些零工，忙不过来的时候就喊娄世民去帮忙。看着村里一栋栋红砖瓦房代替了土砖茅屋，娄世民也想修屋，那一年他才18岁。

姐姐们陆续出嫁，18岁的娄世民就是这个家里的顶梁柱，没有钱买砖买瓦，他就自己学着烧砖烧瓦，房屋的檩条自己去山上砍，刷墙需要的沙自己去枉水河里淘。当时，“没有伞的孩子只有努力奔跑”这句话还未流行，但娄世民在他认知的世界里努力奔跑，不仅是没有伞，而且还打着赤脚。

就像蚂蚁搬家一样，娄世民烧好了红砖和黑瓦，剥皮晒干的檩条码在禾场里，从河里淘来的沙堆在屋的一角。这个沉默而倔强的小伙子，用自己的双手准备了一栋房子的所有材料。终于，四缝三间一个偏屋的红砖新房立了起来，一个看似不可能的庞大工程终于竣工，娄世民战胜了自己，也击退了命运布在他前行路上的拦路虎。几年之后，他在自己修建的新房里，迎来了他的新娘。

改变，从一次次尝试开始。尝试，只是勇敢地跨出了脚步，并不一定意味着成功。至少，对当时的娄世民来说就是如此。

22岁那年，娄世民结婚了。结婚之前，他曾经在工地上打工，有时候一个人转移一堆建筑材料；他曾经与村里的同伴一起收鳝鱼去常德市下南门的农贸市场去卖，没想到遇到了骗子，鳝鱼也死得差不多了。结婚之后，娄世民夫妻在草坪镇上做冰淇淋，借16000元买了设备。妻子曾在湖北江汉油田打工，在那里，冰淇淋是比较受欢迎的。冰淇淋对于农村市场来说，同样很有吸引力，没有经过专门的培训，制作技术不过关，娄世民做的冰淇淋并不像想象中的那么甜软，而是像冰棍一样硬邦邦的。第二年，他又买了冰棒机和冰柜，但这次的努力同样以失败而收场。娄世民没有把失败归结于运气不好，他直言不讳地说：当时乡镇的冰淇淋生意还是不错的，是我们的技术不行。

就这样不好不坏地经营了三年后，娄世民又在鼎城区武陵镇开了一段时间摩的。当时私家车还非常稀罕，武陵镇到处都是方便人们出行的摩的和慢慢游，搭载一次收两元钱，路程远一点就收三元。他心里清楚，靠开摩的是不可能发家致富的，何况还经常面临摩托车被城管人员扣押罚款的尴尬境地。因为妻子有缝纫的手艺，娄世民夫妻就跟着姐姐到桥南市场做服装批发，以加工老年人服装为主。2004年12月

娄世民　黄蔡芬/摄

合作社规划图　黄蔡芬/摄

建设中的世民农业专业合作社　黄蔡芬/摄

21日大火之前，桥南市场是全国比较有名气的小商品交易市场，湘西北的很多小市场都从这里进货，鼎城区各乡镇很多年轻人在这里或拖货，或摆摊，或开店，在这样的努力中寻找人生契机，娄世民就是这些年轻人中的一员，为了生活得更好，拼尽全力。

**2.苍天不负苦心人**

2003年，1971年出生的娄世民过了而立之年。

当时超市在常德市已经初现端倪，鼎城区武陵镇沅水一桥南引桥附近的黄金位置开了两家超市，新的购买方式受到市民的追捧。2003年，娄世民眼里“当过兵的精明的大姐夫”在益阳市的桥南开起了超市，这是大姐夫领衔开的第二家超市。娄世民预测超市是种有前景的经营方式，是大势所趋，以后只会越来越多。于是，他借了5万元入股，与姐夫一起经营超市。5万元的股东根本说不上共同经营，娄世民也把自己当成一个学徒。在超市里，他做保安、当厨师、打扫卫生、熨烫衣服，所有的苦活累活他看到就做，既不推给超市的员工，做完了也不声张。他是一个小股东，也是老板的小舅子，但是他更像一个“跑龙套”。他和妻子两个人都在这家超市上班，每人每月工资500元。超市的工作并不轻松，娄世民记得，虽然益阳离常德不过100公里，但他每年只回家两次，看望不到十岁的女儿，而且两次时间加起来也不超过一个星期。

因为跑摩托车出租时落下了腰椎间盘突出的毛病，娄世民无法久站，在超市当了一阵保安之后，他就承担起了超市十多个人的伙食，从买菜到做饭，都由他一手负责。当时十多个人一天的伙食费是30元，娄世民把自己数学好会计算的能力发挥到了极致，精打细算。他说，做饭不是问题，几岁的时候就在家里搭椅子做饭，但每天30元的伙食费，要让大家吃好确实是考验。

这些考验都没有难住娄世民，一切都向好的方向发展，娄世民在益阳的这家超市里积累了宝贵的经验。天有不测风云，两年后，隔壁的仓库不慎起火，殃及娄世民大姐夫的店面。也正是在这一年，大姐夫患肝癌离世，娄世民和比他小8岁的外甥，失去了前行路上的灯塔，他们又一次站到了人生的十字路口。娄世民和外甥都是这场大火的受害者，因为身处外地，没有处事经验，保险赔付没有下来，所租店面的墙又被大火烧垮，娄世民生怕外甥受到牢狱之灾，他心里想：如果房东告外甥让他去坐牢，他就代替外甥去。

别的行业，对于舅甥俩来说都是外行，于是，他们决定还是开超市，2007年，他们将开超市的地点选在了湖南省株洲市茶陵县。从此，娄世民就与株洲结下了不解之缘。

2004年常德桥南市场大火之后，原来在桥南市场经商的有些常德人迁到了株洲，在株洲芦淞大市场另起炉灶，娄世民对芦淞大市场的印象是市场大、人流大、环境好，很多桥南市场的服装经销商都在这里进货。

株洲茶陵算是娄世民的起步之地，娄世民在这里经营了5年。

2008年，也是茶陵超市开张的一年后，娄世民承包了这家超市。他至今还记得，他和外甥去茶陵的路上，外甥对他说：一年要赚5万块。娄世民回答：5万就足够了，只希望一年比一年好。苦过的男人，也不好高骛远，在他看来，5万元已经是对付出很好的回报了。2011年，娄世民将这家超市租了出去，因为这时，他的版图已经越来越大，一些想开超市的亲戚朋友，都会上门来找他合伙，一是因为他有经验，二是因为他大气不计较。

2010年，娄世民在城里买了商品房。2011年，他买了一辆价值53万元的奥迪轿车，全款付清。2014年，娄世民开始谋划超市改革。当时，娄世民和亲戚朋友们共开了五家超市，管理松散，效益一般。娄世民觉得这样下去肯定走不了多远，于是，几个核心成员关在宾馆里开展“头脑风暴”，但也没有形成好的方案。最终娄世民决定，5家超市全部承包，承包人对超市的盈亏负责。很快，4家效益好的超市被“认领”，只剩下岳阳市君山区钱粮湖镇的一家超市无人“接盘”。这家超市1300多平方米，位置有些偏，因为效益不好，工资不高，员工流失严重。娄世民到了钱粮湖之后，加工资、稳队伍，加强宣传和管理，承包当年就取得了60万元利润的好成绩。6年之后，娄世民已经是14家商超的合伙人。他旗下的商超，都叫世民百货。

世民百货布局都以乡镇为主，娄世民笑着说：我自己的水平不高，把超市开在乡镇比较稳定。现在，江西、湖北、湖南都有世民百货，不管布局在哪个乡镇的超市都有两个特点，一是面积不小于400平方米，二是装修都做得非常好，每一个超市，都是他的脸面，也是他的信誉。超市少的时候，娄世民亲力亲为，自己设计超市的每一个细节。后来，公司发展壮大，超市的装修设计都委托给专业公司去做。虽然公司总部设在株洲，常德澧县、桃源、临澧、鼎城的乡镇都有挂着“世民百货”招牌的超市。

54家商超，40多个股东，400多名员工，遍布在江西、湖北、湖南等省的诸多乡镇，仅管理工作都是一种挑战，娄世民自己也感到有管理不到位的情况。特别是股东都沾亲带故，涉及利益就牵扯不清，娄世民把1家商超做到54家的秘诀是：外面的利润空间很大，不要在内部争利益。这样的娄世民，成为亲朋好友的主心骨。

很多人对于娄世民的成功非常好奇，因为娄世民并非一个八面玲珑的人，和陌生人谈话还不免露出拘谨。20岁之前，娄世民看到生人都脸红。创业的需求和人生的历练，将娄世民逼上了“掌门人”的位置，现在，他能够很自由地在股东大会和员工大会上讲话，但成功，仍然归于他的勤劳与厚道。左右逢源确实是与人交往的重要手段，但勤劳与厚道却是人生的底色。更难得的是，对于娄世民来说，这种难能可贵的底色，几十年来都没有变化。今年91岁的母亲骄傲地说：“儿子老实，从来不害人，我从来不用担心他，所以才这么长寿。”

### 3.积善之家有余庆

课题组成员与娄世民聊天时，他满头白发的母亲坐在一旁，不停地插话。娄世民就微笑地看着她，不阻止不打断，就像看着一个活泼的小姑娘。

1976年，父亲过世的时候，娄世民5岁，母亲45岁。娄世民说，父亲走的时候他还不懂事，母亲是最苦的。母亲最苦，一方是中年丧夫之痛，一方是等待长大的几个子女。

作为家里最小的孩子，唯一的儿子，娄世民无疑是受宠的，但母亲对他的教育没有因为最小和唯一而不同。从小，母亲就教育他：别人的东西不能要，自己的劳动挣来的才是自己的。

可以毫不夸张地说，母亲是娄世民生命中的第一个人生导师。母亲小时候，家里还请过私塾先生来教她们，三四岁时读过的《百家姓》，她念起来仍然朗朗上口。老人家的记忆好是公认的，年轻时家里的田亩、山林和每月出工的工分都记得清清楚楚。现在有邻居喊她出去打牌，只要身体没毛病，她也不会拒绝。牌桌上的她，起牌出牌都很顺溜，速度比年轻人还要快。虽然娄世民不认为读书是人生中很重要的事，“做人比读书重要”，他尽力去培养孩子读书，却没有看得特别重。但母亲却不这样认为，她还是为当年没有能力送儿子读更多书而遗憾，她的理由是老祖宗说过：三代不读书，蠢得像头猪。

老人家朴素的人生道理，符合当年境遇下的生存需求，孤儿寡母有他们的尊严。母亲有四个女儿，选女婿的时候，母亲的标准是“选女婿选儿郎”，不看对方的家庭条件，只看男方自身的品质。母亲说：“女婿家里的条件太好，就会看不起我家，只要女婿勤劳，家里总能够搞上前去。”把娄世民带出去开超市的大姐夫，做新女婿时家里也是土砖屋，后来凭着自己的眼光与勤劳闯出了一条路。

目睹了母亲的辛苦，明白了母亲的不容易，娄世民对母亲有着不经意的“娇纵”。

没有看到过他与母亲相处的人，可能无法理解“娇纵”这一词语包含的内容。我们谈话的过程中，老人家会情不自禁地插话，说起娄世民童年和少年时的懂事，说起四十年前的谷价和肉价，说起原伍家坪村的“几大家族”。每每这时，娄世民就会主动停下来，把说话的机会让给母亲，他在一旁微笑地看着，享受这一时刻的难得与美好。

娄世民的发小娄勇说，娄世民是枫林口村公认的大孝子。娄世民却觉得对母亲有亏欠。娄世民公司的总部在株洲，虽然经常回乡，但91岁的母亲一个人在家的时候更多。几年之前，他就为母亲雇请了专门的照护人员，负责打理母亲的一日三餐和生活起居。

### 4. 乡村振兴共担当

相比于常德市鼎城区的其他乡镇，草坪镇有它天然的地理优势，它离常德市唯一的国家级经济开发区——常德经开区只有五公里，不少村民朝出晚归，在常德经开区打工，稳定的就业与收入使得草坪的经济较为活跃，村民的生活习惯和思维方式也有接近城市的一面。

因为公司总部位于湖南省长株潭经济带的株洲，平时进货和营销跑过不少地方，在娄世民看来，家乡还比较落后。如何改变家乡，特别是自己所在的枫林口村的面貌，娄世民想过很多。

契机是一步步来的。

几年前，鼎城区原人大常委会主任徐政国退休回村居住。这位从枫林口村走出去的退休干部，抓住脱贫攻坚和乡村振兴的大趋势，借枫林口村建设娄家咀幸福屋场的机会，策划打造了“文甲起义策源地”这一红色景点，为枫林口村的乡村游和红色游带来了人气，常德市很多党组织都把这里选作主题党日活动地，在这样的背景下，2021年3月，世民农业专业合作社和湖南文甲生态旅游有限公司挂牌。

世民农业专业合作社和湖南文甲生态旅游有限公司的任务，就是把村民的稻田和山地流转过来，统一经营，提升土地效益和农业附加值。这样，村民们也可以就近在家门口务工，有了基本收入。娄世民、娄勇、冯志军、王建军和王建文，这几个儿时的玩伴，年富力强时又走到了一起，成为世民农业专业合作社的股东。娄世民先期投资160万元，流转了村民的200多亩稻田和300多亩山林。30多亩的土地上，去年栽下的“阳光玫瑰”葡萄苗正在春光下奋力生长。这是世民农业专业合作社（以下简称合作社）成立后的第一个种植园，葡萄收成之后，村民可以分得销售收入的30%，收入的70%作为合作社继续发展的资本。娄勇年长娄世民4岁，是娄世民的堂哥，他笑着说：我们四个人只是象征性出点本钱，娄世民占投资的绝大部分，但他不计较，最后我们五个人每人占20%的股份，他说自己多出点钱，我们多出点力。

谁出钱谁出力也只是说法而已，如果合作社有事，娄勇打个电话，娄世民就开车从株洲跑了回来。有时，他们为了合作社的下一步发展商讨到深夜。有时，娄勇还为一些手续上的烦恼迁怒于他。“工程进行过程中，手续烦琐，我心里一烦就朝他发火，他也不恼我，还笑着给我做工作。”娄勇打心底里佩服他这个堂弟，觉得他“有气量，不简单”。内敛而寡言的娄世民，在娄勇这些儿时的同伴看来，性格中既有难得的低调与宽容，也有无畏的顽强与坚持，他这样的人，做事认真，不怕吃苦，不管干哪一行都能成功。但娄世民仍然谦虚地说：是时代给了普通人出彩的机会。

2022年4月13日，是一个大雨后的晴天，草坪镇在雨后显得干净而生机勃发，中央电视台的节目组正在文甲起义策源地拍摄，世民农业专业合作社的房子正在收尾，红色的外墙砖在阳光的照射下分外明亮。草坪镇党委书记杨国军说，乡贤在草坪的发展中起到了不可替代的作用。徐政国与娄世民，一个在本地从政，一个在外地从商，他们都是枫林口这方水土养育的优秀子弟，他们用自己的方式热爱并回报着这片土地，薪火相传，成果显著。徐政国眼里的娄世民，是个沉着而稳健的年轻人，是个有爱心有情怀的后辈，少年时为了谋生吃尽苦头，创业成功之后又义无反顾地回报家乡，让人钦佩和感动。

# 伍育刚：湘菜入晋“味知源”

2022年3月15日，我们来到位于鼎城区草坪镇先锋村1组的伍育刚家时，他已经等在院门外。

2013年春天，我曾和常德市鼎城区宣传部副部长杨斌到过这里。那时候，鼎城区的合村工作尚未启动，伍育刚家还属于草坪镇花叶港村。当时，伍育刚并不在草坪家中，他在山西太原的发展处于高光时刻，我们只见到了他的父母。

9年之后的春天，我再一次来到这里，见到了这个草坪人心目中颇具传奇色彩的男子，听到了媒体上曾经报道过的“从3000元到3000万”的故事。

## 1.“无线电”开启从乡村到省城之路

“调皮，胆子大，喜欢做生意”，是伍育刚对自己童年与少年时代的评语。

如果能够把一件事做到极致，除了专注，天赋也是不可忽略的关键因素。伍育刚做生意的天赋，在十岁左右就已经展现出来。每到暑假，他就会卖冰棒。没有单车，他就去租，三支冰棒租一天，以物易物，不用花钱。他把冰棒箱牢牢地捆在单车后座上，沿着崎岖蜿蜒狭窄的黄土村道，一路颠簸，一路叫卖，稚嫩的童声在炎热的空气中传去很远。三分钱一支的冰棒，五分钱一支的雪糕，一天的收入让他忘记了辛苦。平时的周末，只要天气晴好，他也没有放过的意思。那时候还没有双休日，星期六要上半天课，星期天他就在草坪镇的墟场上摆摊。伍育刚把叔叔伯伯买给他的小人

伍育刚　黄蔡芬/摄

书，当年我们称为“图书”，也叫连环画，铺一张纸，一字摆开，看一本一分钱。在那个书籍匮乏的年代，图文并茂的连环画，对孩子们的吸引力不小，伍育刚的书摊旁总是围满了学生。

1971年出生的伍育刚是家中长子，如果他想上学，父母肯定会全力以赴地支持，但他的爱好就是做生意，初中毕业后，他到桃源漆河去学习无线电修理。1989年，学成归来的伍育刚18岁，他在草坪镇墟场上租门面开了一家无线电维修的店子。1989年的常德农村，无线电使用率很低，收音机只能收到固定的一两个台，时髦的家庭可能会有一台单卡或双卡录音机，购买电视机是要票（也称指标）的，没有票供销社根本不会卖，所以伍育刚当时维修的主要对象是收音机、录音机和黑白电视机，彩色电视机乡下还没有。可修的东西少，会修的人也少，年轻的伍育刚抱着对新技术的好奇，就是村民喊他上门修理他也不拒绝，一个月能挣二三十元，虽然收入不高，但是有这样的手艺在农村还是让人羡慕的。

然而，对大城市的向往无法抗拒。当时伍育刚的想法是，他必须离开农村，在家里种田是没有出路的。家里有七八亩田，割稻、插秧、挑谷这些农活伍育刚从小就干过，每年“双抢”都晒得像黑人，用他自己的话说：农村人吃过的亏我都吃过，没有吃过亏的伢都懒得很。在草坪镇干了一年之后，伍育刚怀抱着城市梦来到了湖南长沙，在湖南省工商行政管理局的行政科当了一名无线电维修工，无线电维修手艺把他从乡村带到了省城，在这里，他的收入涨了几倍，月工资是87元。

### 2.“跳槽”到康佳公司

在湖南省工商行政管理局工作期间，伍育刚活跃的性格很快为他打开了局面。他不仅在自己工作的范围内如鱼得水，还对长沙市的很多行业都熟悉起来，康佳集团股份有限公司的湖南省分公司就是他经常光顾的地方。

康佳公司的前身是广东光明华侨电子工业公司，改制后成为中国首家中外合资电子企业，1980年“KONKA康佳”商标确立，1984年第一条电视机整机生产线建成投产。伍育刚光顾康佳湖南省分公司的时候，康佳彩电在国内已经颇有名气。当时的中国，彩电还属于紧俏商品，没有指标还要找关系才能买到，在康佳湖南省分公司工作的员工，工资在伍育刚的十倍以上。这样的待遇，对伍育刚无疑是一种诱惑，1992年，他由湖南省工商行政管理局的员工变成了康佳集团股份有限公司湖南省分公司（以下简称康佳公司）的员工，虽然都不是正式在编人员，但这次“跳槽”让伍育刚的人生格局从此打开。

当年与伍育刚一起在湖南省工商行政管理局上班的临时工，留下来的有些还当了处长。20出头的伍育刚对级别与职位根本没有概念，康佳的高工资才让他心动。进入康佳这种位居中国电子技术前沿的科技公司都要通过严格的入职考试。当了4个月临时工之后，伍育刚通过招聘考试成为康佳公司的一名正式员工，在售后服务部当了一名技术员，他也从湖南内地的农村娃，成为深圳大公司的工作人员。正如他后来所说：“社会发展给了我机会，不走出去就还在家里种田。”

在康佳公司的几年，是伍育刚成长最快的几年。除了上班，公司还组织他们上夜校，学习市场营销等专业性很强的课程。这种锻炼让他在短时间内快速成长，眼界和格局比之前开阔多了，看事情的眼光都变成多维度，感觉康佳公司把他放在熔炉中重新锻造了一回。现在，他还经常把这段人生经历与朋友分享：孩子大学毕业之后，一定要放到大公司去锻炼。然而，让他最为惊喜的，还是康佳公司的高工资，20世纪90年代初，他在售后服务技术员的岗位上，每月的基本工资是5000元，还有差不多等额的各种补助。在那个万元户都让人羡慕的时代，伍育刚凭着不断超越自己的勇气，一个月就拿到了上万元。

公司很快发现了他独当一面的工作能力，1993年，伍育刚被派往位于太原的山西省分公司当业务经理，那一年，伍育刚22岁。到了太原，伍育刚发现这座城市还比不上长沙，从建筑到交通都要落后。太原，在中国历史上是一座非常重要的城市，多个政权曾经在此建都，有“九朝古都”之称。因为它不在京广“大动脉”上，相比于郑州长沙就失去了地理优势，城市面貌与其历史上的重要性不相匹配。对农村长大且吃过苦的伍育刚来说，环境问题不叫问题，22岁的他，业务的对象都是四五十岁且人生经验丰富的人，而且绝大部分都是当地人。骨子里的胆大，让他不畏惧陌生的环境，面对上百人讲话也不怯场；而骨子里的心细，又让他把每件事都考虑得很周全。很快，刚入职公司一年的他，在陌生的太原站住脚，并积累了自己的工作方法和工作经验。

在大公司工作，必须有一个心理预期，那就是有可能随时派去不同的省。山西只是一个起点，之后，伍育刚又先后被派往康佳公司在河北、陕西、河南、四川等省的分公司工作，在这种派遣中，个人没有选择的权力，公司的一纸调令，就将他送到新的工作环境。1994年，伍育刚结婚了，有了小家庭的年轻人，不愿再像候鸟一样迁徙，他从康佳公司辞职，在最初他认为落后的太原定居下来，开始了自己的创业旅程。

### 3.湘菜馆开进太原城

有经验、有精力、有本钱，伍育刚的创业之路开始了。因为在康佳公司积累了营销经验，他便去开贸易公司销售电器，还涉足过食品和服装。从1997年到2000年的三年时间，就好像热闹却又华而不实的演出，几番折腾下来，伍育刚在康佳公司工作时的积蓄，只余下了3000元。

2000年的3000元，只相当于公务人员一个多月的工资。3000元能够干什么？从小到大算得上顺风顺水的伍育刚，遇到了摆在面前的难题。当时的太原，外地菜以川菜和粤菜为主，湘菜馆也有，零星几家，也是常德人开的，但没有形成气候。

伍育刚决定开一家湘菜馆。

为了开一家地道的湘菜馆，伍育刚先到长沙的餐馆去打工，又到湘西去看当地的腊肉、腊鱼、血鸭、剁辣椒等特产，常德的钵子菜也是他研究的重头戏，北方人喜欢钵子菜，这也是他到太原工作后才知晓的。这样的准备工作一做就是几个月，等伍育刚把开湘菜馆的头头道道摸清楚之后，他在太原市迎泽区桃园南路租下一家门面，“味知源”湘菜馆开张了，主打汉寿甲鱼、剁椒鱼头、湘西腊味、芷江血鸭、洞庭湖谷鸭、潇湘臭鳜鱼等体现湖南文化的菜品。虽然店面不大，只能容纳七八张桌子，但是伍育刚骨子里的倔强与坚持，让他在“味知源”的招牌旁边写下了“品味知源　湘传天下”的宣传语，同时他也向顾客宣示，这是一家名副其实的湘菜馆。

由于来自潇湘，开店之前做了充分的调研和准备，找准了山西人与湖南人口味上的结合点，与之前的几次创业相比，湘菜馆展示出了伍育刚在经商方面的天赋。到2010年，伍育刚的“味知源”旗下有6家规模较大的直营店，最多的时候有13家店，员工1000人左右。“味知源”成为连接湘晋两地的重要纽带，伍育刚充分利用这一平台，把常德文化与常德人带到了山西。

2018年，伍育刚在山西省临汾市开了一家以“桃花源记”为主题的常德钵子菜餐厅，大厅和包房都呈现出桃花源文化特色，这是他把常德带出去的一种试水。而跟着伍育刚北上创业的，仅草坪镇就有200多人，这些人中，刘道超、柳波成为“味知源”的主要骨干，后来还开了自己的连锁店，高峰期山西有800多家湘菜馆。刘道超和柳波都称伍育刚为师父，在刘道超眼里，伍育刚是湘菜在山西拓展的最大推动者。而随着2020年以来新冠肺炎疫情对餐饮的影响，伍育刚在投资方面更加理性，他收缩了豪华店的阵线，主打中等消费的餐饮市场，目前主要经营着五家湘菜馆。

伍育刚的另一个想法，是以餐饮为载体，在常德建一个会客厅。这个会客厅将集中常德的特色餐饮、非遗项目、历史文化和农产品，让外地人走进这个特色餐厅，就能对常德与常德文化有一个全方位的了解。

**4.带“常德走出去”的交通瓶颈**

除了太原“味知源”的老板，伍育刚还有一个非常重要的身份，那就是山西省湖南商会常德分会会长，在他看来，把家乡推荐出去是他不可推卸的责任。

在北方待的年头长了，伍育刚觉得常德就像一个大花园，绿化好、空气好、四季分明，江河湖塘让这片土地一年四季都是温润的。这样的土地注定物产丰富，不管是鸡鸭鱼肉还是各种蔬菜、腊味都为北方人喜欢。然而，常德的交通瓶颈阻碍了物资的运输。2022年12月，常德将开通高铁，这也是湖南省最后一个开通高铁的地级市。而且，最让人烦恼的是，常德至太原没有航班，也没有直达的火车，常德的物产运到太原都要经过长沙中转，这就增加了运输成本。伍育刚说，常德的河洲甲鱼因为品质好，在山西各地很受欢迎，“味知源”餐饮连锁店每年的进货量达到了200万元，因为没有直达的交通，仅此一项就要增加成本五六万元。进货量越大，周转商品越多，增加的成本就越大，所以，有很长一段时间，“味知源”需要的鱼头、剁椒、腊味都直接从交通方便的长沙进货。甚至，为了缓解进货的压力，伍育刚还在山西找地方熏过腊肉腊鱼腊鸡，但都没有湘西和常德的正宗，近些年来，各大物流公司在中国大地上风生水起，“味知源”的湘菜就走顺丰快递，这样才能保证食材的新鲜，但成本也是实打实的居高不下。

因为交通问题，伍育刚在太原的两次试验都折戟沉沙。第一次是开常德米粉馆，投资了100多万元，因为新鲜米粉不能当天运到，只能用干粉浸泡后代替，口味大打折扣，店子开了不久就关门了。第二次是开常德钵子菜专营店，钵子菜在山西的销量不错，但由于原材料的新鲜度不够，口味上无法高分胜出，最后只得放弃。

2022年4月，受到新一轮的新冠肺炎疫情影响，伍育刚在太原的店子也暂时关门歇业，但他似乎没有受到影响，和往常一样的乐观。自信与乐观，一直是深潜在他骨子里的基因。

虽然长年身在外地，但因为受中华传统文化的影响，伍育刚有着非常强烈的叶落归根的思想。伍育刚的公司开在山西太原，家却在深圳，母亲跟着他在太原和深圳都生活过几年，但老人家还是觉得草坪更适合她，左邻右舍都是熟人。2010年，伍育刚曾打算在常德市的太阳山下给父母买房，后来看到草坪镇发展好，道路通畅，距离桃花源机场和高速公路入口很近，父母住在本村本土更热闹，于是他就在老家的原址上修建了伍家大院。因为只有父母两人居住，院里显得空旷而幽静，山茶花在阳光下开得热闹非凡，伍育刚向我们介绍庭院里的各种花木，“四季都有花开，下雨的时候更有感觉，拍照也好看”。尽管知道自己待在草坪的时间不长，回家的机会也少，伍育刚仍然热情地邀请我们再去做客。

# 蒋冬华：草坪四十年

1982年，在常德市安乡县的陈家嘴长到19岁后，蒋冬华一家搬迁到了草坪镇放羊坪村。

“伸脚踏生土，出门见生人，没有同学朋友。”蒋冬华当时很悲观，他像一棵挪到了陌生地方的小树，不知道自己的未来在哪里。19岁的蒋冬华，敏感、要强，他悄悄地哭过，但哭过之后又不断地鼓励自己：只要自己努力，我不会比别人差！

蒋冬华　黄蔡芬/摄

尽管1982年的草坪也很落后，但那是时代大背景中的趋势，与隔河渡水的安乡陈家嘴相比，草坪算得上常德市的郊区。搬到草坪三年之后，蒋冬华家修了房子，第二年他结婚了。有了自己的小家，就有了属于自己的责任。

与同时代很多安于现状的年轻人不同，蒋冬华喜欢观察、喜欢思考、动脑筋、出点子。别人说的话，他甚至会朝相反的方向过一遍。而且，往往在相反的方向，他看到了不一样的东西。

### 1.卖油郎成了万元户

不安于现状的蒋冬华，结婚后与妻子到常德市的汽车北站做起了小生意。生意小得名副其实，就是在北站向乘客兜售荠米、花生、瓜子、甘蔗和红姜、辣椒萝卜等零食。20世纪80年代中期，开往各县和乡镇的班车没有几趟，乘客候车的时间很长，需要一些零食来打发枯燥的等车时间。这段空闲的等车时间，就是蒋冬华的商机。刚刚修房结婚的蒋冬华没有本钱，做小生意的本钱是借的。在蒋冬华的家里，还保存着三十多年前的借条，借条上几百到几千的数额不等，注明了债权人和利息。蒋冬华没有还钱后就随手把借条撕毁，他留着这些，就像留着那段苦难、挣扎和拼搏的岁月，提醒自己一路走来的不容易。

即使是做点小生意，对一个在常德市没有任何资源的农村青年来说，都是艰难的。他记得，因为怕被城管发现，他刮甘蔗皮都不敢刮出声音来。但每天20多元的收入，是对年轻夫妻最大的安慰，那个时候，做一天工的工钱是3元。这种没有任何技术含量的小生意，竞争是相当大的，没有门槛，任何人都可以进入，大约干了一年之后，蒋冬华开始转战另外的阵地。

蒋冬华当上了卖油郎。

油，不是常德本地产的菜籽油或茶籽油，而是从沿海地区运过来的棕籽油。棕籽油是一种像猪油的植物压榨油，适合食品加工企业来制作副食品。当时，常德市食品一公司进了一批棕籽油，但是不被常德人接受，积压在仓库里。蒋冬华在那里工作的姑妈便出面为蒋冬华作保赊销，让他去卖油。

25岁的蒋冬华所有的做生意经验，就是在常德汽车北站卖了一年小零食。他想，反正卖油不要什么本钱，卖不掉也不亏什么。于是，他租了一辆手扶拖拉机，拖上一桶桶棕籽油，跑乡镇和企业的食堂、食品加工厂。不认识人，他就买了一些“芙蓉”香烟，铁盒装的那种，50支一盒，见面就装烟。先从安乡县和常德县（当时常德县还没有改为鼎城区）跑起，一家家上门去问，也有人和他搭讪，但更多人是不理他。

他租的手扶拖拉机是私人的，车厢里装着油，驾驶位只能坐一个人，蒋冬华就站在司机旁边，扶着一根铁杆子。20世纪80年代的通乡公路，大坑小窟窿，手扶拖拉机又不减震，他只能用力抓住铁杆，才不至于在一路颠簸中被甩下车去。这样一天下来，他的手都是麻的。然而，生活就是一台不停运转的机器，第二天天一亮，他又要把一桶桶油装进车厢，又要站在颠簸的车上，开始被拒绝或者被接纳的一天。

路途颠簸，生活辛苦，蒋冬华在卖油的路上跑了两年，在被拒绝中积累了胆识，在被接纳中看到了前景。两年卖油生涯，让背负着债务的他不仅还清了欠款，还有了一万元现金。这一万元现金，成为他的底气，也成为新生活的希望。

### 2.“盐蛋大王”练成记

油卖完了，生活还在继续。

常德市食品一公司每年都要做盐蛋销往本地和外地市场，盐蛋的原材料是鸭蛋，要从各乡镇去收。成功的卖油经历，让蒋冬华在常德市食品一公司有了名气，于是，该公司决定让蒋冬华帮他们收鸭蛋。

与草坪相邻的黄土店、港二口，都成为蒋冬华收蛋的主要集市，每逢这些乡镇的赶集日，蒋冬华就租一辆手扶拖拉机去收蛋。在收蛋的过程中，喜欢观察的蒋冬华发现，一年的不同季节，鸭蛋的价格是不同的，旺季囤蛋，淡季卖出，差价就大，赚得就多。蒋冬华现在还记得，囤蛋的时候，家里的角角落落里都堆着鸭蛋，连床底下都没有放过，一进屋就是浓重的鸭蛋气味。

经常去常德市食品一公司送蛋，目睹了加工盐蛋的全过程，蒋冬华回家后就自己试验加工盐蛋，对于聪明人来说，这就是雕虫小技，蒋冬华一学就会，一会就想自己加工。盐蛋的保质期比鲜蛋要长，而且盐蛋的附加值高，蒋冬华向常德市食品一公司提出，他要自己加工，直接向公司交盐蛋。一篓盐蛋280个，成本价50元左右，销售价70元左右，净赚20元。

由于掌握了鸭蛋的差价，加工的盐蛋个头大质量好，蒋冬华的加工链条畅通，有一年他向常德市食品一公司送了32大车盐蛋，而另一个邻近大乡镇的食品站才送了20车。蒋冬华知道，他个人不能与乡镇食品站比，甚至不能与其他人比，因为他的底子太薄了，做盐蛋就要把每一个蛋做好，让自己成为一个品牌。这种信念，让他做的盐蛋成了常德市食品一公司的免检产品，蒋冬华也成了食品加工界的名人，很多人都知道草坪有一个做盐蛋的“蒋老板”。“蒋老板”的盐蛋质量好，货源充足，是当时食品行业的共识。常德市食品一公司时常接到临时订单，都会第一时间找到蒋冬华。

信誉，让蒋冬华的盐蛋生意越做越远。蒋冬华与常德市食品一公司商量，开始做出口盐蛋，因为做出口盐蛋的利润更高，盐蛋的要求也更高，个头大小都有严格规定，8个盐蛋一斤。从收鸭蛋到做盐蛋再到做出口蛋，蒋冬华的每一步都体现了他“从来不故步自封”的信念。虽然被人称为“盐蛋大王蒋老板”，但其实那时候的蒋冬华仍然很拮据，收蛋囤蛋的大部分本钱都是借的，利润的一部分用来还了利息，直到几年之后的1990年，蒋冬华才有了银行存款。

第一次去银行存钱的经历是难忘的。1990年春节，蒋冬华夫妇到姑妈家拜年，姑妈住在常德市常蒿路，不经意间说起存钱这件事，蒋冬华问：不知道哪里可以存钱？姑妈说，出门到常蒿路上就有储蓄所。“那是一本手写的存折，也是我人生的第一本存折，我们存了一万多块钱。”至今存折都还压在箱子底下保存着。

### 3. 从蛋糕店到五个店

与20世纪80年代相比，20世纪90年代的乡村道路强不到哪里去，用手扶拖拉机运输鲜鸭蛋，破损率非常高。

破损的鸭蛋怎么办？蒋冬华一桶桶地送给草坪镇上一家蛋糕店。这是草坪唯一一家蛋糕店，生意不错，蒋冬华想，破损鸭蛋多，蛋糕卖得好，自己也可以开一家啊。没想到，蛋糕店老板听说他想开蛋糕店，竟然主动提出“把蛋糕店转让给他”。蒋冬华一边做盐蛋，一边开蛋糕店，破损蛋带来的困扰也消除了，生意看起来红红火火，让人羡慕，但是，蒋冬华却有了危机感。

随着内地与沿海地区的联系增强，越来越多内地人前往广东打工。草坪当地的打工人回来和蒋冬华聊起，很多内地人到广东后，利用那边的荒滩湖塘养鸡养鸭。蒋冬华意识到，盐蛋的利润要下降了，必须收缩盐蛋加工的阵线。此时，蒋冬华又发现了另外的商机。前来蛋糕店买蛋糕的村民，经常会对蒋冬华提出一些额外的服务，要蒋冬华帮他们搭洗衣粉、香烟、面条等。蒋冬华灵光一现：既然村民们需要这些，那我可以卖这些。

蒋冬华没有迟疑，他在陡惠渠居委会租了三间门面，如意批发部在草坪镇墟场挂牌了，面积70多平方米，卖日用百货、副食小吃，这是1993年草坪镇最气派的批发部，蒋冬华从鼎城区隆阳路以及桥南副食城进货，草坪各村的小卖部又从他这里进货。经历了在汽车北站卖小食品、上门推销棕籽油、收鸭蛋做盐蛋、开蛋糕店之后的蒋冬华，多年来积累的经验集中爆发，每年年底蒋冬华都会请大客户聚餐，送印有“如意批发部欢迎您”字样的制服、铝桶等，定期举行摸奖活动。20世纪90年代中期，蒋冬华心里已经有了VIP这一概念的雏形，并将VIP客户的特殊待遇运用到了商业活动之中。

接下来，生意在正常的轨道上快速向前，1995年，蒋冬华在草坪镇买了两间门面的地基，修了三层楼房。他成为草坪镇第一个买地基建房的人，也是草坪镇第一个安装程控电话的人。在每一次生意的转变中，蒋冬华都将他喜欢观察和思考的天性发挥得淋漓尽致。在如意批发部之后，他还租门面开过农资店，但混乱的农资市场让他立即收手。这种感知市场的敏锐，让他有效地避免了失败。成功却让他再接再厉，2003年，也就是第一次买地基建房之后的第八年，他又在草坪镇买了四间地基，三层楼的房子用来开餐馆。后来，他还开过招待所。在他被选为草坪镇放羊坪村支部书记时，他全家都忙得不亦乐乎，他管理招待所和餐馆，妻子管理批发部，两个儿子一个开手机店，一个开母婴用品店，每一项生意都做得顺风顺水，他感觉草坪就是他的福地。

**4.47岁的村支书**

2000年，蒋冬华成为一名共产党员，他没有想到，这个身份将在十年后改变他的人生之路。

2011年，放羊坪村支部换届，正在云南旅游的蒋冬华接到电话，他当选为村支部书记。其实，3年前他也像这一次，在不知情的情况下当选过，因为家里的生意扯得比较广，没有时间和精力兼顾村里的工作，他只得婉拒了村换届委员会的信任。

与上一次不同，他刚从云南旅游回家，时任镇党委书记的丁克刚和镇长宋才林就上门来了。丁克刚开门见山地说：我们现在不谈搞不搞的问题，只谈怎么搞的问题。蒋冬华被书记的开场白搞蒙了，只得敷衍：我暂不表态，待我与家人再商量一下。谁知这敷衍的态度立即被丁克刚识破了，他说：不是商量，是给家里人通气。

蒋冬华晚上同家人一说，两个儿子还比较支持："你本来就是个活跃分子，家里的事我们来管，村支书虽不是一个么得官，你试着去闯哈也好。"

村委会四个委员，其他三个都比他年纪大，是个如假包换的"老班子"。蒋冬华接手时，村里的各项工作基本上都在镇里垫底，新型农村合作医疗的钱都收不起来。妇女主任吴艳先力挺他这个新支书：我陪你去收。于是，他骑一辆摩托车，和吴艳先两个人，一户一户上门去收保险费。到了农户家里，真心不给书记面子硬扛的村民不多，当年蒋冬华就把放羊坪村新型农村合作医疗的收缴成绩排入了草坪镇的第一方阵。

蒋冬华逐步认识到工作开展的难度，收费不过是一个开始。上任之初，蒋冬华召集的第一个组长会，就被组长们来了个下马威。放羊坪村有16个村民小组，考虑到白天要干活，蒋冬华通知组长们晚上7点开会。7点半，还有一半组长没有到。有人揶揄道：8点钟人能到齐就算不错了。果然，过了8点组长们才稀稀拉拉地到场，一进门就抱怨："一年200块钱的工资还是赊账，别的村里组长还出去旅游，我们根本就不想干，还开么得会！"

听到这样的抱怨，蒋冬华心里憋了一股气，他看着嘴里咕咕哝哝的组长们，心里想：一定要把组长待遇提上来，欠的工资及时补齐，一定要带他们出去参观学习，一定不能比其他村的组长待遇差。于是，他当场向组长们表态：我从来不眼红别个，你们只要听村里的工作安排，我保证你们的待遇比其他村组长的待遇会更好。当年年底，蒋冬华带领组长们到周边的先进村参观学习，这次学习开阔了他们的视野，增强了他们的集体荣誉感。第二年，蒋冬华又带领他们到韶山、花明楼参观学习。

村里没钱，是蒋冬华面临的最大难题。除了组长的工资，村里还欠着不少账，春节之前，蒋冬华只要出门，身后就跟着一堆债主。没有钱的支书讲不起话，做生意多年的蒋冬华深知这一道理，他回家与妻子商量：从家里借10万现金，先让我把村干部和组长的工资及急需支付的账款结了。蒋冬华没有想到，当年找人借钱做生意，现在自己垫钱当支书，而且每到年底，他都要向妻子借钱结账，这样的场景连续上演了三年。

当支书不久，很多人发现“蒋冬华是个喜欢讲真话的人”。正是因为喜欢讲真话，蒋冬华一直认为“自己不适合干支书这活”。而他最被干部和村民们津津乐道的故事，是他面对湖南省农业厅厅长田家贵的一番“汇报”。2012年3月，田家贵来常德市考察春耕生产，草坪镇恰好成为考察对象，而放羊坪村又机缘巧合临时替场。这时，距离蒋冬华上任才几个月，他向厅长汇报了自己几个月调查走访的感受：放羊坪村没有一条硬化的村道，没有一条畅通无阻的沟渠，没有一座除险加固的山塘，没有一台可以负重的变压器，放羊坪村就是被党的惠农政策遗忘的角落。真实而沉重的“肺腑之言”，引起了厅长田家贵的关注，他对蒋冬华的情况汇报非常满意，放羊坪村也因此获得了常德市农业农村局及鼎城区农业农村局粮食生产、科技兴村方面的多个项目支持，从此走上了建设发展的快车道。

三年届满之后，村里已经大变样，由于家庭的需要，更因为自己性情直爽，蒋冬华做好了功成身退的准备，他认为“对村里的工作已经尽力了”。但是，他没有想到，先后有领导来劝他再干一届。已经迁任常德市委宣传部副部长的丁克刚劝他留任，言语间的情义让他动容。时任鼎城区农业农村局局长的熊春来带领班子成员亲自上门鼓励他：村里有困难就来找我，我一定全力支持你！

蒋冬华非常矛盾，却又不忍拂了领导的好意和村民的信任，当时的心情，他记录在一首打油诗里：弃商回村顺民盼，谋求发展不畏难。垦荒修路兴水利，终将乡村换新颜。建设常遇民任性，辛酸苦辣连家眷。解难底气谁予我？母妻劝退儿媳怨。局长关爱部长惜，促膝点评定信念。人生舞台留精彩，抖擞精神再向前！

#### 5.爱文化与重乡风

蒋冬华喜欢写打油诗，这是众所周知的事。村里开会，他会先来一段打油诗，村民们听得哈哈大笑，家长里短也不拉了，视频抖音也不看了，认认真真听他讲。找草

放羊坪村村务公开栏　李亚林/摄

坪镇或鼎城区的领导办事，他也会先通过短信或微信发几句打油诗，领导都觉得他有文化有趣味。而他自己的抽屉里，有一大沓打印稿，全是他这些年写的长短句，他自己也称之为打油诗，写这些只是为了记录当时的心情，用他自己的话说，就是“好玩”，娱乐的意味更重一些，不过他的娱乐方式又与其他人有点不同。

有文化的支部书记对村级基层组织的管理，有他自己的独特思路。受到城市化进程的影响，目前的乡村几乎是什么都缺，缺资金、缺劳力、缺基础设施、缺公共服务，硬件条件明显落后的劣势下，蒋冬华觉得只有从乡风治理入手，才能让乡村焕然一新。

吴艳先曾经很自豪地说，很多村都羡慕放羊坪有几个好协会。放羊坪村最出名的协会有两个，慈善协会和妇女先锋队。这两个协会，都是蒋冬华亲手培育的，承载着放羊坪村乡风文明的重要内容。

慈善协会源于改善干群关系的需要。

“村干部与村民的关系不太好”是蒋冬华刚当支书时的直观感受，村民在路上看到村干部招呼都不打。村民不喜欢村干部，村民不信任村干部，那这个村里就什么事都干不成。红白喜事在农村是非常重要而且有仪式感的，即使是大力倡导的移风易俗也保留了这两项，蒋冬华思前想后，决定将村民家的白事作为改善关系的切入点。他与村干部商量，只要村民家里有白事，村干部们都要上门慰问，并且给予500元慰问金。村级经济条件有限，但村干部亲自上门就意义不同，也让村民在亲戚朋友面前显得“有面子”。在村民们越来越支持的呼声中，蒋冬华感觉每年两三万的慰问金“花得很值”，问题出现在2016年放羊坪村合并兴垸村之后。

两个村合并，并非只是简单的一个村名被取代，一套村支两委班子被取消，土地的合并是现象的，人心的融合是深层次的。两个村合并之后，放羊坪村的土地面积达到6.3平方公里，750多户，2700多人。慰问金这一项面临着挑战，以前每年支出两三万，合并之后这笔开支就要翻一番。有些村干部提出反对，建议“取缔”。作为支书的蒋冬华不敢贸然表态，他心里很清楚，如果继续，村里每年要多出两三万的支出，如果取缔，负面影响更大，两个村的村民都有意见，甚至会发生矛盾，“原放羊坪村村民会认为，兴垸村的加入，影响了他们之前的福利，他们就会反感原兴垸村村民；而原兴垸村村民则认为，放羊坪人把他们当外人，看到他们并入了，就把原来的福利取消了。”

这时，原草坪镇联村干部周燕辉给蒋冬华出主意：不如成立一个慈善协会。

妇女先锋队给获“最美花坛”奖居民颁发奖品　蒋冬华/摄

2016年9月9日，放羊坪村慈善协会正式成立，当时已经卸职的村妇女主任吴艳先、陈中云分别当选为第一届会长和秘书长。

2017年2月5日，放羊坪村村民龙占武和杨爱华夫妇外出拜年，家里因电线老化起火，烧成了一片瓦砾。蒋冬华立即带着村干部和慈善协会的赶了过去，安排龙占武全家住到了原兴垸村村部，让吴艳先和陈中云帮助购买日常生活用品、通过慈善协会发动全村村民捐款捐物。当晚，蒋冬华开会商量帮助龙占武家修房，慈善协会立即拿出了5万元购买建筑材料，重建了家园。只要是放羊坪村村民遭遇天灾人祸、患重大疾病等困难，慈善协会都会主动上门，村民生产生活中的困难都得到了及时解决，鼎城区有领导给出了这样的评语：放羊坪村慈善协会解决了困难村民的上访，为平安创建、脱贫攻坚、乡村振兴探索出了一条有益的道路。

作为一个聚沙成塔的平台，慈善协会收到的捐款，从几十元到几万元不等。很多乡贤和党员群众，捐款就是几千上万，之前很多的受捐户通过自己的努力，逐步发展成为爱心捐赠者。吴艳先说，这个平台真的好，给每个人提供了帮助别人的机会，也让全村村民更团结、凝聚力更强了。

2021年12月28日，慈善协会换届，年事已高的吴艳先卸任，蒋冬华当选为慈善

放羊坪村综合服务中心　黄蔡芬/摄

协会第二任会长，看得出来，1964年出生的蒋冬华，在为自己彻底卸下放羊坪村党总支书记做准备。妇女先锋队也是放羊坪的旗帜，蒋冬华经常自嘲："我可能当支书不称职，但是当妇女先锋队队长还不错！"

蒋冬华是一个极富感染力的人，这与他爱总结的性格有关。他说，村民其实是很讲道理的，关键是用什么方式去讲道理。他说，村民的正能量也需要宣传，宣传得好就是榜样，不宣传就是普通村民。他说，新农村不是参观点，不是面子工程，不要注重栽景观树与名贵花草，要保持农村的自然风貌。性格决定一个人的道路和道路上风景，虽然他做好了卸任的准备，但他的人生还可能会更精彩。

**人居环境**

在乡村振兴的背景下，农村各方面的发展明显，道路通畅，环境优美，私家车逐渐进入寻常百姓家，文化娱乐活动成为村民们的生活需求。

摄影：钱新明

# 第十一章 一场没有退路的接力

有人在网上问了这样一个问题：村支部书记的权力有多大？

点赞最多的回答是：上边不给你权力，下边认为你有权力，你尴尬吗？村支书是最憋屈的基层工作者。

村支部书记和村干部的窘况在几年前已经暴露，《人民日报》曾经发表过一篇稿件，河北坝上一个贫困村，党支部书记年过花甲，竟然还属于村里的“年轻人”。文中还有一位老支书感叹：别说年轻党员，村里连年轻人都找不到，怎么接棒呢？

这是共同的问题，共同的困境。

农村劳动力转移导致农村无人，中国人口老龄化导致农村无年轻人，基层干部的工作压力与待遇不符导致村级基层组织队伍青黄不接。不管是哪个年龄段的农村党总支书记，他们都有着或多或少的困惑，作为中共党员，他们既有理想和信念，又有对现实的不满与不安；作为村级带头人，他们既有带领群众共同致富的迫切愿望，又面临着村级债务、历史包袱、政策不配套等现实的困扰。不可忽略的是，正在岗位上履行着职责的，大部分支部书记抱着“在岗一日，干好一天”的思想，兢兢业业地工作，也有个别支部书记在坚守岗位和辞职不干的十字路口徘徊。

与全国的情况类似，草坪镇政府几年的年度总结都把解决村干部青黄不接作为问题提了出来，力求解决村（居）委会换届时的“后继乏人”。由于介入及时，措施得力，草坪镇目前有20多名80、90后优秀年轻人回乡，或竞选村干部，或自主创业，为农村发展注入了不可忽视的活力与动力。

刘明光曾在《走出农村党支部书记难选、难当、难留困境》中说：“村级集体经济薄弱、工作任务繁杂、群众工作难做，当村党支部书记难；位卑责重，责权利不对称，经济发展困难重重，留村党支部书记难。”①这些话，道出了农村党支部书记的工作现状，以及他们面临的困难。

陈良凯、刘慧，是草坪镇近几年来的优秀农村党总支书记代表，他们没有逃脱“干而优则仕”的传统套路，在当选村党总支书记之前，他们都是成功的创业者，既是受到了草坪镇党委和所在村的极力邀请回村工作，也是回应内心深处建设家乡的呼唤。然而，几年来他们在工作中遭遇的、面对的、思考的，无疑是当前中国乡村干部的普遍境遇。

## 刘慧：3357人的“大保姆”

1989年出生的刘慧，脸上还有没有消退的婴儿肥。

这个出生于原枫林口村1组的青年，22岁从湖南应用技术学院的行政管理专业毕业时，从未想过有一天会回来当村干部。

2013年年底，刘慧的人生之路发生了转向。

### 1.“死皮赖脸”是日常

2013年年底，枫林口村的支部书记刘春舫和村干部范冬华找到他，村里缺一名会计，希望刘慧出任。刘慧是大学生，还是党员，从现在开始培养，那是难得的书记后备人选，虽然来人没有明说，但明眼人都知道，“埋线”的工作已经启动了。

刘慧　黄蔡芬/摄

① 刘明光.走出农村党支部书记难选、难当、难留困境[J].安庆师范学院学报（社会科学版）,2012.31（02）:94—96.

草坪镇枫林口村综合服务中心　黄蔡芬/摄

当时，刘慧刚刚回乡创业。他大学毕业后先后在浙江、云南创业，两年不到，积蓄30多万，妥妥的创业成功样本。2013年回到草坪，开始了规模养殖，几千只鸡、1000多只鸭、几十头羊、几十亩鱼，是他在养殖方面的试水。他对自己的产业很有信心，24岁的年龄经常是不计后果的，刘慧自己就说：大不了失败了又出去赚钱。

刘慧没有再出去了，2013年底支部换届，他被选为支部委员。2014年村委换届，他当上了会计，从2014年干到2016年夏天。2016年6月，27岁的刘慧出任临时支部书记，2017年正式当选，那时，他是鼎城区最年轻的村党总支书记。

虽然刘慧是枫林口村几年前就着手培养的接班人，但是他当选并非“众望所归”。2017年换届的时候，枫林口村已不再是刘春舫主政时期的枫林口了，它是由官庄陂村、伍家坪村、连三桥村与原枫林口村合并而成，人口从以前的900多人增长到3300多人，矛盾随着人口增加水涨船高，有村民甚至说：凭什么还是老枫林口的人当支书，他当了支书，就会把其他三个村当甩亩。“甩亩”是当地方言，就是旱田、低洼田、低产田一类不被重视的农田，与“良田”对应。另外一些村民虽然不反对，但是抱着“搭起楼梯看好戏”的态度：你不是最年轻的支书吗，我们就看你怎么玩。

这样的局面下，刘慧走马上任。

四村合一的枫林口村有35个村民小组，别的不说，光说交通，就有23公里长的断头路、坑洼路、入组路等着刚刚履职的刘慧。望着通往各个方向的道路，想着几乎是一贫如洗的村级经济，刘慧决定开一个联谊会，把村里在外工作的优秀儿女、对村里有感情的领导接回枫林口看一看，看变化、提建议、聊未来。这样的构想很快变成现实，在这个联谊会上，刘慧坦白地陈述了这个四村合一的新枫林口，它存在的问题，面临的困境，以及请求支援的恳切心情。坦诚赢得了关注，有人愿意为刘慧的“化缘”之举牵线搭桥。“大约有半年时间吧，我几乎每天都拿着枫林口基础建设的报告往区里跑，死皮赖脸地把生面孔跑成了熟面孔，后来很多人看到我就说，那个枫林口的刘书记又来了，当时我也是脸上刮得下金子来的啊，但我豁出去了，批不来项目，搞不来资金，村里没有变化，我也没有脸回村里来。”2016年，刘慧凭自己的勤快跑回了50多万。2017年，这个数字涨了一倍，变成了100多万。2018年至2020年，这个数字在200万以上。

村，传统汉语中是指乡村、农村、乡下、村庄等。行政村，它是群众性自治单位，聚居的处所，是乡（镇）以下的村级行政区划单位，依据《中华人民共和国村民委员会组织法》设立的村民委员会进行村民自治管理，是中国基层群众性自治单位。行政村的性质，决定了它的生存状况，特别是对湖南省常德市鼎城区草坪镇的各个行政村来说，处于相对封闭的中国中部丘陵地区，不在活跃经济区域的辐射区，没有强大的村级经济体，村里的建设和发展非常艰难。

像枫林口这样拥有3300多村民、5776亩农田的大村，服务人员包括村党总支书记、村民委员会主任在内的8名村干部，14个村民小组组长，在乡村人居环境整治中聘请了4名临时工作人员。刘慧算了一笔账，每年70万元才能保证村组干部和保洁人员工资发放、村级事务的基本运转，还不能开展任何基础设施建设，而鼎城区财政拨付给枫林口村的包干经费每年不足30万元。找熟人、找政策、找项目、请求资金支持，几乎成为刘慧日常工作的重点，没有钱，村里寸步难行，更谈不上变化。而且，对于村民来说，能否从“上面搞来钱”成为他们考量这个支书是否“有能耐”的重要标准。无疑，刘慧用一个人的“死皮赖脸”换来了村民的肯定，他当选村党总支书记的两三年里，就把23公里待修的路全部变成了水泥路。

每年成功“化缘”两三百万的刘慧，仍然恨不得一分掰成两分花，“每天打开门就要花钱啊，水电费、打印纸都是钱，别看这些都是小事，累积起来就是一大项，所以一天到晚脑袋里都装满了事。”

**2.心理年龄已超50岁**

刘慧2020年结婚生子，妻子在鼎城区应急管理局工作，所以他平时住在鼎城区政府机关所在地的常德江南城区。每天上午7点，他开车20公里赶到枫林口村父亲家。母亲已经过世了，老家还有父亲和祖父祖母，他要每天去看看才放心，如果时间充足，他会陪三位长辈吃早餐。如果时间来不及，他就到办公室用方便面充饥。

吃完方便面，他一天的工作就拉开了。

因为每天的事情都不相同，还有很多是突发性的，我们无法用还原一天工作场景的方式，来再现刘慧的一天。经过简单的梳理，刘慧向我们介绍了他平时的主要工作：落实镇里开会布置的各项工作，春耕生产、基层党建、人居环境、村民建房、乱砍乱挖、医疗教育、脱贫攻坚、乡村振兴、弱势群体保障、蓝天保卫战、基础设施建设、新农合宣传……在这些事情的跟进过程中，看到哪块田干旱了，就要停下来帮忙协调灌溉；看到哪段沟渠堵塞了，他要召集村民来清淤；看到村民房前屋后有垃圾，他要与农户商量立即处理。当然，在这个过程中，他的手机会不时响起，有些是区直部门打来的，有些是镇相关领导打来的，有些是村民打来的。

村民的电话就是找支书有事，这些事情关乎农田道路、邻里纠纷、用水用电、困难申请、就医求助，刘慧笑着说：“在村里工作是没有午休和周末的，因为村民没有上班休息放假的概念，他们想找我就一定要找到我，当然，我的手机也是二十四小时不关机的。”枫林口村有54个五保户，他们一旦有事，第一个电话就是打给刘慧，枫林口村2组五保户刘启内，一生病或者住院就找刘慧。2020年刘启内在常德市第四人民医院治疗腿疾，医生打电话要刘慧去手术知情同意书上签字。刘慧早已习惯了这种工作方式，一方面是因为在八年的村干部工作中，内心已经磨炼得越来越强大，另一方面是作为枫林口人，他对这片土地和父老乡亲始终怀有责任感。“3300多村民是每天都要面对的，除此之外，还要与上级部门、乡镇领导、施工人员、外来投资者等形形色色的人打交道，这样的工作环境和工作强度，让人加速成长，我觉得自己的心理年龄已经到了五十岁。”

作为3300多人的大保姆，刘慧的工资是多少呢？在他的工资表上，我看到的数字是每月3200元。另一名村支部委员范冬华，出生于1967年，1998年开始在村里从事妇女工作，她的月工资是2600元。14名村民小组组长，每人的年工资在3000元至5000元之间。对4名保洁人员，一年需要支付工资7万元，而修建垃圾池、更换垃圾桶、垃圾运输每年需要支付8万元。因为枫林口是大村，服务村民的数量相对较多，村里还返聘了两名工作人员。刘慧的月工资3200元还是几年来几次调资的结果，2014年他当村会计时，月工资只有1000元，而当时支部书记也只有1200元。微薄的工资和高强度的工作，不是刘慧一个人的困境，年轻支书在一起开会时，会经常自我调侃：愿意回乡当村干部的年轻人，都是有点英雄主义的！

村干部没有午休，刘慧在村部开了一个食堂。虽然被称为村食堂，但自筹的性质更加明显。每天早上来上班，村干部就会从自家带菜过来，带的菜中有腊肉、鸡蛋、时令蔬菜，只需要用“公款”买点大米和油盐佐料。用这种“私人带菜”的办法，枫林口每年可节省上万元。作为对村干部们的补偿，刘慧每年带大家出去旅游一次，统一休假，集体出游，但旅游的费用由自己负责，每人预交3000元，交给一个人管理，回来多退少补。

### 3.担忧城市对乡村资源的争夺

枫林口村8名村干部，80后4人，90后2人，60后2人，这个年龄结构在目前的村干部配备中，是令人羡慕的。刘慧也认为这个结构合理，既有经验丰富的“老干部”，又有愿意建设乡村的“后备军”。

副支书娄正国出生于1967年，处理村民之间的纠纷经验丰富。2021年4月30日，我们上午十时到达枫林口村村部时，娄正国已经到了一个项目的现场，那里需要他现场协调。对于这名名副其实的老干部，刘慧心悦诚服地说，我这种独生子女，眼睛里根本看不到事，幸好还在搞养殖时积累了一些处事经验，不然什么都不懂，有些独生子女，连自己家的农田和山林在哪个位置、有多少亩都不知道，要搞好乡村工作的“适应期”很长。

其实这种担忧也是多余的，根本没有年轻人愿意留在村里，农村没有吸引年轻人的产业，留在村里没有出路，连结婚都结不起。现在，六十岁在村里算是年轻人，3300多人的枫林口村，常住人口大约在1500人至1600人之间，年轻劳动力已经转移到城市和经济发达地区。

按照现行的公务员招录标准，35岁是一道红线，许多单位都把招录门槛设在35周岁以内。但是刘慧并不这么认为，他说，四十岁到六十岁，年富力强，有一定的经济基础，有一定的人脉资源，只要真心干事，比我们年轻人要容易干成。劳动力转移确实为农村带来了收入，现在枫林口村80%的楼房都是打工收入修建的，另外的20%就是有子女在外工作或者做生意。但十多年来城市化的进程，导致了农村婚姻观念和要求的变化，出现了大量农村收入流向城市的局面。

不可否认，农家子弟大量进城，是大势所趋，城市给人提供了更多就业机会，务工带来的收入用于家庭修房、教育、置业，这种良性回流使得中国不发达地区的广大农村面貌大变。近些年来，情况变了，刘慧感触很深，农家子弟进城务工之后，会想尽一切办法留在城市，这是人们对更好生活追求的普遍愿望。

一个农家子弟在城市定居的价格是多少？2020年12月常德市城区房地产市场月报显示，当月江北城区住宅毛坯房成交均价为6889元/$m^2$，江南城区成交均价为5806元/$m^2$。而2020年常德城镇居民人均可支配收入为35469元，农村居民人均可支配收入为17957元。要实现在城市买房的愿望，年轻人会不可避免地把手伸向他们的农民父母。为了成全子女在城市里买房的愿望，身为农民的父母会掏尽口袋里最后一分钱。一套一百平方的房子，掏尽了两代人的口袋之后，还会让一个个本不富裕的家庭背上几十年的贷款按揭。

这就是刘慧的担忧。

在很多年以前，费孝通先生也曾感慨农村人才的流失，他说：乡间把子弟送了出来受教育，结果连人都收不回。

城市通过提供更多的就业岗位，把劳动力从农村“吸”走。但务工收入并没有像十多年前那样回流农村，而是通过吸引年轻人在城市定居，把农民的积蓄变成了房款。这样，乡村振兴赖以依靠的人与钱，都流向了城市。“城市化需要扩张，需要人，需要劳动力，同样，乡村振兴也需要人，需要劳动力，没有了年轻人的乡村，连活跃都谈不上，还谈什么振兴，如果城市与农村争夺劳动力、争夺财富的状况不改变，那乡村振兴的难度很大。如果没有能留得住年轻人的产业，仅仅是基础设施修好了，移风易俗见效了，那还不叫乡村振兴，振兴是要乡村真正活起来。”交谈过程中，刘慧表达了他深深的担忧，有时候，他开车在村里转一天，只能看到三五个年轻人，一般都是女性，留在村里是因为孩子太小，“等孩子上了小学，她们就把孩子交给婆婆，到外面打工去了。”

## 陈良凯：角色无障碍转换

回草坪镇三角堆村任职之前，陈良凯算得上一名成功人士，他在城里当过广告公司和培训学校的老板，因为擅长与人交往，拓展市场的能力强，广告公司开得红火，培训学校也办得有声有色。

2016年，村级班子面临换届，村干部老龄化严重，镇党委书记欧阳雁发出“求贤贴”，即将合并的稻罗岭村和三角堆村的支部书记都邀请他回村。1980年出生的陈良凯，虽然在三角堆村出生长大，但离开土地较早，一直在外创业打拼，没有在基层工作的经验，而且稻罗岭村当时还是省级贫困村，村里只有一条水泥路通到镇里。

陈良凯决定回村，镇村两级的书记信任他，他不好意思拒绝。

2016年5月，稻罗岭村和三角堆村合并，陈良凯当选为三角堆村党总支书记。那一年，他36岁，在常德当地，这是人生重要的关口，对他来说，这是人生新的里程。

### 1. 半年，认识一个村

陈良凯接手的三角堆村，21个村民小组，600多户，近2000人，贫困人口239个，30多户村民的住房岌岌可危，村部破败，集体经济为零，水泥路少得可怜，村民没有环境意识。陈良凯决定一户户去走访，村里到底为什么这么穷，他要做到心中有底。

陈良凯（右） 向波/摄

600多户村民，基本可以分为四类。处于经济条件“天花板”位置的有十几户，资产千万以上，那都是做生意的大老板，虽然在村里有豪华住所，但人基本上住在城里，回村的次数不多。经济条件较好的村民都有手艺，木匠、漆匠、泥瓦匠、钢筋工等，有些在城区打工，有些在附近做事，打工的每年收入五六万元，当小包头的每年至少十几万，他们的房子都修得好，不仅买了家用小轿车，还在城里买了商品房。第三类是勤劳型的，做点小生意，或者在外务工，能够保证家庭基本开支，日子过得去，积蓄也不多，缺乏抗风险能力，最怕家里有人患重病或者丧失劳动能力。条件最差的农户占全村的10%，这些需要扶助的农户，家庭收入低，有些家庭有残疾人，有些家庭有长年病号，很难依靠自身的力量改变现状。

之后，与枫林口村党总支书记刘慧走过了一段相似的路，陈良凯找在外做生意的老乡，找鼎城区的相关部门，甚至是自己的亲朋好友，问计问策求支持。

2017年，三角堆村村部在一座荒山上拔地而起，村干部办公和村民办事有了一个舒适的场所。

陈良凯向21个村民小组承诺，哪个小组只要打好路基，村里就出资修水泥路。两年时间，26公里弯弯曲曲的水泥路，在山林和田野之间形成一道道弧线。

2021年8月6日，我们从草坪镇墟场出发，沿着4米宽的沥青路朝三角堆村前行，主路的尽头，杜鹃湖碧波荡漾，幸福屋场像一幅巨大的油画，铺陈在我们面前。画中的火龙果园，有人提着篮子悠闲的采摘，陈良凯说，28亩火龙果园，是村里的集体资产，贫困村民有股份，天气晴好的周末，很多城里人来采摘，十元一斤，俏得很。

### 2.那些没有想到的"坑"

"坑"也不是真的坑，就是其他地方提高了，低的地方就成了坑。村民没有余钱购买空调的时代，没有人会想到村里的电压带不起空调。

在陈良凯的记录本上，三角堆村的"电网"呈现几个方面的问题：电杆损坏歪斜，有些电杆还用竹木打了一个"撑"，让电杆不至于彻底倒下；电线破损、下垂，有些地方还缠绕在一起，危险重重；电压低，条件好的村民家购买的空调就是摆设，在冬夏两季的用电高峰期，电饭煲煮不熟饭，电扇的叶片根本转不动。"冬天不能烤火，夏天开不了空调，哪个年轻人愿意回来？"村民们找陈良凯，要解决电压的问题，陈良凯立即跑到国家电网鼎城区公司对接，幸运的是，国家电网鼎城区公司是三角堆村的扶贫后盾单位，陈良凯提出的"扩容增压"得到了回应，全面网改之后，破损的电杆和电线不见了，空调和电扇都转了起来。

2016年，三角堆村自来水水改完成，用水更加方便，也给接下去的改厕打下了基础。自来水入户，安装费每户800元，贫困户免费。水费每年120元，保底使用60

吨，超过60吨的部分每吨收费2元。供水方为鼎城区沧山水厂，当时铺设管道时设计为生活用水，没想到有一天村民的生活会和城里人一样，能够用上洗衣机和热水器。水压不够，就用增压设备来补救，然而，供水方没有料到，原来铺设的水管在过大压力的冲击下，直接爆管。“水和电，就是老百姓的日常生活，有了问题，他们只能找村里，我们必须想方设法替他们解难。”在三角堆村村民房屋的墙上，我们看到了刷上去的“改造小厕所　共享大健康”的宣传标语，那是对某一阶段主要工作的记录。“我们村已实现全部改厕，二十几个贫困和残疾家庭，由村里出资，或者改造，或者新修，家庭条件差一点，卫生条件不能差。”

**3.公益性岗位不给“牌友”**

28亩火龙果园，让三角堆村当年就摘掉了贫困村的帽子。

为什么要栽火龙果？这是陈良凯反复斟酌的结果，既要适合常德的气候，挂果的时间又要长。村干部带头，贫困户入股，一根根火龙果苗栽下去，三角堆村的集体产

三角堆村的火龙果园　钱新明/摄

业迈开了步子。从刚刚入夏的6月，到已经入冬的11月，火龙果厚长的叶片上，都挂着喜人的果子，2017年，三角堆村的火龙果园丰收，除开人工等开支4万多元，利润在12万以上，陈良凯看到了产业带来的希望。

顺着这条路向前走，到2020年，除了火龙果园，三角堆村还有80亩黄花菜基地，500亩优质稻基地，每年有100多村民在村里务工。

村级产业提供了锄草、施肥、除虫、摘果等公益性岗位，不限年龄，日工资100元，“我们有不成文的规定，到茶馆里打牌的村民，村里不给他们在公益性岗位上劳动的机会。”这个规定，让贫困户脱了贫，让村民增了收，村民们也说，除了下大雨的天气，不能出门干活，茶馆里基本上看不到人打牌。

村里越来越好，但陈良凯仍然希望年轻人走出去，他在城里打拼多年，亲眼看到了城乡差别，知道城里能够给年轻人提供更多机会，更高收入，“目前还不鼓励年轻人在村里搞，工资太低了，没有发展空间，不利于年轻人成长，我们尽量帮助有劳动能力的老年人在家门口务工。”

# 伍鑫：新兵的一天

伍鑫　黄蔡芬/摄

圆脸，黑框眼镜，黑发浓密，言谈举止中透着一股见过世面的自信。这个出生于1994年的小伙子，是草坪镇丁家坪村党总支书记兼村委会主任伍鑫。

伍鑫是丁家坪村4组人，独生子女，自考了湖南文理学院的计算机应用文凭，在常德市一家酒业营销公司——一品营销工作过4年。2016年学习模具设计后，南下广东东莞入职。2019年转行商业地产的招商和营销，在常德经济技术开发区的德鑫·莲花天街做到销售主管，拿到了让同龄人羡慕的月薪12000元。

谁也没有想到，他2018年在丁家坪村加入了中国共产党。

2020年10月，丁家坪村党总支书记胡照明到龄退休，村里要物色接班人，闯过世界又见过世面的年轻党员伍鑫，进入了大家的视野。2020年12月，伍鑫当选为丁家坪村新一届的党总支书记，当时，他心里忐忑：老支书有经验、有面子、有气场，我这么年轻，能不能HOLD得住？

随即，草坪镇党委书记杨国军和他谈话，明确地告诉他这份工作的不易：你在以后的工作中会受到委屈，会遇到挫折，但是决不能遇到这些就撂挑子不干了。

伍鑫忐忑的心放了下来，开弓没有回头箭，他像一名实习生那样，开始探索新的领域。他不知道，前方等待他的会是什么，但他已经做好了迎接的准备。

**1.两拨人在村部等他**

2021年5月20日，小满节气的前一天，上午11时，阳光展示出初夏的威力，鼎城区草坪镇丁家坪村村部，三名工作人员正在电脑前忙碌着，一位拄着拐杖的老人慢吞吞地挪了进来。

老人头发花白，戴着一顶鸭舌牛仔帽，斜挎着一个黑包，上衣三件，里衣的下摆已经破了，毛衣外面套着格子西装，大小和款式明显不合身，松垮垮地挂在身上。拐杖上挂着一个透明塑料袋，里面装着两个馒头，那是她的中餐。老人叫曾桂枝，83岁，丁家坪村7组村民，6年前一场车祸留下的后遗症，让她只能依赖拐杖行走。曾桂枝有儿有女，但子女都没有时间管她，不久前她的手机也摔坏了，今天只能走来村部，她要帮儿子问五保的事。

因为行动不便，双眼看东西也是朦胧的，曾桂枝吃了早餐就从家里往村部走，一进办事大厅，她就向工作人员打听：书记在不在？我要找书记。

我们也在等伍鑫，之前给他打电话时，他正在处理一个征地纠纷。工作人员告诉我们，曾桂枝来过几次，问的都是同一件事，她有个没有结婚成家的儿子，56岁了，在广东东莞打工，她想问书记儿子能不能享受五保，工作人员的答复她不满意，也不放心。

大约20分钟后，一辆长安越野车驶进了村部的前坪，穿着黑白条纹短袖T恤的伍鑫大步走来。这是在丁家坪村工作后，为了下村方便购买的一辆新车，沟沟坎坎能够一跃而过，仅仅5个月时间，车的里程数据已经跳过了12000公里。

### 2.分身乏术的上午

伍鑫住在常德市江南城区，每天7时50分必须赶到村部，星期一上午“干部六人组”要开例会，既要把区里和镇里布置的工作安排下去，还要根据季节的变化提示这一周的主要工作和注意事项。5月20日星期四，一大早鼎城区检察院的4名工作人员就来了，他们来协调两个村民之间的耕地问题，伍鑫介绍了情况之后，安排村治调主任范红平带他们去了土地现场。

丁家坪村干部分工表上，范红平负责治调、农业、文化方面的工作。“干部六人组”中，伍鑫年龄最小，其他5人中，2人是80后，3人是70后，年龄呈现梯队状，没有出现干部老龄化的现象。

大约9点一刻，伍鑫和副支书李大胜开车出发，前去发旺桥村协调新疆一公司与本村村民的征地纠纷，一直到11点20分才告一段落。而在处理上述两件事情的过程中，伍鑫先是接到镇里的通知，今天草坪卫生院到了一批新冠疫苗，丁家坪村要组织村民有序接种。接着，8组一个村民打通了伍鑫的手机，村民与邻居发生了纠纷，要伍鑫派一个村干部去处理。草坪镇党代会马上要召开，通知各村先开党员大会，丁家坪村76名党员和1名预备党员都要参与，伍鑫只好在处理纠纷的间隙，电话安排了这项工作，要村干部准备22号召开全体党员大会，22号是星期六，这意味着伍鑫的周末被工作占用了50%。“就是时间太少了，根本忙不过来，每个村民都觉得自己的事是大事，当然村民的事在我们眼里也是大事，但仍然无法做到随喊随到、随到随办，因为有些事我们无权拍板，说了不算，只能逐级向上反映。”作为一名独生子女，伍鑫成年之前基本没有做过农活，最多就是在家里晒晒谷。自从被选成丁家坪村党总支书记，他不仅学会了各种农活，还了解了农业生产的方方面面。

了解村情、熟悉农业、处理矛盾，半年时间，伍鑫从一名“小白”出发，渐渐成长为能够独当一面的“当家人”，他自己也承认，村党总支书记是一个让人快速成长的岗位，“这半年，我把经验丰富的村干部当老师，在一旁听，在一旁学，处理的

草坪镇丁家坪村文化广场　钱新明/摄

事情多了，也有了自己的一套方法。”当然，还是有人觉得他的选择不值，年轻人在村里工作到底有没有前景，尚无定论，也因人而异。朋友们劝他，村里收入少、事情多、压力大，以后找对象结婚都难。伍鑫不否认这一现状，村里还有不少未婚的大龄男青年，未婚的原因大多是经济条件差。伍鑫从商业楼盘的销售主管变成村党总支书记之后，每个月的收入也从12000元变成了3200元，这个落差是巨大的。让伍鑫感到释怀的是，父母并不反对他的选择。他的父亲出生于1970年，母亲出生于1971年，正值年富力强，他们支持伍鑫去选择自己的人生之路。伍鑫笑着告诉我们，他小时候家门口有一条泥巴路，下雨就一身泥，那时候他就想，长大有钱了一定把这条路修了。虽然后来也没有能力修路，但他对村里是有感情的，“人不能只看眼前利益吧，我想为村里实打实做点事，也希望得到村民的认可。”

### 3.未雨绸缪的下午

2016年合并了夹岩嘴村之后，丁家坪村扩大了一倍，现有10个村民小组，村民2300多人，农田4200多亩，2021年风调雨顺，水稻长势不错，6月旱季马上就要来了，下午一上班，伍鑫就开车到几个组看看沟渠和机埠。

丁家坪村有三个机埠，与其他村的情形一样，设备已经老化，有些沟渠也淤塞了，要及时清理。伍鑫上任之后，完成了两个组近2公里的沟渠清淤，有些地方埋了涵管，“种田就是这样，水多水少都不行，水利设施就特别重要，抽水设备是一定要有的，灌溉排涝都要用上。”村里没有经济来源，伍鑫像他的前辈们一样，启动了四处“化缘”程序。

在查看水利设施的途中，伍鑫又顺道看了一下村里的200多亩黄桃。村里目前有两个黄桃种植合作社，利用村里的荒地和冲田，把村里的水果种植带动起来，也能够带动周末乡村游。

伍鑫回到村部时，他的车上还有一个刚刚打样的礼盒。草坪镇不缺农产品，优质农产品丰富，在这个印着“露华雨物——常德市丁家坪村经济合作社”字样的绿色礼盒里，伍鑫准备装上茶油、土鸡蛋、优质香米，作为丁家坪村的特色产品推广，当绿色、环保、有机成为城市的新宠，伍鑫下意识地认为，这是一个产品营销的方向。作为曾经在商业地产营销中积累了丰富经验的年轻人，伍鑫对丁家坪村的前景有着和别人不一样的思考，他需要的是时间和阅历。

**基层工作**

一块块招牌，一个个标语，都是农村一个阶段工作重点的体现。

摄影：陈敏杰　高　玲　向　波

改造小厕所 共享大

多种粮食有功
抛荒耕地违法

助力乡村振兴战略
先锋村环境卫生整治村规民约
先锋村爱护环境卫生协会章程

# 结语 为当代乡村立此存照

近几年来，有一句很流行的话：望得见山，看得见水，记得住乡愁。

从什么时候开始，山水和乡愁，成为一种符号，一种牵挂，一种挥之不去萦在心头的情感。从什么时候开始，山水成为乡愁的表征，人们在异地的山水之间，看见自己的家乡。

对于20世纪80年代还在刀耕火种的中国人来说，现代化来得猝不及防，甚至无法说清那个具体的时间边界，户籍管理开始变得宽松，交通工具开始变得便捷，分别和离开开始变得容易，一个人很轻易就能从家乡抽身而走。随即，手机、电脑、电邮、QQ、微信陆续走进了我们的生活，面对面的每一天变成了定期与不定期的视频通话。

人们离开了原来的土地，离开了年迈的父母，年幼的子女，在老人和儿童前面冠上了“留守”二字。留在原地，守护家园，给漂泊者一个返回的据点。

大片农田在短暂的抛荒之后，转到一个个农业合作社的名下，各种机械在田间地头轮番上场，镰刀与犁耙早已退出了历史的舞台，进入到某一个农耕博物馆。

越来越多人离开乡村，在城市谋生、安家、定居，四世同堂的大家庭逐渐被三口之家取代，距离把从前的回家变成了节假日的探亲。

不可否认，在过去的一段时间，乡村成为被遗忘的地方，背井离乡的子弟遗忘了它，高速发展的社会也遗忘了它。广阔的乡村变成飞速向前的世界的一个背景板，它据守一方，静默不语，不争不怒，等待人们回首时，投给它一个温暖的注视。

不可否认，乡村振兴的号角吹响以来，社会投注在此的目光逐渐增多，政策开始倾斜农村，城市开始反哺乡村，日新月异这个词语在某些试点的地方可以贴切地使用，农业兴旺、农村繁荣、农民幸福的画卷也慢慢铺开，回乡创业一度成为关键词。

因为想记录这些乡村巨变，描摹在农村大地上生活的个体，了解他们的生活状态，聆听他们的现实需求，“乡村里的中国”课题组应运而生，常德市鼎城区草坪镇成为我们的调查样本。

2021年1月，课题组向一百个农户发放了调查问卷；3月开始，课题组成员走村入户，一百多个村民和基层工作人员接受了我们的采访；同时，摄影小组的成员深入到每个角落，拍下了2021年的草坪。

在草坪镇调查的一年多时间里，在与草坪镇的乡镇干部、乡贤、村干部、小企业主、普通村民的交谈中，课题组真切地感受到，草坪镇就是中国当代乡村的一个缩影，它经历的，别的乡村也经历过；它即将面对的，其他乡村也不可能躲过。乡村的宿命，就如同挡在发展前路上的一块巨石，可以翻越它，却无法绕过它。

农村人口减少，基础设施陈旧，公共服务有待提升，新农村在前进的征途中遇到了瓶颈，发展中的阵痛在乡村同样不可避免，这些共性在草坪镇同样呈现出来。与课题组面对面的交流中，被调查人员都真实地讲述了他们的故事，是分享、是倾诉、是宣泄，也希望听到我们感同身受的回应。他们有他们的酸甜苦辣、悲喜苦乐，但都不乏这个时代投射在他们身上的进取、向上、朝气蓬勃，即使是我们认为的那些可能因为命运磨搓而显得有些颓废的村民。

为当代乡村立此存照，是课题组最初设计的宗旨。我们的调查，都是紧跟着这个主旨。调查的对象，都是随机抽取的，甚至是我们在路上遇到的某个村民，被我们在途中“截和”，停下来与我们聊天。直到谈话结束，他们也仅知道我们是来游玩的市民，还不断地向我们推荐草坪镇的景点。

课题调查结束之后，我们将调查的内容分门别类，撰文成书，就是这本《草坪纪事》。

这本书中，有乡村振兴中的新风新貌，那是这些年来全面建设的成就，广大村民正在享受着社会经济发展的果实，他们感恩时代，毫不夸张，也毫不掩饰。这本书中，也有一些积年没有得到解决的问题，这些问题如横亘在新农村发展进程中的肿瘤，影响了村民的日常生活，他们慷慨陈词、直言不讳。这是新时代的农民，他们通过现代通信工具了解世界，看到身边的变化，找到自己的位置，他们不否认所获得的，也不否认所欠缺的。他们有满足感，也还有所求。他们也是新时代的创业者，没有放过社会发展中的重要节点，他们紧跟时代，抓住机会，创造了属于他们自己的人生奇迹，这是历史的必然，是文明的底色。他们在快速前行的路途中，始终不曾忘记从哪里出发。这就是真实的民众，也是真实的人性。

告老还乡，叶落归根，是中国人心中根深蒂固的传统文化。时代大潮滚滚向前，旧的传统会被新的风尚所取代，这是社会进步的必然，也是乡村振兴的应有之义。但是，让人宽慰的是，当一身疲惫的人们萌生出回乡的意愿之时，有乡可回，故乡仍然在、家园仍然在、山水仍然在，乡愁仍有可以栖落的地方，肉身也有可以歇息的地方。乡村赋予人类的意义，或许正是如此。

在这本书即将付印出版之时，草坪镇放羊坪村又传出好消息，村党总支书记蒋冬华利用村里废弃的房屋，采用村民入股的形式，创办了“寨子岗”擂茶体验店，把常德地区传统的擂茶文化与乡村振兴结合起来，带动了数十村民加入擂茶产业。前去体验过的市民反馈，“寨子岗”擂茶特色鲜明，顾客不断，需要提前一天预订才有桌位。我们欣喜地看到，从前几年自上而下的乡村振兴起步，经过一段时间的摸索后，村民已经开始了自觉自发的乡村振兴实践。

我们的祖国，正行进于乡村振兴和建设社会主义现代化强国的道路上，希望从这本书中，能够窥视到这个阶段和这个过程的真实状况。

2022年7月3日夜作者于常德河街